글쓰기 실전 지침서 1

논술 달인도 놓치기 쉬운 글쓰기 오류 사례 62

글쓰기~ 한방에 끝내기!

논술 달인도 놓치기 쉬운 글쓰기 오류 사례 62

글쓰기 실전 지침서 1

논술 달인도 놓치기 쉬운 글쓰기 오류 사례 62

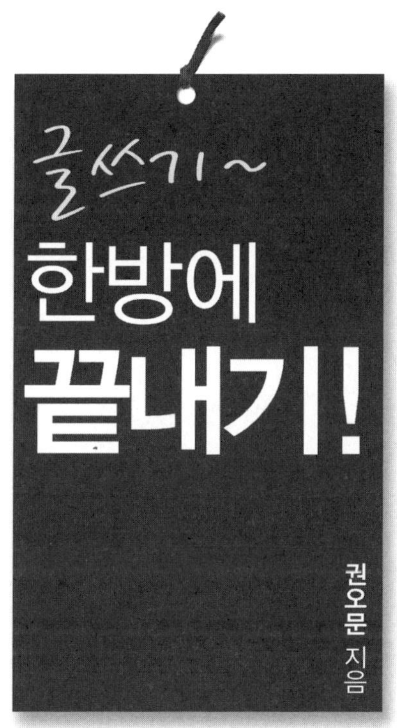

북치는마을

글쓰기는 기본부터 충실해야

　요즘처럼 글쓰기의 중요성이 강조된 때도 없었습니다. 대학 진학을 위해서는 반드시 논술 시험을 치러야 하고, 대학에 들어간 이후에도 논문과 같은 장문을 써야 하기 때문에 글쓰기 공부는 어느 누구도 소홀히 할 수가 없습니다. 역시 직장생활을 하면서도 늘 보고서를 올려야 하는 사정 때문에 글쓰기를 고민하지 않을 수 없습니다. 그리고 옛날과는 달리 인터넷 시대에는 글을 통해 의사를 전달하면서 늘 글과 함께 생활한다고 해도 과언이 아닙니다.

　1977년부터 30여년 동안 글 쓰는 일에 종사하면서 늘 갖게 되는 고민은 글쓰기가 쉽지 않다는 것입니다. 글자를 나열한다고 해서 글이 되는 것은 아니기 때문입니다. 쉽고도 어려운 것이 글쓰기라고 하겠습니다. 특히 외래어 홍수 속에 살고 있는 현대인들이 우리말을 아름답게 살려가면서 글을 쓴다는 것은 정말 어려운 일입니다. 한글맞춤법을 제대로 지키고 표준어를 사용하는 것 못지않게 자신의 뜻을 정확하게 전달하기 위해서는 내용이 부정확하거나 논리성이 결여돼서는 안 된다는 것은 두 말할 나위가 없습니다.

　특히 언어 교과서라고 말할 정도로 모범적인 글쓰기 사례로 꼽히고 있는 신문들도 자세히 뜯어보면 상당한 오류를 발견하게 됩니다. 신문은 사회의 공기(公器)라는 점에서 그 영향력이 크기 때문에 기자들은 늘 글 쓰는 데 신경을 쓰고 있습니다. 그러나 이들도 제한된 시간에 취재를 하고 원고를 마감해야 하기 때문에 어휘선택이나 문장 구성 등에서 상당한 오류를 범하게 됩니다.

오랫동안 취재 현장에서 글쓰기에 대해 남다른 고민을 해온 필자의 경험이 여러 사람에게 큰 참고 자료가 되었으면 합니다. 특히 논술을 준비하는 학생이나 취직 시험을 앞둔 사람, 직장인들에게는 틀리기 쉬운 사례들을 뽑아 글쓰기 요령을 소개한 만큼 큰 도움이 되리라고 확신합니다.

그리고 이 책은 그동안 필자가 펴낸 <이것을 알면 바른 글이 보인다>와 <논술여행>을 상당 부분 보완한 것이지만 아직도 설익은 것 같아 아쉬움이 남습니다. 앞으로도 더욱더 좋은 글을 쓰기 위해 노력하고, 독자들의 고견을 들어 우리 시대에 꼭 필요한 '바른 글쓰기 길라잡이'가 될 때까지 보완해 나가겠습니다. 마지막으로 이 책이 빛을 볼 수 있도록 애써 주신 출판사 관계자들에게 심심한 감사를 드립니다.

2009년 8월
권 오 문

바른 글쓰기의 방향 제시

말은 개인의 의사전달을 위한 필수 도구이지만 인격의 표상이 되기도 합니다. 그래서 말을 품위 있게 하고 아름다운 말을 골라 쓰면 개인의 정신생활은 물론 사회 전체가 그만큼 밝아지고 윤택해질 수 있을 것입니다.

그동안 우리 정부나 사회에서도 품위 있고 아름다운 말을 널리 보급하려고 여러 방면에서 많은 노력을 해 왔습니다. 그러나 이러한 노력도 국민이 외면하거나 문법 파괴 행위를 계속한다면 헛일이 될 수밖에 없을 것입니다.

요즈음 우리 사회는 외국과의 교류가 잦아지고 인터넷을 통한 첨단 문화의 유입이 커지면서 우리의 말과 글이 큰 위기를 맞고 있습니다. 남의 윗자리에 있는 사회 지도층 인사가 외국어나 외래어를 남용하고, 앞으로 나라를 책임질 청소년들이 인터넷 상에서 우리 말과 글을 파괴하는 행동을 일삼고 있어 매우 안타깝기 그지없습니다.

이러한 심각성을 깨닫고 우리 정부에서도 국립국어연구원을 세워 우리 말과 글을 갈고 다듬고 있으며 매년 우리말의 중요성을 알리는 책자를 발간해 온 국민의 올바른 언어생활을 이끌어가고 있습니다. 그러나 이러한 정부의 노력도 중요하지만 이에 못지않게 중요한 것이 언론의 역할이라고 생각합니다. 특히 신문에서의 정확한 글쓰기는 곧 국민의 글쓰기 능력을 향상시키는 지름길이 될 것입니다.

이번에 나온 저서는 잘못된 우리 언어 사용 실태를 정확히 꼬집어 그 대안을 제시했다는 점에서 높이 평가할 수 있습니다. 사실상 '국민의 글쓰기 교과서'라고 할 수 있는 신문 기사를 사례로 들어 바른 글쓰기의 방향을 제시했다는 것이 바로 이 책의 장점입니다. 우리 언어생활의 문제점을 하나하나 지적한 이 책의 저자는 글쓰기의 어려움을 오랜 기자 생활을 하면서 터득한 뒤 그 해결책을 알려 주고 있습니다. 아무쪼록 이 책이 온 국민의 언어생활에 많은 도움이 되기를 기대합니다.

2003년 8월
남 기 심
국립국어원장

차례

책머리에
추천사

제1부 글쓰기, 기본이 중요하다

좋은 글, 바른 글이란? • 13 | 올바른 글쓰기 습관 • 19 | 독서는 글쓰기의 기본 • 23 | 논술, 어떻게 준비할까 • 26

제2부 이런 글이 문제다

주어와 서술어가 일치하지 않는 글 • 37 | 부적절한 어휘를 사용한 글 • 43 | 너무 어렵게 쓴 글 • 47 | 너무 길게 쓴 글 • 52 | 공정성과 논리성이 결여된 글 • 58 | 주관성이 농후한 글 • 63 | 문장구조가 어색한 글 • 67 | 내용이 부정확한 글 • 73 | 맞춤법을 무시한 글 • 78 | '언문불일치'의 글 • 81 | 잘못 쓴 구두점 • 84 | 군더더기가 많은 글 • 87 | 과도하게 생략한 글 • 92 | 외래어를 남용한 글 • 96 | 오류 투성이 국어 교과서 • 100 | 국어 교과서는 얼마나 믿을 수 있을까 • 105

제3부 잘못 쓰기 쉬운 말

'영부인', '각하' • 111 | '사모님', '선친' • 114 | '자정', '오후 12시' • 118 | '찌게', '육계장' • 121 | '표식', '휴계실', '계시판' • 124 | '삼수갑산'을 아시나요! • 127 | '열쇠를 잠갔느냐', '종아리를 걷어라' • 130 | '역시나', '몇 갑절' • 134 | '개정', '재개정' • 138 | '갈매기살', '심상찮다', '축하드립니다' • 140 | '리 씨', '이 씨' • 144 | '거칠은', '공포스런' • 146

제4부 **구별해서 써야 할 말**

‘하다’, ‘시키다’ · 151 | ‘한햇동안’ ‘한 해 동안’ · 154 | ‘3자’, ‘제삼자’ · 159 | ‘비추다’, ‘비치다’, ‘좇다’, ‘쫓다’ · 162 | ‘장이’, ‘쟁이’ · 167 | ‘등’, ‘등지’, ‘들’ · 170 | ‘에’, ‘에게’, ‘에서’ · 173 | ‘깡충깡충’, ‘깡총깡총’ · 176 | ‘주년’, ‘주’ · 179 | ‘선동열’, ‘선동렬’ · 182 | ‘수상’, ‘외상’, ‘국무성’ · 185 | ‘그’, ‘그녀’ · 188 | 칠칠맞다고? · 191 | ‘일절’, ‘일체’ · 195 | ‘및’, ‘내지’, ‘와’, ‘과’ · 198 | ‘빌어’, ‘빌려’, ‘아니예요’, ‘끼여들어’ · 201 | 뭐, 내가 장본인? · 204 | ‘하나님’, ‘하느님’ · 208

제5부 **쓰지 말아야 할 외래어, 일본식 조어들**

KT, KB, KT&G, POSCO · 213 | ‘스킨십’, ‘원샷’, ‘쿨하다’ · 217 | ‘새터민’, ‘참살이’ · 222 | ‘세대’, ‘문민’, ‘민초’ · 225 | ‘민비’, ‘한일합방’ · 230 | ‘파칭코’, ‘파친코’, ‘빠찡꼬’ · 234 | ‘낭만’, ‘레미콘’, ‘바겐세일’ · 236 | ‘-에 다름아니다’ · 240 | ‘자(者)’, ‘역(曆)’ · 243 | ‘부락’, ‘명수대’, ‘한반도’ · 248 | ‘간발의 차이’, ‘중차대하다’ · 253 | ‘십팔번’, ‘혜존’ · 256 | ‘수순’, ‘절하’, ‘신병’ · 260 | ‘-적’, ‘-화’ · 265 | ‘-었었다’, ‘-았었다’ · 268 | ‘깡통’, ‘담배 한 보루’ · 271

제6부 **겹말 모음**

제1부

글쓰기, 기본이 중요하다

좋은 글, 바른 글이란?

말과 글은 자신의 의사를 상대방에게 전달하는 수단이다. 특히 글은 시간이나 공간의 제한을 받지 않고 자신의 주장을 여러 사람에게 전달할 수 있다는 점에서 매력적인 의사소통 수단이다.

현대인에게 글쓰기는 생활의 일부이다. 글이야말로 인간 생활에 가장 필요한 실질적인 연장이요, 무기이다. 글을 쓰지 않으면 자기의 생각을 널리 알릴 수 없으며, 자기의 존재 영역을 확장하기 어렵다. 예전에는 글이란 으레 문인이나 학자들만의 것으로 여겨졌지만, 요즘은 누구나 학교나 직장 생활 등을 하면서 하루도 글을 쓰지 않으면 배겨날 수 없게 됐다. 더구나 인터넷이 등장하면서 글을 쓸 수 있는 공간이 널려 있기 때문에 글 쓰는 재주가 없다고 하더라도 글로써 자기의 의사를 나타내지 않을 수 없게 된 것이다.

논제가 분명한 글

"문장은 사람이다."라는 말이 있듯이 문장에는 쓴 사람의 생각과 인격이 전적으로 반영된다. 문장을 보면 쓴 사람을 알게 된다는 것이다. 글 속에 글 쓴 사람의 사람됨과 생활 모습이 벌거숭이처럼 드러나기 때문이다.

글은 무엇보다도 자신의 생각과 느낌을 선명하게 드러낼 수 있어야한다. 자신이 궁극적으로 나타내고자 하는 핵심 요지인 주제를 분명히보여 주는 글은 일단 좋은 평가를 받게 된다. 그래서 글을 쓰기에 앞서자신이 쓰고자 하는 핵심 요지, 주제가 무엇인지를 결정해야 한다. 그후에 주제를 정교하고 일관성 있게 풀어나갈 수 있어야 한다.

주제는 글의 여러 소재를 통해 드러난다. 좋은 소재를 찾기 위해서는 평소에 생활주변의 사물이나 현상에 대해 관심을 갖는 것이 필요하다. 소재는 먼 곳에 있지 않다. 우리가 무관심하기 쉬운 주변을 새로운시각으로 접근한다면 얼마든지 훌륭한 소재를 발견할 수 있다.

사고의 폭을 넓히는 것도 소재를 찾는 데에 도움이 된다. 생각을 깊이 하면 할수록 소재를 보는 눈이 달라진다는 것이다. 깊이 있는 글을쓰기 위해서는 반드시 생각하는 힘을 길러야 한다.

표현력이 뛰어난 글

좋은 글이 되기 위해서는 글쓴이의 사상과 감정이 효과적으로 표현·전달돼야 한다. 좋은 글은 일반적으로 독창성과 명료성, 정확성, 일관성을 잘 갖춰야 한다.

남다른 시각, 곧 글쓴이의 개성과 참신성이 글에 촘촘히 묻어 나온다면 일단 글로서 성공했다고 볼 수 있다. 물론 독창성은 글의 생명력과 같지만 그것은 독자의 공감을 전제로 한 것이어야 한다. 독자의 시선을 붙잡을 수 있는 소재, 참신하고 개성적인 표현은 독자를 감동시킬 수 있다.

글에는 필자의 성의가 배어 있어야 한다. 내용이 알차면 글의 구성이 좀 허술하더라도 어느 정도 독자의 공감을 살 수 있다. 글의 형식보다 내용이 중요하다는 것이다. 그래서 글쓴이의 진정성이 우러나오는 글을 좋은 글이라고 볼 수 있다.

글은 독자의 이해를 전제로 하기 때문에 쉽고 명료하게 써야 한다. 난해한 용어나 어려운 한자어, 외래어 등을 남발한다면 독자들은 그 글을 외면하게 된다. 추상적이고 현학적인 내용은 독자들의 접근을 막는 요소다. 모호한 문장도 역시 피해야 한다. 한 문장에 하나의 의미만을 담아야 한다. 글쓴이의 의도가 무엇인지 독자들이 파악하기 어렵거나 문장 구조가 복잡해 독자의 머리를 산만하고 복잡하게 한다면 그 글은 실패한 글이 되고 만다.

글의 내용을 정확하게 전달하기 위해서는 무엇보다도 논리에 맞는 문장, 어법에 맞는 문장을 써야 한다. 적절한 어휘를 선택하고 글의 내용에 모순이 없어야 한다.

좋은 글은 글 전체와 각 문단이 유기적 관계를 이뤄야 한다. 또 한 문단에 너무 많은 문장이 들어가서는 안 된다. 하나의 문단에 여러 개념을 섞어 사용해서는 혼란을 주게 된다. 문단에는 내용상 일관성이 필요한 만큼 하나의 개념만 소개해야 한다. 그리고 문단과 문단 간의 연결성과 유연성이 잘 이뤄져야 한다.

결국 △명확한 주제 △전체와 부분의 논리적 짜임새 △올바른 단락의 설정 △적당한 문단의 길이 △주·술 관계의 호응 △용어나 표기의 정확성 등이 좋은 글의 기본 조건이라고 할 수 있다.

좋은 논술문이란?

　논술문도 예외는 아니다. 논술문은 자신의 생각과 지식을 바탕으로 주어진 논제를 논리적으로 기술하는 글이다. 심사위원은 글을 통해 수험자의 판단력과 개성을 평가하기 때문에 자기 나름의 독창적 주장을 전개해야 한다. 그러나 편견이나 독단에 치우쳐서는 안 된다. 합리적이고 객관적인 견해만이 독자를 설복시킬 수 있기 때문이다.

　논술은 수험자가 평소 자신이 알고 있는 지식을 바탕으로 논제에 대해 자신의 견해를 논리적으로 기술해 심사위원이 공감할 수 있도록 하는 데에 일차적 목표가 있다. 자신이 분명히 알고 있는 지식과 체험을 일정한 개념·원리·법칙에 맞게 서술해야 비로소 논술은 설득력을 가질 수 있다.

　대입 논술의 채점 기준은 대부분 △출제의 의도를 잘 파악하고 있는가 △논리가 짜임새 있는 문장인가 △착안점이 좋고 독창성이 있는가 △오자나 빠진 글자는 없는가 △글자를 깨끗이 쓰고 표기는 바른가 등이다.

　논술문은 한정된 시간에 주어진 논제에 대해 얼마나 정확하고 논리적으로 자신의 견해를 기술하느냐에 따라 평가가 달라진다. 그리고 논술문은 참신한 자기만의 생각(발상)이 담겨 있어야 한다. 논술문의 무게는 창의력과 논증력에 있기 때문이다.

　글을 쓰는 목적은 크게 보아서 셋으로 나뉜다. 전달·설득(주장)·감명이다. 논술문은 논문에 가깝다. 좋은 글은 메시지(사고)가 합당하고 그 표현이 적절하며 독자가 이해하기 쉬운 것이다. 미사여구가 통하는 시대는 지났다.

　좋은 글은 논리적 사고력만 갖추고 있으면 누구나 쓸 수 있다. 글재

주가 없다는 것은 요령이 없다는 얘기밖에 되지 않는다. 한 논술 채점
자의 이야기를 소개하면서 이 글을 마무리하고자 한다.

"논술문은 글쓴이의 주장이나 의견을 명료하게 밝히기 위해 쓰는
글이다. 따라서 논술문에는 분명한 주제가 있고 그 주제에 대한 자신
의 견해와 이를 뒷받침하기 위한 근거가 제시되게 마련이다. 주제가
불명확하고 글쓴이의 생각이 명료하지 못한 글은 그 표현이 아무리 아
름답다고 하더라도 좋은 논술문이 되지 못한다.

이번의 서울대 논술 문제는 제시문의 논지에 대한 본인의 의견을 밝
히라는 것이다. 따라서 글쓴이의 처지에서 제시문의 논지가 어떻게 이
해·평가되고 있는지를 논리적으로 명확히한 글이 좋은 논술이라고
하겠다. 전체적으로 수험생들의 답안을 읽고 난 소감은, 수험생들이
논술문의 형식은 비교적 잘 알고 있고 또 어느 정도 그 형식을 지키고
있다는 것이었다. 또 문장의 매끄러운 연결을 위해 노력하고 있다는
느낌도 들었다. 그러나 의외로 글의 주제가 부각되지 못한 글이 적지
않았고 자신의 생각이 뚜렷이 드러나지 않은 글들도 많았다.

많은 수험생이 좋은 문장을 쓰려는 부담 때문에 솔직하고도 자기 생
각이 명료한 글을 작성하지 못하는 것처럼 보였다. 그래서 내용상의
논리 전개보다 그럴 듯한 표현들, 예컨대 인용문이나 고사성어 등을
사용하려고 애쓰는 경향을 볼 수 있었다. 그러나 그것이 자기 생각의
논리적 전개 속에서 자연스럽게 이루어져야지, 억지로 그런 흉내를 낼
경우 오히려 글의 논지를 해칠 수도 있다.

또 유명한 사람의 말이라고 그것이 곧 논리적인 근거가 되는 것은
아니다. 글쓴이의 논리적인 생각이 중심이 되어 인용도 하고 예도 드
는 것이지, 인용문이나 고사성어에 자신의 생각을 꿰맞추려 해서는 안

될 것이다. 이와 함께 짧은 논술인 만큼 서론이나 결론이 모두 주제와 밀접하게 연결되는 것이어야 좋으며, 주제와의 연결성이 별로 없는 일반적인 문장으로 서론이나 결론을 맺는 것은 바람직하지 않다고 생각된다.

일부 고등학교 학생들에게 독창적인 글쓰기를 요구하는 것이 무리라는 지적도 있고 또 실제로 수험생들이 그러한 부담을 상당히 갖고 있는 것 같다. 논술 시험의 요구가 주어진 주제에 대하여 자연스럽게, 또 솔직하게 자기 생각을 표현하기를 원하는 것이지 꼭 독창적인 사고나 어려운 논리학적 표현을 원하는 것은 아니었기 때문이다." (박명규, 서울대 교수, 채점자)

올바른 글쓰기 습관

글은 자신의 생각을 표현하는 하나의 방법이다. 특히 시대의 변화에 유연하게 적응하며 새로운 영역을 개척할 수 있는 능력, 즉 합리적이고 창조적인 사고능력과 특정 전문 분야에 국한되지 않는 폭넓은 교양과 식견은 폭넓은 독서와 글쓰기 훈련을 통해 길러진다.

그 중에서도 글쓰기는 매우 중요하다. 글쓰기는 학업과 독서를 통해 습득한 지식을 온전히 자기 것으로 만들고 그것으로부터 새로운 생각을 창출하는 과정이다.

요즘 많은 학생이 글쓰기의 중요성을 제대로 의식하지 못하고 있거나, 설령 알고는 있더라도 어떻게 글을 써야 할지 몰라 난감해한다. 특히 대다수 학생은 글을 쓸 때 두려움을 갖는다. 그러나 우리가 일상생활에서 말을 하면서 살아가듯이 글쓰는 것을 자연스럽게 받아들여야 한다.

더구나 자신의 글이 타인에 의해 평가받는 상황에서 심리적 압박과 불안에 시달릴 수는 있지만, 평소 글 쓰는 훈련을 한다면 이러한 압박감에서는 벗어날 수 있다.

글쓰기에 앞서 생각할 것들

우선 불안감에서 벗어나자. 글쓰기 기피증에 걸린 사람들은 원고지 빈칸이 아득한 사막이나 넓디넓은 바다처럼 느껴질 수 있다. 글을 쓰는 과정에서 엉뚱한 방향으로 빗나가고 있는 것은 아닌가 하는 불안감에 시달리지 말고 자신 있게 글을 쓰는 습관을 갖는 것이 중요하다. 특히 단순한 사실이 아니라 쟁점이 되는 문제일수록 여러 가지 주장이 있을 수 있다는 것을 염두에 둬야 한다.

그리고 날마다 자신의 생각을 글로 옮기는 연습을 하는 것이 좋다. 글쓰기 기피증에서 벗어나기 위해서는 먼저 머릿속에 떠오르는 생각을 문장으로 표현하는 연습을 많이 하는 길밖에 없다. 그날 일어난 특별한 일이나 중요한 쟁점이 될 수 있는 언론 보도, 독서나 대화에서 얻은 단상 등을 그때그때 적어 두는 것이 좋다.

논술 고사를 준비하는 수험생의 경우 작문 노트를 가지고 다니면서 틈나는 대로 자신의 생각을 문장으로 만들어 보는 훈련을 할 필요가 있다. 특히 주어진 시간에 답안을 내놓기 위해서는 시간을 정해 놓고 작문 연습을 하는 것도 잊지 말아야 한다.

또 좋은 글을 분석해 보는 습관을 들이자. 독서를 하다 보면 중요한 통찰을 얻고 감동을 받게 마련이다. 그런 글에 대해서는 글쓴이가 어떤 생각을 어떻게 전개하고 있는가를 분석해 보고, 논지의 전개과정을 개요의 형태로 작성해 보는 것이 좋다.

글의 주제에 관해 다른 사람과 이야기해 보는 것도 좋은 방법이다. 글의 소재와 주제, 또 글의 전개 과정에서 담아야 할 내용들에 대해 가까운 친구와 미리 이야기하다 보면 자신의 생각이 한결 가다듬어진다.

다른 사람의 경험에서 배우자. 비단 글쓰기뿐만 아니라 학습의 많은 부분은 구체적 경험을 통해 전수되고 획득된다. 이를테면 훌륭한 강의를 들었을 때 공부의 길이 보이는 것과 마찬가지로, 친구나 선배들의 글쓰기 경험담을 들어보고 자신의 문제점이 무엇인지 돌이켜보면서 고쳐갈 수 있을 것이다.

글을 쓰기 힘든 이유가 무엇인지 하나씩 스스로 따져 보자. 글쓰기의 과정은 자기 분석의 과정이기도 하다. 예컨대 내가 결코 해결할 수 없는 문제를 가지고 글을 쓰려고 하는 것은 아닌지, 기초 조사가 충분하지 않기 때문은 아닌지, 혹은 글에 대한 공포 때문은 아닌지, 자신의 글쓰기를 가로막는 요인이 무엇인지 스스로 분석해 보면 자신의 문제점을 극복하는 데 도움이 된다. 문제를 제대로 짚어 내면 이미 절반의 해답은 얻은 것과 마찬가지다.

평소에 어휘력을 길러야 한다. 글은 자신이 드러내고자 하는 생각을 알맞은 어휘를 선택해 구성하는 작업이다. 글을 쓸 때 어휘력 부족을 많이 느끼게 되지만 어휘력은 갑자기 길러지는 것이 아닌 만큼 평소에 글을 자주 접하면서 익혀 두는 것이 좋다. 어휘력은 단지 낱말을 많이 알고 있는 것을 뜻하는 것은 아니다. 어휘력의 빈곤 자체가 문제라기보다는 논술에 적합한 어휘를 가려 쓰지 못하는 데 문제가 있다.

무엇보다 '생각하는 기술'을 익히는 것이 중요하다. 논술 고사는 글을 쓰는 기술보다는 필자의 생각을 어떻게 전개하느냐를 보는 것이다. 즉, 분석적이고 비판적 시각으로 글을 읽고 자신의 주장을 창조적으로 개진할 수 있는 능력을 시험하는 것이다.

좋은 글을 쓰기 위해서는 문제의식을 갖고 접근하는 자세가 필요하다. 논술은 수많은 지식과 경험, 그리고 깊은 생각을 요구한다. 그러나 여러 지식과 경험을 글로 엮어 나갈 때는 반드시 비판 정신과 문제의식을 갖고 접근하는 것이 중요하다. 치밀한 문제의식을 갖고 접근할 때 살아 있는 글이 될 수 있다.

글쓰기의 실전 조건

글은 독자가 있다는 것을 염두에 둬야 한다. 글쓰기는 독자와의 대화이기도 하다. 글을 구상하고 써 나가는 과정에서 가상의 독자가 나의 글이나 표현에 대해 어떤 반응을 보일지 떠올려 보는 것이 좋다.

글을 쓸 때는 읽기와 쓰기를 따로 생각해서는 안 된다. 글쓰기 기피증에 걸린 사람의 공통점은 펜만 들면 머릿속이 텅 빈 것처럼 느껴진다는 것이다. 그러나 읽기와 쓰기를 통합된 개념으로 보게 되면 이러한 현상은 극복해 낼 수 있다.

글은 무엇보다도 독창성 있어야 한다. 독창성은 논술에서도 중요한 평가 항목이다. 답안의 논리적 완성도를 갖추는 것도 중요하지만 글쓴이의 개성이 드러나 있지 않다면 점수는 깎이고 만다.

물론 독창적인 글은 하루아침에 쓸 수 있는 것이 아니기 때문에 평소에 많은 독서를 통해 독창적 사고를 기르는 훈련을 해둘 필요가 있다.

그리고 초고가 완성되면 자기 글을 처음부터 끝까지 정독해 보자. 아무리 분명한 생각을 가지고 글을 쓰더라도 글쓰기의 과정에서 생각이 바뀌거나 새로운 생각이 떠오르게 마련이다.

자신의 글을 다른 사람에게 읽혀 보는 것도 좋은 방법이다. 병은 소문을 내야 고칠 수 있듯이 글쓰기 역시 글을 다른 사람에게 드러내 보이고 조언을 구할 때 발전할 수 있다.

독서는 글쓰기의 기본

독서는 새로운 인식의 원천이며 좋은 글을 쓰기 위한 기본 전제이다. 독서가 충실하지 못하면 사고가 가로막히고 글쓰기는 기능적인 것이 되고 만다. 풍부한 독서는 좋은 글을 쓰는 데 재료를 제공한다는 측면에서 반드시 거쳐야 할 과정이다.

따라서 독서 계획을 세워 필요한 책들을 틈틈이 읽는 것이 좋다. 학교 수업 때문에 체계적인 독서가 힘들지만 이러한 문제점을 극복하기 위해서는 수업 중에 다루는 문헌들도 가능하면 자신의 관심사에 따라 주별, 월별로 일정한 계획을 세워서 순서대로 읽어 나가는 것이 좋다.

독서 계획을 세워라

독서 계획을 세우기 힘들 때는 읽고 싶은 책부터 읽자. 체계적인 독서가 힘든 여건일 때는 자신의 관심사와 긴밀한 관련이 있고 사고의 진전을 촉진하는 저자의 글이나 저서를 중심으로 꾸준히 읽어 나가는 것도 하나의 방법이다. 그렇게 해서 어느 정도의 독서가 축적되면 점차 독서 범위를 넓혀 가면서 좀 더 체계적인 독서 계획을 세워볼 수 있을 것이다.

독서를 할 때는 자신이 책을 통해 알고자 하는 내용이 무엇인가를 명확히 설정할 필요가 있다. 그리고 저자의 핵심 주장과 그 논거를 올바르게 파악하는 것이 중요하다. 집중적인 독서는 글쓴이의 생각에 귀를 기울이는 데서부터 시작된다.

다시 말하면 △저자가 사용하는 핵심 개념은 무엇인가? △핵심 개념에 대한 저자의 정의는 다른 학자들의 정의와 어떻게 다른가? △저자의 핵심 주장은 무엇이며 그 논거는 무엇인가? △저자가 예증으로 제시하는 사례는 과연 적절한가? △저자와 견해를 달리하는 처지에 대하여 저자는 어떤 태도를 취하는가? △저자의 견해는 해당 분야에서 대체로 공인된 것인가 아니면 예외적 소수 의견인가? △저자의 견해가 타당하게 적용될 수 있는 범위는 어디까지인가? △저자가 다루지 못한 문제는 무엇인가? 하는 질문을 만들어 하나하나 점검하는 것이 필요하다.

그리고 저자의 견해와 자신의 생각을 비교해 보는 것도 필요하다. 저자의 생각 중에서 내 글의 주장을 뒷받침할 수 있는 대목, 내 글의 주장과 상충하는 부분을 구분해서 읽으면 중요한 쟁점에 대한 자신의 생각을 계속 발전시킬 수 있으며, 독서 과정에서 공부의 성취감과 글쓰기의 자신감을 동시에 얻을 수 있다.

독서 메모 작성하기

독서 메모를 작성하고, 메모한 것을 다시 검토해 보는 작업도 해 나가야 한다. 나의 관심사에 대한 저자의 견해, 저자의 견해에 대한 나의 생각이나 의문점, 내 글의 주제와 직결되는 중요한 인용문 등은 그때 그때 메모해 두는 것이 좋다. 그렇게 작성된 독서 노트는 글을 구상하는 과정에서 밑거름이 된다. 독서 과정에서 기록해 둔 것을 다시 한번 검토해 보면 글의 얼개를 잡기가 훨씬 수월해질 것이다.

특히 특정한 문헌에만 의존해서는 좋은 글을 쓰기 힘들다. 따라서 자신의 논거를 뒷받침하는 견해를 찾는 데만 만족하지 말고, 쟁점이 되는 논거에 관해 다른 생각을 하는 저자의 글도 찾아 읽는 것이 좋다.

저자의 문체를 의식하면서 읽는 것도 나중에 글을 쓸 때 도움이 된다. 저자의 독특한 사유가 어떠한 문체적 특성으로 구현되고 있는가를 살펴볼 필요가 있다. 특히 장차 학문에 뜻을 두고 있거나 직업적 글쓰기를 염두에 두고 있다면 자신의 고유한 글쓰기 스타일을 개발하는 것이 중요하다.

간략한 독후감이나 서평을 쓴다면 글쓰기에 도움이 된다. 감명 깊게 읽은 책에 대해서는 짧막한 독서 감상문이나 서평을 써 보면 자신의 생각을 더욱 발전시키는 데 큰 도움이 된다.

논술, 어떻게 준비할까

논술은 학생들의 글 읽기와 쓰기 능력을 측정하고 분석력, 비판력, 논리력을 평가하는 데 목적이 있다. 누구나 하는 말이지만 논술에는 '왕도'가 없다. 특히 제시문의 행간에 숨어 있는 출제자의 의도는 물론 논제를 분석하여 핵심 주제와 논점을 찾아내는 작업은 주관식이나 단답식에 익숙한 수험생들에겐 부담이 될 수밖에 없다.

흔히 논술 고사에서 인용되는 제시문은 그 수준과 범위에서 결코 쉽게 접근할 수 있는 대상이 아니다. 부지런히 책을 읽고 생각하고 써 보는 것이 유일한 방법이다. 대부분의 수험생은 입시 직전에야 논술 고사 준비를 하는 게 현실이지만 논술은 일찍 시작하고 많이 써 볼수록 유리하다.

논술의 참된 의미는?

논술은 어떤 논제에 대해 자신의 견해를 논리적으로 전개해 나가는 글이라고 정의할 수 있다. 논술은 논증 과정을 글로 나타낸 것이다. 형식적으로 글짓기 능력이 요구되기는 하나 논술의 본령은 '논증'이라는 내용적 요소이다. 논술은 '미문(美文)'을 요구하지 않는다. 논술 문제는 언제나 쟁점·주장·근거라는 세 가지 요소를 통해 제시된다. 따라서 답안 역시 이 세 가지 요소로 이루어져야 한다.

논술은 '논(論)하는' 글쓰기이다. '논한다'는 것은 어떤 문제에 대하여 무엇이 옳은가를 따져 밝히는 과정이다. 누가 보아도 똑같이 판단할 수밖에 없는 객관적 사실이 아니라, 아직도 그 답이 무엇인지를 놓고 싸워야 할 문제, 즉 쟁점에 대해 자신의 견해를 밝히는 것이다. 그래서 쟁점을 정확히 파악하는 것이 논술의 출발점이다.

주장은 논술의 필수 요소이다. 주장은 주관적 견해나 개별적 가치관이 개입되게 마련이지만, 그것은 어디까지나 쟁점의 범위를 벗어나서는 안 된다. 주장은 일관성을 유지해야 한다. 또 주장은 근거를 바탕으로 하여 결정되는 것이다.

논술문에서 궁극적으로 요구하는 것은 바로 '근거(根據)'이다. 쟁점 파악이 중요하긴 하나 결국 그 쟁점은 주장하기 위해 필요한 것이며, 주장은 근거가 뒷받침 돼야 한다. 근거가 있을 때 주장은 가치가 있는 것이다.

그런 점에서 논술 평가는 얼마나 타당한 근거로 설득력 있는 논변을 구사하느냐가 관건이다. 근거를 마련하기 위해서는 배경 지식이 필요하다. 배경 지식이 없으면 쓸 말이 없고, 확실히 알지 못하면 짐작이 개입되고, 짐작으로 쓰다 보면 사실과 다른 진술, 즉 거짓말을 할 수도 있다.

논술의 채점 기준은?

대학마다 그 나름대로 채점의 기준이 있겠으나 대부분 내용(40%)과 논리력(30%), 표현력(30%)을 놓고 평가한다.

첫째, 논술에서 가장 중요시하는 것이 논제 파악 능력이다. 보통 논술 고사는 '쓰기'라고 생각하기 쉬운데, 사실 논술에서는 쓰기보다 '읽기'가 더 중요하다. 대다수의 대학에서는 보통 1600자 안팎의 분량으로 논술을 쓰게 한다. 그래서 5000자가 넘는 길고 어려운 지문을 읽고 이해한 다음, 논제에서 요구하는 사항이 무엇인지를 정확히 파악해야 한다.

둘째, 논술문은 주장을 담는 글이기에 자신이 말하려고 하는 것을 분명하게 해야 한다. 그러나 대부분의 학생이 평소에 논술 시험에 필요한 길이의 작문을 해보지 않았기 때문에 당황하게 된다. 1000자가 넘어서면 분량을 못 채우는 학생이 생기고, 1600자를 쓰라고 하면 포기하는 학생들이 속출한다. 주어진 분량을 채우지 못하면 감점이 크기 때문에 칸을 채우려고 횡설수설하다 보면 글의 명료성은 자연히 흐려질 수밖에 없다. 그래서 개요를 충실히 짜고 글의 설계를 명확히 하는 훈련을 해야 한다.

셋째, 자신의 주장에 대한 근거가 얼마나 적절하냐 하는 것이다. 적절한 논거를 제시하기 위해서는 평소에 생각하는 힘을 키우고 독서를 많이 해야 한다.

넷째, 표현의 정확성 문제다. 정확한 표현은 논술의 기본이다. 이 문제 역시 평소에 책을 얼마나 많이 읽었느냐에 달려 있다.

다섯째, 창의성은 논술에서 가장 중요한 채점 요소 중 하나다. 대다수의 학생이 거의 천편일률적인 답안을 쓰기 때문에 독창적인 답안은 당연히 높은 점수를 받을 수밖에 없다. 창의성은 논거가 갖춰지지 않을 때는 성립될 수 없음은 물론이다.

논술문을 작성할 때 유의 사항

제시된 글을 읽고 요구 사항을 파악한 후에는 우선 요구 사항들을 만족시킬 만한 생각들을 간단히 정리한 뒤 이러한 생각들을 논리적으로 뒷받침해 줄 만한 글감들을 찾아본다.

이어 글감이 충분히 확보되면 어떤 논리적 짜임새로 글을 쓸지 결정한 후 본격적으로 개요 짜기에 착수하고 논의를 구체적인 수준까지 확대해 본다. 이 경우 간단히 메모해 가며 문단 간의 논리적 통일성을 잃지 않도록 해야 한다.

글은 서론과 본론 그리고 결론으로 이끌어 간다. 서론은 △시사적인 내용으로 시작하는 방식 △고사성어, 격언, 속담 등을 인용하며 시작하는 방식 △일정 어휘를 해석하거나 정의하며 시작하는 방식 △일반적인 상식과 그에 반하는 주장으로 시작하는 방식 △제시문의 요구를 상기하며 시작하는 방식 등을 상황에 따라 채택할 수 있다.

특히 글의 서두(명제), 즉 서론 앞에 내세우는 첫 문장은 글의 흥미를 자극하고 읽고 싶은 욕망을 불러일으킬 수 있는 대목이기 때문에 가장 신경을 써야 할 부분이다. 논술문의 서두는 글 전체의 인상을 좌우하므로 글의 내용이 집약된 문장으로 이끌어 가는 것이 좋다.

본론에서는 어떤 기술방법을 쓰든 자신의 논법이 명확히 노출되도록 해야 한다. 열거법은 가장 초보적인 글쓰기 형태이므로 아주 불가피한 경우가 아니면 되도록 다른 방식을 택해 본다. 인과법은 논지의 일관성을 유지하는 데 가장 적합한 형태다.

결론은 본론의 단순 요약이 아니라 내용 전체를 함축적으로 보여줄 수 있는 문장이 좋다. 물론 결말은 서두처럼 글 전체를 마무리하는 부분이기 때문에 전체적인 완결성을 고려해야 한다. 또 본문의 서술 내용을 오랫동안 기억할 수 있도록 강한 인상을 심어줄 수 있는 내용이 좋다.

결론 부분에서는 구체적인 대안이나 해결 방법을 제시한다. 물론 너무 동떨어지고 추상적인 것이 아니라 본론의 내용과 직접적으로 연관될 수 있는 것이 효과적이다. 특히 지나치게 상투적이고 도덕적인 마무리보다는 참신하고 피부에 와닿는 현실적인 내용이 어울린다. 자칫 결론이 길어져 논지를 흐리지 않도록 분량은 서론보다 약간 적게 잡는다.

마지막으로 퇴고는 띄어쓰기와 잘못된 문자 수정에 한정해서 한다. 퇴고는 적을수록 좋다.

논술 시험 준비는 이렇게

논술 시험은 주관식 서술형 문제다. 말 그대로 주관적인 생각을 정리하고 다듬어 한 편의 완성된 글이 되도록 써야 하는 것이다.

논술 시험은 대부분 지문을 제시하고 제시된 글 속에서 쟁점을 찾게 하거나 논거를 얻게 하는 형식으로 출제된다. 제시문의 독해는 답안 작성의 기초가 되는 것이다. 논술 공부에 부합하는 독해력을 길러야 한다.

논술의 본령은 사고력이다. 논술의 핵심이라고 할 수 있는 쟁점을 파악하는 능력, 그 쟁점에 대한 자신의 주장을 적절한 근거를 통해 증명하는 능력 등이 모두 사고력인 것이다.

논술에서 다뤄지는 문제들은 보는 이에 따라 다른 주장이 나올 수 있는 것이다. 따라서 논술에서는 보다 새로우면서도 타당한 답을 요구

한다. 이를 위해서는 논리적 사고력을 길러야 한다. 쟁점의 성격을 파악하고 그 쟁점에 대한 주장과 근거를 마련하는 것은 모두 논리적 사고에서 나오는 것이다. 또 창의적 사고력을 길러야 한다. 문제에 대한 새로운 해석과 판단을 위해 숨겨진 이면을 꿰뚫어 볼 수 있는 열린 생각이 필요하다.

그 다음에는 배경 지식을 쌓아야 한다. 논술 시험은 그 배경 지식을 문제 상황에 적용할 수 있는 사고력을 평가하는 것이다.

또 정확한 표현력, 글 쓰는 전략을 익혀야 한다. 아무리 좋은 생각이 머릿속에 있어도 글로 표현해 내지 못하면 소용이 없다. 채점자는 글을 통해 필자의 머릿속을 보는 것이다. 정확한 표현력을 갖추기 위해서는 맞춤법 띄어쓰기에 관한 규칙, 어휘 문장에 관한 규칙과 적절하면서도 효율적인 구사 방법, 단락의 구성 원리, 원고지 사용법, 전체적인 구성 방식 등에 대하여 알아 두어야 한다.

논술에 대비하는 가장 효과적인 방법은 기출 문제나 예상 문제를 통해 실제 논술문을 작성하는 것이다. 아무리 아는 게 많아도 자신의 생각을 논리적으로 표현하지 못하면 아무런 소용이 없기 때문이다. 논술에 대한 두려움을 없애고 작성 요령을 익히기 위해서는 최소한 10~20편 정도는 작성해 보아야 한다.

시사성을 띤 영문 지문이 자주 활용되고 있는 추세다. 지문 중 일부를 영문으로 주고 이를 바탕으로 하여 자신의 견해를 논술하는 형식이다. 따라서 빠른 시간 안에 영문 지문을 읽고 정확하게 문제의 핵심을 짚어 내는 독해력 훈련이 필요하다. 특히 영자 신문이나 시사 주간지의 내용이 지문으로 많이 활용되는 추세이므로 틈틈이 관련 자료를 찾아보고 정리해 둘 필요가 있다.

논술은 이미 출제된 것과 동일한 문제는 출제되지 않는다. 그러나 그 내용이나 주제는 반복되는 사례가 많기 때문에 답안 작성에 필요한 지식을 사전에 갖출 필요가 있다. 즉 지문은 수없이 다양하지만 그 글이 말하고자 하는 주제는 한정돼 있다는 것이다. 따라서 시사문제의 경우 한 해 동안 우리 사회에서 쟁점이 됐던 것을 골라 반복해서 숙지해 놓을 필요가 있다.

또 인간과 사회에 관련된 보편적인 주제를 다룬 문제도 눈에 띈다. 현대 사회의 특성과 사회적 논쟁은 논술 문제의 주요 제재다. 논술은 결국 그동안 공부한 지식을 우리 사회의 문제점 해결에 활용하는 능력을 측정하는 시험이기 때문이다. 합리성이나 정보화 사회, 인간 소외 등과 같은 현대 사회의 특성들을 정리하고 사회적 사안에 대해 꼼꼼히 살펴보아야 한다.

글 쓰는 순서는?

글은 몇 단계를 거쳐 완성된다. 글짓기의 일반적인 순서는 크게 넷으로 나뉜다.

첫째, 무엇을 쓸 것인지 문제를 잡는 착상 단계에서는 주제를 설정한다. 주제는 문장 전체를 이끄는 기둥이며, 문장 전체를 거느리는 등뼈나 다름없다. 주제는 문장의 대들보 구실을 한다.

둘째, 주제의 테두리에서 자료를 수집하고 취재를 한다. 요리감이 없이 요리를 만들 수는 없다. 이야깃거리가 없이는 글의 뼈대를 만들어 낼 수가 없다. 이야깃거리는 많이 보고, 많이 읽고, 많이 생각하고, 많이 겪은 데서 우러나온다. 글 쓸 자료는 어디에나 무수히 널려 있다. 다만 사람들이 그것을 제대로 찾아내지 못하는 것뿐이다. 예화 · 실례

·숫자·인용·어록·비교 등도 주제를 뒷받침해 주는 좋은 자료다.

셋째, 얼개와 조립 과정인 설계도를 꾸민다. 수집된 자료를 갖고 순서에 따라 조립한다. 설계도는 뼈대를 뜻하며 골격이라고 할 수 있다. 청사진과 비슷하다. 구상·플롯(plot)이라고도 한다. 화가들이 구도를 잡는 것이나 다름없다. 설계도가 잘 짜여 있으면, 이미 문장의 대부분은 성공한 셈이다.

넷째, 작문의 마지막 작업인 퇴고를 한다. 퇴고야말로 작문을 완성하는 마지막 점검 작업이다. 퇴고는 자기의 작문에 대해서 자기 평가를 하는 것이다. 주제에 맞는가, 전체와 부분의 논리적 짜임새는 좋은가, 단락의 설정은 바른가, 주·술 관계는 제대로 되어 있는가 등 전반적으로 검토하면서 마무리한다.

논술문 쓰기 핵심 열쇠는?

논술문은 논쟁에만 초점을 맞춰서는 안 된다. 주제에 대한 자신의 견해를 이치에 맞게 담담히 옮겨 쓰는 것이다. 옳다고 보는 바(견해)를 이치에 맞게(합리적으로) 밝히는 글이 논술이다. 신문의 논설·사설은 신문사의 주장을 강하게 내세우는 논쟁적인 글이지만, 논술은 자기의 견해를 합리적으로 담담하게 옮기는 데서 그쳐야 한다. 논술을 웅변조·투쟁조로 쓰지 말아야 한다. 자기의 견해만 논리적으로 담담히 옮기면 된다.

보통 '작문' 하면 감정·정서를 바탕으로 한 산문을 의미하지만 논문은 '논리적인 문장'이다. 대학 입시 논술문은 '소논문'이다. 소논문도 논문인 이상 마땅히 논리적인 문장이다. 감상문이 정적인 글이라면 논문은 지적인 글이다.

논술문은 자기의 견해를 밝히는 글이기 때문에 간결한 문체로 조리 있게 쓰면 된다. 논술문은 글쓴이의 주장이나 의견을 명료하게 밝히기 위해 쓰는 글이다. 따라서 논술문에는 분명한 주제가 있고, 그 주제에 대한 자신의 견해와 이를 뒷받침하기 위한 근거가 제시되게 마련이다. 주제가 불명확하고 글쓴이의 생각이 명료하지 못한 글은 그 표현이 아무리 아름답다고 하더라도 좋은 논술문이 되지 못한다.

논술은 서설·전개·결말이라고 하든, 기승전결이라고 하든 내용상 분명한 고저를 두어야 한다. 이런 절차가 없이 무질서하게 생각나는 대로 쓰면 실패하기 쉽다. 서론·본론·결론이 균형을 이뤄야 한다.

서론은 너무 거창하게 시작해서는 안 된다. 서론에서 너무 거창하게 나오면 주제에 손을 대지 못하고 용두사미 꼴의 논술이 될 수 있다. 논술의 결론은 뚜렷해야 한다. 끝 맺음은 문제에 대한 마지막 답을 간추린 것이다.

논술문은 누구나 인정할 수 있는 내용이어야 한다(보편 타당성). 구질구질한 논리는 먹혀들지 않는다. 밝고 시원(명쾌)한 주장을 펴면 공감을 불러일으킬 수 있다. 문제를 다룰 때 일방적인 견해는 삼가야 한다. 잘 알지도 못하는 내용을 마치 그 방면의 전문가인 양 단정하는 글은 문제가 있다. 이것도 저것도 아닌 두루뭉수리한 글은 감점 요인이 된다.

문제의 뜻을 정확히 이해한 뒤에는 몇 개의 요점으로 정리해야 한다. 요점을 제대로 잡았다면 논술의 절반 이상은 성공한 셈이 된다. 요점이 애매하면 애매한 논술이 될 수밖에 없다. 출제자의 생각(의표)을 정확히 이해해야 한다. 알찬 글은 내용과 형식이 어우러져야 한다.

제2부

이런 글이 문제다

주어와 서술어가 일치하지 않는 글

우리 국민이 가장 많이 접하는 글은 신문기사다. 거의 매일 신문을 보며 하루를 시작한다. 그래서 신문은 국어 교과서라는 말까지 나오고 있다. 논술 고사를 앞둔 수험생들은 신문을 통해 시사 상식을 배우고 글쓰기를 익히고 있다. 기사 문장을 꼼꼼히 살펴보면 글을 쓸 때 많은 도움을 받을 수 있다. 그래서 신문 문장의 문제점이 어디에 있는가를 살피면서 글 쓰는 요령을 익혀 나가자. 남의 글을 분석하면서 자신의 것으로 만들 때 글 솜씨는 쑥쑥 자라날 수 있다.

언어는 '인간의 사상과 감정을 표현·전달하는 도구'이다. 따라서 언어가 본래의 기능을 다하기 위해서는 사상과 감정을 효과적으로 표현하고 전달할 수 있어야 한다.

언어의 가장 기본이 되는 글은 주어와 서술어라는 기본 틀을 갖고 있다. 이는 건축물의 기둥과 같아서 어느 하나라도 빠지면 온전한 글이 될 수가 없다. 게다가 훌륭한 글은 무엇보다도 주어와 서술어가 호응해야 한다. 주어와 서술어가 일치하지 않으면 글이 부자연스러워지는 것은 물론 전달에도 문제가 나타나게 된다.

(1) 시드니의 명물 하버브리지를 오르면서 문득 뉴욕의 슬럼가 코스가 생각난 것도 희소성과 스릴감이라는 공통 분모였다.

급하게 글을 쓰다 보면 자신도 모르게 어휘를 생략하는 수가 있다. 위의 글에서 주어·서술어 사이에 호응이 되지 않는 것은 서술어 부분을 너무 생략했기 때문이다. 따라서 '공통 분모였다.'를 '공통 분모 때문이었다.'로 고치는 것이 좋다.

(2) 지난 2년간 당한 부상은 외국 전지훈련 도중이었다.

이 글도 마찬가지다. 필자는 무슨 이야기를 하고 싶은데 글은 무엇인가 부족한 부분이 보인다. '도중이었다.'를 '도중에 일어났다.'로 고칠 경우 주어와 서술어가 호응이 돼 글이 자연스러워진다.

(3) 검찰은 대기업 재벌들을 소환 조사한 데 이어 노 전 대통령의 사돈인 신명수 동방유량 회장을 비밀리에 소환하는 등 노 전 대통령의 사법 처리를 위한 '외곽 목죄기' 수순 밟기가 당초 예상보다 빠른 템포로 진행되고 있다.
(4) 안보리 진출은 한국이 국제 여론 형성 과정에 직접 참여함으로써 종전 미·일 중심의 외교에서 벗어나 외교 다변화를 추진할 수 있을 것이라고 외교 전문가들은 전망하고 있다.

위의 두 사례는 주어와 술어가 일치되지 않는 등 어느 구석인가 어색하다. 사례 (3)은 "검찰은…수순 밟기가 당초 예상보다 빠른 템포로 진행되고 있다."는 요지이지만 주어·서술어가 일치하지 않는다. 이 문장은 "검찰은…수순 밟기를 당초 예상보다 빠른 템포로 진행하고 (시키고) 있다."라고 고쳐야 한다. 사례 (4)도 '안보리 진출은'이 주어처럼 보이나 실제 '외교 전문가들은'이 주어이고 '전망하고 있다.'가

술어이다. 따라서 이 문장이 '안보리 진출은 한국이'는 '한국은 안보리 진출로'나 '한국은 안보리 진출을 통해' 등으로 바꾸는 것이 좋다.

(5) '나라종금 퇴출 저지 로비 의혹'에 대한 검찰 재수사가 이용근 전 금융감독위원장에 대한 조사를 신호탄으로 '2라운드' 수사를 본격화했다.

이 문장은 '검찰 재수사가 이용근 전 금융감독위원장에 대한 조사를 신호탄으로 수사를 본격화했다.'는 형태를 갖고 있다. 우선 주어·술어 호응에 문제가 있다. '검찰 재수사가 본격 시작됐다.'는 식으로 간결하게 고칠 필요가 있다.

주어와 서술어가 호응되지 않은 문장은 다음 사례에서 보듯 대부분 조사 사용에 문제가 있음을 발견하게 된다.

(6) 아, 이 동네, 이 거리, 이 다방에서는 '아'해도 쑥스럽고 '어'해도 쑥스럽다. 그것은 이 동네가 세계 유수의 여자 대학이 있고 그 학생들이 온통 동네의 하숙집과 거리와 아이스크림과 다방을 모두 점령해 버린 것이다.(이청준의 '선고유예'에서)

위의 문장에서 주어와 술어 부분인 "그것은…점령해 버린 것이다."를 따로 떼어놓고 볼 때 문맥의 호응이 제대로 되지 않고 있다. 앞의 구절과 연결되기 위해서는 '점령해 버렸기 때문이다.'로 바뀌야 한다. '이 동네가'란 구절 역시 '이 동네에'로 고치는 것이 자연스럽다.

글은 단어의 결합으로 이루어진다. 선택된 단어의 결합 과정에서 '언어의 마술'은 시작된다. 훌륭한 글을 쓰기 위해서는 단어 선택에 신

중을 기하고, 이어서 그 단어들이 호응될 수 있도록 자연스럽게 결합
하지 않으면 안 된다.

　국내 신문 가운데는 엄연히 잘못 쓰고 있는데도 그것을 고치지 않고
고집스럽게 쓰는 기사들이 있다. 다음은 간단한 것이지만 자주 범하는
오류의 한 예다.

　(7) 서울 관악 경찰서는 1일 장홍양 씨 (21 · 경기도 안산시 초치동
605) 등 2명을 특수 강도 혐의로 구속 영장을 신청했다.

　'구속했다'와 '구속 영장을 신청했다.'를 동일한 서술 형태로 생각
해 문장 구성상의 오류를 범했다. 여기서 '2명을'은 '2명에 대해'로 바
로잡아야 한다. 이런 유형의 기사체가 눈에 많이 띄는 것은 남들도 쓰
니까 나도 쓴다는 경직된 모방 심리 때문인 것으로 보인다.

　(8) 경찰에 따르면 김순경은 지난 4일 새벽 2시 30분께 서울 서초구
방배동 908 ㅌ 한증막에 평소 친하게 지내던 유흥업소 종업원 3명과
함께 흉기를 들고 침입해 현금 1백96만 원 등 4백40만원어치의 금품
을 빼앗은 혐의다.

　(9) 먼저 서강대교와 영등포를 연결하는 국회 앞 도로는 정작 대교
가 개통되고도 한참 후인 내년에 확장 공사가 예정돼 있어, 공사가 마
무리되는 내년 말까지 도로 굴착 등으로 인해 상당한 체증을 빚을 전
망이다.

　'…는(은)…혐의다.', '-ㄹ 전망이다.'와 같은 형식도 기자들이 늘
범하는 오류다. 관례적인 기사틀에 얽매이다 보니 이런 문제가 생기는

것으로 보인다. 사건 기사에서 특히 많다. 이들 문장은 주어·술어를 일치시킨다는 점에서 '…혐의를 받고 있다.', '…것으로 전망된다.'로 고치는 것이 좋다.

(10) 김 장관은 "해마다 감기 인플루엔자가 나타나는 9월 이전에 질병 관리 본부를 신설해야 감기를 철저히 예방하고 사스 환자 발생에도 효율적으로 대응할 수 있다."고 밝혀 늦어도 8월말을 목표로 질병관리 본부를 출범시킬 계획임을 밝혔다.

"김 장관은 …밝혀 …밝혔다."는 형태인데, 어딘지 모르게 어색하다. 이 글은 "김 장관은 …강조해 …밝혔다." 식으로 고치는 것이 좋다.

(11) 전교조(全敎組) 사태에 강력히 대처하던 그의 보수적 기질과 소신이 선거를 앞두고 험난하게 요동치는 정치 기류를 어떻게 헤쳐 나갈지 관심이다.
(12) 수사 당국은 하루빨리 진상의 전모를 솔직히 밝혀 국익에 전혀 도움이 되지 않는 시비에 휘말리지 않길 바라는 마음이다.

특히 논평류의 문장에는 주어나 서술어를 생략하는 경우가 많다. 두루뭉수리하게 넘어가려는 의도로 볼 수밖에 없다. 위의 예에서도 '관심이다.' '바라는 마음이다.'에 호응하는 주어가 없다. 그래서 첫째 사례에서는 '(우리는) 관심을 갖는 것이다.' '(우리의) 관심거리(관심사)이다.'로 고치고, 둘째 문장은 '바라는 마음 간절하다.' '바라는 게 우리의 마음이다.'로 바로잡아야 한다.

　문장은 반드시 주어와 서술어를 갖춰야 한다. 서술어는 주어에 대한 풀이말이다. 그래서 호응이 되지 않으면 문장 역할을 제대로 할 수 없다. 글을 길거나 복잡하게 쓰다 보면 주어·서술어 호응 관계에 문제가 생길 우려가 있기 때문에 될 수 있는 한 간결하게 쓰는 습관을 가질 필요가 있다.

부적절한 어휘를 사용한 글

훌륭한 글을 쓰기 위해서는 무엇보다도 어휘 선택에 신중을 기해야한다. 적재적소에 필요한 어휘를 잘 활용할 수 있어야 된다는 것이다.

유명 작가의 글이나 신문 기사에서도 적절하지 못한 어휘를 사용하는 사례를 의외로 많이 발견하게 된다.

1994년 7월, 김일성 주석이 사망하자 국내 언론은 해외 통신망을 활용해 취재에 열을 올렸다. 당시 언론은 아들 김정일의 동정을 크게 보도하면서 하나같이 큰 오류를 범하고 말았다. 그 중의 하나가 '조문'을 틀리게 쓴 것이다.

(1) 김정일이 11일 밤 9시 금수산 의사당에 안치된 김일성의 시신 앞에 조문하고 있다.

(2) 김정일이 당·정·군 수뇌부를 거느린 채 금수산 주석궁 유리관에 안치된 김일성의 시신 앞에서 조문하고 있다.

'조문(弔問)'은 남의 죽음에 대하여 슬퍼하고 상주를 위문한다는 뜻을 담고 있다. 따라서 위 사례와는 달리 조문 받을 사람은 김 주석 장남인 김정일이지 김정일 자신이 조문하는 것이 아니다.

역시 '시신 앞에서 조문'한다고 했으나 본래 조문할 때는 시신 앞이 아니라 신위(神位)에 배례한다고 해야 옳다.

(3) 두 명의 수사관 사이에 앉은 노 씨는 약간 상기된 얼굴로 높이 4m, 넓이 3m 정도의 철제 정문을 통해 보안 청사에 도착했다.

언뜻 보기에는 틀린 것이 없는 문장처럼 보인다. 그러나 '넓이 3m'는 문제가 있다. 넓이를 표시할 때는 평방미터(㎡)로 써야 하며 높이와 비교되는 것이라면 '너비'라는 단어를 사용하는 것이 정확하다.

(4) 문 과장은 오후 8시 20분쯤 대검에 도착한 뒤 "조사실에 빛이 들지 않는데다 난로가 없어 조사 도중 노 씨와 함께 벌벌 떨었다."고만 말하고 조사 내용에 대해서는 일절 함구.

'조사실 빛 안 들고 난방 안 돼 함께 떨어'라는 제목의 이 가십 기사는 '빛'과 '볕'을 혼동, 어색한 문장이 되고 말았다. '빛', '햇빛'은 밝기를 나타낼 때, '볕'과 '햇볕'은 열기를 나타낼 때 쓴다. 여기서는 햇볕의 준말인 '볕'을 써서 '벌벌 떨었다.'와 연결이 되도록 해야 한다.

(5) 이번 30주년 기념 공연에는 세종문화회관 대강당 객석이 매회 입추의 여지도 없이 꽉 차는 등 성황을 보였는데….

'입추'(立錐)란 '송곳을 세움'을 뜻한다. 따라서 '입추의 여지가 없다.'라는 말은 (송곳을 세울 틈도 없을 만큼) 많은 사람이나 물건이 꽉 들어차 있다는 것을 나타낸다. 위 문장에서 객석이 빈자리가 없다는 것을 나타내는, '입추의 여지가 없이 꽉 차는'이란 구절에서 '꽉 차는'

이라는 말은 군더더기 말에 불과하다.

(6) 민주계의 또 다른 핵심 관계자는 "여권 핵심은 정권 출범 초기 노 씨의 비자금 실체를 국민에게 공개한 뒤 정경 유착의 뿌리를 뽑겠다는 단호한 의지를 천명하면서 대대적인 사정을 단행할 계획이었다."며, "그러나 비자금 인수를 거절한 노 씨 때문에 이같은 계획은 차질을 빚게 됐다."고 주장했다.

'인수'는 물건이나 권리를 넘겨 받는 것이고 '인계'는 남에게 넘겨 준다는 뜻이다. 김영삼 정부가 정권 인수 과정에서 노 씨의 비자금 실체를 알고 국고 환수를 요청하자, 노 씨가 이를 거절한 것이 주 내용이다. 따라서 여기서는 노 씨가 '인수'를 거절한 것이 아니라 인계를 거절했다고 보는 것이 적절하다.

(7) 20세 미만 소년범의 재범률이 급증하는 것으로 나타나 인성 교육 강화와 유해 업소 단속 등 청소년 범죄 예방 대책이 시급한 것으로 지적되고 있다.

명사 뒤에 붙어 그것의 비율임을 나타내는 '율'이나 '률'을 사용할 때는 많고 적은 것이 아니라 높고 낮음의 의미를 나타내는 말이 뒤에 와야 한다. 따라서 '20세 미만 소년범의 재범률이 급증하는'은 '-재범률이 크게 높아진'으로 써야 맞다.

(8) 실제로 지난 84년 7월 가뭄 때에는 오염도가 심해, 이 연못의 비단 잉어 가운데 65%가 떼죽음을 당하기도 했다.

어의(語義)의 오용 문제를 들 수 있다. 언론에서 자주 틀리는 것 중의 하나가 위에서 보듯 '오염도가 심해'와 같은 표현이다. 이것은 물론 '오염도가 높아'나 '오염이 심해'로 고쳐야 한다. 통상 비율은 '높다(크다)', '낮다(작다)'고 표현되는 것이다.

하나 더 예를 들면, "주간 편성 비율은…교양 부문이 42.2%에서 43.46%로 1.2%포인트 늘어난 반면, 오락 부문은 36.6%에서 31.09%로 5.51% 포인트 감소된다."는 기사에서 '늘어난'은 '높아진'으로, '감소된다'는 '낮아진다'로 바꿀 필요가 있다.

(9) 우리나라 국민의 73.2%가 간통을 법으로 처벌해야 하며 과반수 이상이 형법에 규정된 간통죄를 계속 유지해야 한다는 의견을 갖고 있는 것으로 나타났다.

'과반수 이상' 또한 대부분이 즐겨 쓰고 있으나 '과반수'나 '반수 이상'이면 족하다. '과반수'는 이미 '반 이상'을 뜻하고 있기 때문이다.

문장은 단어의 연결로 이루어지는 만큼 적절한 단어를 선택해 바른 문장을 만들도록 노력하지 않으면 안 된다. 그러기 위해서는 사전을 늘 활용하는 습관을 가져야 한다.

너무 어렵게 쓴 글

글은 독자를 상대로 하기 때문에 누구나 이해할 수 있도록 쉽게 쓰지 않으면 안 된다. 이런 의미에서 어려운 단어를 사용하는 것은 피해야 하며 문장 구성도 단순화하는 것이 좋다.

다음 글은 짧지만 너무 어려운 단어를 집중적으로 쓰다 보니 어려운 문장이 되고 말았다. 독자들이 이해하기 쉬운 말을 쓰는 습관을 갖는 것이 필요하다.

(1) 국민의회당의 새 총재로 지명된 라지브 간디 전 총리의 미망인 소니아 여사가 총재직 수락을 거부함에 따라 인도 정국의 향방은 더욱 혼란에 빠질 것으로 보인다.

이 글은 별로 긴 문장이 아닌데도 이해가 쉽지 않다. '수락' '거부' '향방' 등 신문 기사에서 자주 볼 수 있는 단어들을 동원하려다 보니 이렇게 어렵게 된 것이다. 사실 '수락', '향방'이란 말을 빼고 "…총재직을 거부함에 따라 인도 정국은 더욱 혼란에 빠질 것으로 보인다." 정도로 고치는 것이 좋다.

글을 어렵게 쓰는 것은 보도 자료를 그대로 인용하면서 나타나는 현상이다. 정부 부처 등 공공 기관에서 내놓은 자료를 토대로 하여 작성한 기사에서 특히 많이 볼 수 있다. 이는 정부 기관에서 발표하는 내용을 그대로 옮기고 있기 때문이다.

(2) 농수산부 조남인 수의관은 현행 유통 구조의 문제점이 도살장·정육점에서의 부당 이득을 위한 과당 경쟁·부정 급수의 현장 적발의 어려움과 축산물 검사원의 근무 조건 등을 그 원인으로 꼽으면서 특히 수분 함량 기준을 설정하는 품종별·부위별·연령·영양 상태·비육 정도에 따라 육류 수분 함량의 기준치가 달라 문제점이 많다고 지적했다.

한마디로 의미를 파악하기 어려운 글이다. 글은 독자들을 위해 쉽게 풀어서 쓰려고 해야지 위의 글처럼 어렵게 꼬아서 써서는 안 될 것이다.

(3) 미국식 프로 야구를 강조하며 선수들에게 자율 훈련을 시켜온 그가 이처럼 팀 성적이 부진한 까닭은 무엇일까?

문장 구성에 문제가 있다 보니 어렵게 되고 말았다. "그는 미국식 프로 야구를 강조하여 선수들에게 자율 훈련을 시켜 왔는데도, 이처럼 부진한 성적을 거둔 까닭은 무엇일까."와 같이 고치는 것이 좋다.

(4) 박 씨는 어느새 재야측과 운동권 학생들에게는 '열사'로 불려지고 있다. 또 당국에게는 또 하나의 '뜨거운 감자'로 부담을 주고 있다.

'뜨거운 감자'라는 말이 이따금씩 신문에 등장, 이에 대한 의미를 모르는 독자들을 당혹케 한다. 이는 영어권에서 사용하는 'hot potato'를 직역한 것으로, '다루기 힘든 문제' '곤란한 상태' 등의 의미를 지니고 있지만 위와 같은 상황에서 적절한 예가 될 수 있을지 생각해 볼 필요가 있다.

적절한 예는 독자들의 이해를 돕는 데 필요하나 위와 같이 얼른 이해하기 어렵고, 더구나 우리의 정서와는 동떨어진, 외국에서 쓰는 예는 더욱 독자들의 머리를 혼란하게 만든다. '찻잔 속의 태풍' '콜럼버스의 달걀' 등도 비슷한 예다.

(5) 검·경의 중점 수사 대상은 강 군 사망 이후 각종 불법 집회와 시위를 주도해 온 범국민 대책회의, 집회·시위 인원 동원을 맡았던 전대협(全大協) 전민련(全民聯) 지도부, 불법동맹파업을 주도한 전노협(全勞協)과 '임금 인상 전국 투쟁 본부' 등 노동 단체, 교시들의 시국 선언과 관련 전교조(全敎組) 간부, 사노맹(社勞盟) 한민전(韓民戰) 등 이적 용공 유인물을 제작 배포한 지하 단체 등이다.

위의 예에 나오는 단체 이름은 시국 사건이 있을 때마다 신문에 자주 오르내리는 것이어서 약칭을 쓰게 됐는지는 몰라도 기사 첫 머리에는 반드시 정식 명칭을 써 주는 것이 바람직하다.

(6) 평민당 측은 김영진 이상수 이철용 의원 등을 차례로 내세워 반대 토론을 전개하는 등 '필리버스터'를 전개했으나 김용태 예결 위원장이 일방적으로 토론 종결을 선포하고 표결을 강행….

(7) 이는 대통령 후보의 조기 지명이 레임덕 현상을 가속화할지 모른다는 청와대의 의구심을 그대로 드러낸 것이다.

요즘 신문을 보면 정치와 관계되는 외래어가 자주 등장한다. 그 대표적인 것이 위에 나오는 '필리버스터'와 '레임덕'이다. 이 단어는 정치학 관계 서적에 나와 있지만 아직 익숙하지 않은 사람도 많다는 것을 생각할 때 신중하게 사용해야 하리라 본다. 위의 예와 같은 경우라면 '필리버스터' 대신 '합법적인 범위 내에서 의사 진행에 제동을 걸었으나'와 같이 풀어 쓰는 것이 좋을 것이다.

'레임덕'은 3선이 금지된 미국 대통령이 집권 2기에서 자신이 소속된 정당이 의회 선거에서 과반수 획득에 실패함으로써 남은 임기 동안 정책을 소신껏 펼 수 없는 상황을 말한다. 이는 꼭 다리를 절룩거리는 오리와 같다 해서 '레임덕' 현상이라고 한다. 우리말로 풀어쓰면 '집권 후반기 권력 누수 현상'정도가 될 것이다. 우리의 경우는 강력한 권력 집중이 이루어지는 상황에서 굳이 '레임덕'이란 단어를 남발할 필요가 있는가.

(8) 90 프로 야구 페넌트 레이스가 점입가경이다.

(9) 라이선스 계약은 손쉽게 과실을 얻을 수 있지만 장기적으로 상당한 유통 마진을 포기하는 셈이고, 게다가 디자인 · 원단 제조 기술의 이전 효과가 빨라 이른바 '부메랑 효과'에 얻어맞기 쉽기 때문에 국내 진출 업체들이 틈만 나면 국내 직접 진출을 노려 왔다는 것이다.

(8)의 사례는 문장은 짧지만 이해하기가 어렵다. 그 이유는 쉬운 우리말로 기사를 작성하지 않고 외래어와 한자 숙어를 동원했기 때문이다. (9)의 사례에는 '라이선스 계약', '이전 효과', '부메랑 효과' 등 이해하기 무척 어려운 경제 용어가 등장하고 있는 데다 이들 단어가 외국어로 된 것이어서 더욱 머리를 산만하게 한다. 이런 용어들을 우리

말과 글로 옮겨 언중이 모두 이해할 수 있도록 해야 할 것이다. 글은 남에게 자신의 의견을 전달하는데 일차적 목적이 있는 만큼 정확하고 명료하게, 그리고 간결하게 써야 한다.

세계적 문호 헤밍웨이도 신문을 통해 문체를 익혔다. 그는 신문사의 기사 작성 요령을 담은 책자 '스타일북' 첫 단락을 회상했다. 첫 단락은 이 스타일북의 제1 원칙이기도 했다. 그 내용은 "짧은 문장을 쓰라. 짧은 단락을 쓰라. 부드럽게 쓰려는 노력을 게을리하지 말라. 박력 있는 글을 쓰라. 확정적으로 쓰라. 소극적으로 쓰지 말라."는 것이다.

헤밍웨이는 "신문 문장에 관한 규칙이야말로, 글 쓰는 직업을 위해서 내가 배운 최선의 규칙이었다. 나는 한시도 그걸 잊지 않았다. 말하고자 하는 소재에 관해서 그대로 느끼고 그대로 표현하려는 사람이 어느 정도의 글재주를 갖추었다면 그 규칙에 따르는 한 잘 쓰지 않으려야 잘 쓰지 않을 수가 없다."고 말했다.

너무 길게 쓴 글

의사 전달의 수단인 언어는 간결할수록 독자들이 이해하기 쉽다. 초보자의 글이 어색한 이유는 한 문장 안에 여러 내용을 담으려다가 단어 연결이 부자연스럽고 글이 길어지는 등의 오류를 범하기 때문이다.

문장이 간결해야 한다는 것은 초보 단계에서 누누이 강조되는 내용이다. 길게 쓴다고 지적받는 것은 의미의 중복이 많고 여러 사실을 한 문장에다 소화하려고 무리하게 쓰기 때문이다.

(1) 경찰은 사건 당시 간디 전 총리에게 화환을 갖고 접근했던 여인의 허리벨트에서 배터리 전지와 전선이 RDX로 불리는 폭약의 성분인 사이클로디메틸렌 등과 함께 검출된 점으로 보아 이 폭발물이 벨트에 장치돼 있었음이 거의 틀림없다고 거듭 밝히고 강력한 폭발로 이 여인의 두개골은 파열되면서 몸통으로부터 20m 떨어진 곳으로 날아갔으나 얼굴은 형체를 알아볼 수 있을 정도의 본래 모습을 간직하고 있어 신원 파악이 가능할 것이라고 덧붙였다.

이 글은 무려 1백83자에 이른다. 이 글이 이렇게 길어진 것은 몇 가지 사실을 한 문장에 처리하고자 했기 때문이다. 이 글을 다시 정리해 보자.

(1-1) 경찰은 간디 전 총리에게 화환을 갖고 접근한 여인의 허리벨트에서 배터리 전지와 전선, RDX라고 부르는 폭탄 성분의 사이클로디메틸렌 등을 검출했다. 폭발 당시 이 여인의 두개골이 파열되면서 머리 부분이 20m나 날아갔으나 얼굴은 형체가 그대로 남아 있어 신원파악이 가능할 것으로 보인다.

기사 문장은 특히 육하원칙(六何原則), 즉 '5W 1H'(누가 언제 어디서 무엇을 왜 어떻게)를 갖추어야 한다. 기사의 전문(前文·lead)은 반드시 이 조건을 갖춰야 하기 때문에 군더더기 말을 쓸 여유가 없다. 그러나 이 원칙을 너무 의식해 한 문장에 모든 것을 다 집어넣으려고 해서는 안 된다.

전문 다음에는 전문을 부연하고 고증하는 본문이 이어지기 때문에 꼭 필요한 사실만을 요약·정리하면 된다. 이 원칙은 어떠한 글에서도 적용되기 때문에 특별히 신경을 써야 할 대목이다. 다음과 같은 예는 두 가지 사건을 겹쳐 썼기 때문에 한없이 길어졌다.

(2) 또 4일 새벽 2시30분쯤에는 서울 강서구 신월1동 O여관에 20대 청년 4명이 들어가 내실에서 잠자던 여종업원 김 모 씨(41) 등 2명을 강제로 폭행하고 70만 원 상당의 금품을 빼앗았으며 3일 오전 10시쯤에는 서울 서초구 양재동 강남빌라 이 모 씨(32·목공업) 집에 4인조 강도가 들어 이 씨 부부 등 4명의 손발을 넥타이로 묶고 건넌방에 몰아넣은 뒤 현금 8백만원과 미화 6백 달러 등 1천여만 원 상당의 금품을 빼앗아 이 씨의 소나타 승용차를 타고 달아났었다.

이 문장은 2백4자로 되어 있다. 이를 사건별로 나누고 불필요한 말을 제거하면 다음과 같이 정리할 수 있다.

(2-1) 또 4일 새벽 2시30분쯤에 서울 강서구 신월동 모 여관에 20대 청년 4명이 침입했다. 이들은 여종업원 2명을 폭행, 70만 원 상당의 금품을 빼앗아 달아났다. 3일 오전 10시쯤에는 서울 양재동 이 모 씨 집에도 4인조 강도가 들었다. 이들은 이 씨 가족 4명의 손발을 넥타이로 묶어 건넌방에 몰아넣고 1천여만 원 상당의 금품을 빼앗아 이 씨의 승용차를 타고 달아났다.

통상적으로 5W 1H의 문장 서술 원칙을 준수하려다 보면 이처럼 길어지는 경우가 많다. 그러나 간결할수록 독자들의 이해에 도움이 되기 때문에 짧게 쓰도록 노력해야 한다.

글은 효과적인 전달을 통해 필자와의 빠른 교감을 갖도록 해야 한다. 그 과정에서 문장의 시각화, 즉 단락 문제가 나오게 된다. 신문에서 단락을 너무 많이 나누는 것도, 또 단락을 나누지 않는 것도 문제가 된다. 마찬가지로 문장부호도 적절하게 사용하는 것이 좋다.

(3) 인도 초대 총리인 자와할랄 네루의 외손자이며 인디라 간디 여사의 장남인 그는 애당초 정치에는 뜻이 없어 케임브리지대학 기계공학과를 나와 인도 항공사의 조종사로 근무해 왔으나 80년 6월 당시 하원의원이던 동생 산자이가 비행기 사고로 사망하자 '네루가'의 대를 이어받기 위해 정계에 투신했다.

위의 예는 1백20자가 넘는 장문이지만 중간에 쉼표가 하나도 없어 읽기가 무척 어렵다. 주어 '그는'을 설명해 주는 구절도 복잡하고 '정게에 투신했다.'는 서술부를 설명하는 구절도 너무 길다. 이 글을 간결하게 다시 쓰지 않으려면 이해를 돕기 위해 '그는'과 '근무해 왔으나' 다음에 쉼표를 넣는 것이 좋다. 쉼표는 긴 주어부의 끝과 종속절과 주절 사이, 긴 부사절이나 삽입절 끝에는 넣어야 한다.

(4) 치안본부는 31일 체격이 건장한 20대 청년들이 일본 호스트바에 취업시키거나 천리교 성지 순례단을 위장, 국내 여성들을 일본 술집에 취업시켜 온 해외 취업 브로커 김상일 씨(31 · 경기도 용인군 이동면 화산리 379), 팬코리아여행사 중부지사장 최월남 씨(45 · 서울 자양2동 670) 등 3명을 직업 안정 및 고용 촉진에 관한 법률 위반 혐의로 구속하고 해외 취업 브로커 안우영 씨(33 · 서울 녹번동 12)를 같은 혐의로 수배했다.

위의 사례는 기사 문장으로서의 기본틀은 갖추고 있다. 그러나 이 기사는 한 문장에 여러 내용을 넣으려다 보니 무려 1백67자의 장문이 되고 말았다. 이 글은 특히 해외 브로커 3명이 직업 안정 및 고용 촉진에 관한 법률을 위반했고, 치안본부는 이들을 구속했으며, 안우영씨도 같은 혐의로 수배했다는 세 가지 내용으로 정리된다. 따라서 이 기사는 다음과 같이 세 문장으로 나눠 쓸 수 있다.

(4-1) 치안본부는 31일 20대 청년과 국내 여성을 일본 술집에 취직시켜 온 김상일 씨(31 · 경기도 용인군 이동면 화산리 379) 등 일당 3명을 직업 안정 및 고용 촉진에 관한 법률 위반 혐의로 구속했다. 해외 취업 브로커인 김씨와 팬코리아여행사 중부지사장 최월남씨(45 · 서울 자양2동 670) 등 3명은 체격이 건장한 청년들을 일본 호스트바에,

여성들은 천리교 성지 순례단을 위장하여 일본 술집에 취직시켜 온 혐의를 받고 있다. 해외 취업 브로커 안우영 씨(33·서울 녹번동 12)도 같은 혐의로 수배했다.

　신문 기사의 전문은 독자들이 뒤에 나오는 글을 모두 읽지 않더라도 기사 내용을 대충 알 수 있도록 압축해 놓고 있다. 특히 논술문을 쓸 때 반드시 자기가 쓰고자 하는 내용을 요약해 글의 맨 앞부분으로 끌어내는 습관을 길러야 한다. 신문 기사의 전문은 논술문의 첫머리에 해당한다고 볼 수 있다. 군더더기 말들을 버리고 간결한 문장을 만들려는 습관을 들이는 것이 좋은 글을 쓸 수 있는 첩경이다.

　(5) 경찰에 따르면 건호 씨는 4월 29일 새벽 1시쯤 아버지 이성욱 씨(50)와 함께 운영하는 대구시 동구 신암4동 황금 당구장에서 아버지 이 씨가 술에 취해 들어와 맥주병과 당구공을 던지며 행패를 부리자, 흉기로 이 씨의 목과 가슴 등 4군데를 찔러 숨지게 한 뒤 시체를 동생 종호 씨와 함께 냉장고 포장 상자에 넣어 지난 1일 밤 12시쯤 5km쯤 떨어진 수성구 황금아파트 뒷산에 버린 혐의를 받고 있다.

　기사를 우격다짐식으로 육하원칙의 틀 속에 집어넣다 보니 무려 1백50여 자의 장문이 됐다. 게다가 습관적으로 기사를 쓰다 보니 단어 선택에 오류를 범하고 있다. 아랫사람이 윗사람에게 '버릇없이 체면에 어그러지도록' 난폭한 짓을 한다는 뜻의 '행패'나 이미 살의(殺意)가 있었다는 것을 나타내는 '흉기'라는 표현은 적절하지 못하다. 존속살인 내용을 자세히 기록, 잔학성을 드러낸 것에도 문제가 있음은 물론이다.

글을 간결하게 쓰기 위해서는 우선 1문 1개념 또는 1문 1사실의 서술을 원칙으로 해야 한다. 문장의 길이는 물론 50자 이내가 좋다. 그다음에 문장 구조를 단순화해야 한다.

기사 문장은 정확(Correct) 명료(Clear) 간결(Concise) 등 3C를 원칙으로 한다. 이는 모든 문장에 적용됨은 말할 나위가 없다. 문장이 간결할수록 박력이 있고 독자를 사로잡을 수 있다. 길면 길수록 지루해져서 건성으로 읽게 된다.

공정성과 논리성이 결여된 글

글의 생명은 공정성에 있다. 공정성을 기하기 위해서는 논리성을 벗어나서는 안 된다. 노태우·전두환 두 전직 대통령의 구속 사태를 계기로 그동안 '권력의 나팔수' 역할을 충실히 해온 언론에서도 비난의 화살이 집중적으로 쏟아졌다. 5, 6공 정권 미화에 앞장섰던 언론이 이제는 사납기로 이름난 '하이에나'에 비유되면서 그 표변성에 대해 호된 비판을 받고 있다. 결국 한국 언론은 공정하지 못하다는 지적이다.

(1) 역사의 혼이 키워 낸 신념과 의지의 행동-인간 전두환

(2) 새역사 창조의 선도자 전두환 장군

(3) 솔직하고 사심없는 성품-전두환 대통령 어제와 오늘-합천에서 청와대까지

(4) 우국충정 30년-군 생활을 통해 본 그의 인간관-새시대의 기수 전두환 대통령

(5) 전두환 장군 의지의 30년-육사 입교에서 대장 전역까지

이는 5공 출범 당시 전 씨의 찬양에 열을 올렸던 유력 신문들의 표제다. 권력에 빌붙어 사실을 왜곡 전달한 언론은 기사와 사설, 해설 등을 통해 독자들의 눈과 귀를 막고 말았다. 결국 5공 정권 창출에 부역하고

곡필을 휘두른 언론은 역사를 질곡에 빠뜨린 공범자가 된 것이다. '정보화 시대'의 부작용을 실감할 수 있는 대목이다.

김영삼 정권 당시 언론을 보면 '역사 바로 세우기'라는 이름 아래 검찰을 내세워 사정 칼날을 휘두르는 정부에 대해 또 다시 박수를 보냈다. 그동안 정부가 하는 일을 대변하는 데 열 올려온 언론의 생리를 생각할 때 언론이 보이는 찬양 일변도의 논조에 대해서도 역시 독자들은 의아심을 갖게 된다.

그동안의 이같은 언론 논조는 공정 보도가 얼마나 중요한가 하는 것을 극명하게 보여 주고 있다. 글은 일단 공개되고 나면 개인의 것이 아니라 공적인 것이 되고 만다는 사실을 염두에 두고 편견없이 써야 한다. '아' 다르고 '어' 다르다는 말이 있듯이 단어 하나가 사람의 운명을 바꿔 놓을 수도 있다. 글을 쓸 때 신중을 기해야 함은 아무리 강조해도 지나치지 않다. 공정성은 정치집단뿐만 아니라 기업이나 단체 등 이익집단에도 마찬가지로 적용돼야 할 것이다.

(6) 89년 프로 축구 제6구단으로 출범한 일화는 프로 축구 사상 처음으로 3년 연속 우승이라는 전무후무한 금자탑을 쌓아 흔들림 없는 최고 명문 구단임을 다시 한번 확인했다.

(7) CF 출연료는 무려 3억5천만 원. 전속 계약이 아닌 '단발' 촬영 모델료로서는 전무후무한 액수다.

여기서 '전에도 없었고 앞으로도 있을 수 없음'을 뜻하는 '전무후무(前無後無)한'이란 어휘를 동원, 일화의 3년 우승을 극찬하고 있다. 곰곰이 따져보자. '전에 없었던 일'은 물론 있을 수 있다. 그러나 과연 프로 축구사상 3연패가 '앞으로도 없을 일'이라고 할 수 있는가. 또 지금까지 CF 출연료로 3억5천만 원이 최고액은 될 수 있으나 앞으로 이 금액을 넘는 출연료가 나오지 않으리라는 법은 없다. 이처럼 비논리적인 말이 언론 문장에 등장, 혼란을 주고 있다. 이 '전무후무'는 '아주 희귀하다.'고 할 때 쓸 수 있지만 여기서는 오히려 기사의 가치를 떨어뜨리고 있다.

기사는 '희귀성'이 전제돼야 하는 것은 물론이다. 흔히들 하는 말로 개가 사람을 물면 기사가 되지 않지만 사람이 개를 물면 기사가 되듯 말이다. 그러나 여기에는 시의성, 저명성, 영향성, 사회성 등이 복합돼야 한다.

글은 논리성이나 사실성이 결여될 때 신뢰를 잃게 된다. 무심코 쓰는 글에서 특히 이런 사례를 많이 발견하게 된다. 결국 필자의 신중하지 못한 모습을 보이는 것이 되기 때문에 한 번 더 자신이 쓴 글에 대해 확인하는 자세가 필요하다.

(8) 어려운 시절을 잘 이겨내고 있는 아내와 아이에게, 그리고 부모님…, 직장 동료들과 심사 위원들께 고맙다는 인사를 새로 드린다.

아내, 아이, 부모님 등의 순서에서도 사려깊지 못하지만 '아이에게…인사를 드린다.'고 과공한 말을 쓰고 말았다. 이렇게 복잡하게 늘어놓아야 할 글을 쓰다 보면 자기도 모르게 비논리적인 어휘를 선택할 수 있기 때문에 곰곰이 따져 보고 글 쓰는 습관을 갖는 것이 좋다.

(9) 70대 아버지가 설날을 맞아 고향집에 내려오는 아들을 위해 평소 사용하지 않던 방안에 불을 피웠다가 불이 나 주변 사람을 안타깝게 했는데…. 복 씨는 이날 설 명절을 맞아 서울에서 내려오는 아들을

위해 헛간에 붙어 있는 사랑채에 불을 피워 놓고 잠이 들었다며 발만 동동.

'방안에 불을 피웠다.'는 논리적으로 맞지 않는다. 물론 방안을 덥게 하기 위해 아궁이에 불을 땠다가 과열로, 혹은 아궁이 주위로 불이 번졌을 가능성은 있다. 또 '헛간에 붙어 있는 사랑채'가 아니라 '헛간이 딸린 사랑채'라고 해야 어색하지 않다. 사랑채가 헛간에 붙어 있다면 주객이 전도된 꼴이다.

(10) 하남시는 세종대왕의 13번째 아들인 밀성군 이침(李琛)의 능과 밀성군 신도비를 경기도와 시의 최종 심의를 거쳐 향토 유적지로 지정 키로 했다.

능은 임금이나 왕후의 묘소이며 원(원소)은 왕세자나 왕세자빈, 왕의 사친의 묘소다. 따라서 왕자의 묘는 원(원소)으로 해야 옳다. 이처럼 부정확한 내용만큼 어색한 것은 없다.
우리의 언어생활에서도 이러한 사례를 자주 보게 된다. 수돗물이 안 나올 때 흔히들 '수도가 안 나온다.'고 한다. '수도'는 물이 흘러 들어오거나 나가게 되는 통로이기 때문에 안 나온다고 할 수는 없다. 마찬가지로 '낚시 가자.', '군인 갔다.'고 하는 말도 곰곰이 따지자면 비논리적인 말이다.

(11) 김영삼 대통령이 17일 오후 서울공항에서 출국에 앞서 출영 나온 이기택 민주당 대표와 악수를 하고 있다.

외국 순방길에 오른 김 대통령이 환송 나온 이 대표와 악수하고 있는 것을 소개한 기사다. 그러나 이 글은 '출영(出迎)'이라는 얼토당토 않은 말을 사용하고 있다. 일본식 한자말인 출영은 마중과 같은 뜻으로 쓰이고 있다. 즉 오는 사람을 맞으러 나갈 때 쓰게 된다. 결국 이 같은 망발은 결국 글의 신뢰성을 떨어뜨리기 때문에 신중하게 써야 한다.

주관성이 농후한 글

글의 생명은 정확성에 있다. 글은 객관적으로 기술돼야 하는데도 '가장, 아주, 매우, 몹시, 무척, 굉장히, 상당히, 퍽, 꽤, 제법, 조금, 좀, 약간'(정도 부사) 등이나 '마땅히, 물론, 진실로, 확실히, 정말, 과연, 모름지기, 으레, 응당, 반드시, 꼭, 기필코, 결코, 아무리, 도무지, 왜, 어찌, 혹시, 설마, 아마, 만일, 설령, 가령, 비록'(서법 부사) 등과 같이 주관성이 강한 어휘를 쓸 경우 독자의 판단은 흐려진다.

(1) 작금의 정계 꼬락서니를 보아서는 그에 대한 대답은 심히 회의적이다.

품위에 문제가 있는 말을 써서는 안 된다. '꼬락서니'는 '꼴'의 낮은 말이다. 이러한 말은 품위에 문제가 있다. 또 스포츠 신문을 보면 군사 용어가 많이 등장하는데 이것 또한 재고해야 할 것이다. '출정' '군단' '불꽃 포' '잠수함 투수' '쌍포 작렬' '홈런 포' '송곳 기습' '사령 탑' '차세대 신병기' '미사일 포' '최신예 잠함' '결승포' '협공' '궤멸' '격파' '제패' '시한 폭탄' 등이 그 예다.

자산 규모 14위, 여신 기준 재계 9위의 한보그룹이 한보철강의 부도로 '공중분해' 위기에 몰리자 언론들은 연일 여러 면을 할애해 속보 경쟁을 벌였다.

　(2) 한보그룹 주력 계열사들의 연쇄 부도로 재계가 적지 않은 충격을 받고 있다.

　(3) 자금난에 허덕이던 한보철강이 우여곡절 끝에 부도를 냄에 따라 엄청난 사회 · 경제적 파장을 몰고 올 조짐이다.

　(4) 재계는…계열사의 연쇄 부도로 공중 분해라는 최악의 사태에 직면할 수도 있다고 보고 있다.

　(5) 지난 91년 수서 택지 특혜 분양 사건과 지난 95년말 비자금 사건 등 두 차례 위기를 넘겼던 한보그룹이 절체절명의 위기를 맞고 있다.

　(6) 초메가톤급 파장을 몰고 올 '부도 처리 결정'에 정부가 개입하지 않았을 리 만무하기 때문이다.

　위의 사례는 한보의 부도 소식을 전한 모 일간지 기사(1997. 1. 14)의 일부를 옮긴 것이다. 국내 사상 최대 규모의 부도 사건에 접하면서 언론이 갈피를 잡지 못하는 것은 어쩌면 당연한 일일 수도 있다. 그러나 위의 사례에서 보듯 '충격' '엄청난' '최악의' '절체절명' '초메가톤급' 등 주관성이 담긴 어휘를 남발, 사실 전달에 치중해야 할 기자 자신이 흥분하는 모습을 보여주고 있다.

　'초메가톤급'의 이번 사건으로 '재계가 충격을 받고', '엄청난 사회 · 경제적 파장을 몰고 올' 수도 있으며, 한보그룹 자체로서는 '최악의 사태' '절체절명'의 위기에 몰릴 수 있다. 그러나 독자들은 금융권으로부터 자본금(9백억 원)의 20배에 이르는 빚을 얻어 무리하게 제철소 건설을 추진할 수 있었던 한보그룹뿐만 아니라 사건의 당사자라고 할 수 있는 정치 권력과 은행, 그리고 기업의 역학 관계에 대해 더 많은 관

심을 가질 것이다. 위의 사례에서 보듯 이러한 부도의 배경 분석보다
는 기자 스스로 흥분, 언론 보도의 가장 기본이라고 할 수 있는 사실 전
달에 소홀히 하고 있다.

　글을 쓸 때 특히 조심해야 할 것은 필자 자신의 주관이 담긴 단어를
남발하는 것이다. 글에 대한 최종 판단은 독자들에게 맡겨야 하기 때
문이다. 다음 기사도 마찬가지다.

　(7) 법정 관리 중 2차 부도를 낸 (주)논노와 논노상사의 법정 관리인
유익재 씨(58)가 18일 자살해 충격을 주고 있다.

　(8) 아시아나항공이 속해 있는 금호그룹은 한진그룹 주력 기업인 대
한항공의 이번 항공 요금 인하가 아시아나를 겨냥한 고사 작전으로 보
고 매우 못마땅한 표정이다.

　물론 자살 사건은 사회에 '충격'을 준다. 그러나 사실 전달에 일차
목적이 있는 언론은 '충격'이라는 말을 쓰기보다는 구체적인 내용을
하나라도 더 소개하는 것이 좋다. 또 이어지는 글에서 항공 요금 인하
로 경쟁사가 고사될 수 있느냐 하는 것도 문제지만 요금 인하를 단행
한 것에 대해 '매우 못마땅한 표정'을 지었다는 것 역시 글쓴이의 주관
이 크게 담겨 있다. '결코', '누구나', '설마', '정말로', '심지어', '어차
피' 따위도 마찬가지로 기사에서는 써서는 안될 말이다.

　(9) MBC TV와 라디오에서 5개 프로를 한꺼번에 진행 중인 초특급
여성 MC 허수경(28)이 내주부터 "선택! 토요일이 좋다."를 제외한 4개
프로 출연을 일제히 중단한다.

　(10) 당시 청빈하게 생활하던 상급자(부이사관 · 3급)의 부인이 자

녀 학비 마련을 위해 9급 기능직 공무원의 초호화 아파트에서 파출부로 일했다는 사실을 알고 부패와의 결별을 결심했다.

위의 사례에 나오는 ‘초특급’ ‘초호화’는 최상급의 단어다. 만일 허수경이나 9급 공무원 아파트에 대해 ‘초특급’ ‘초호화’라는 단어를 사용한다면 그 이상의 사례에는 구체적으로 표현할 단어가 없다. 독자들은 오히려 허수경이 어떤 경력을 가졌고 어느 정도 수준인지, 또 아파트가 몇 평이고 어떻게 꾸며 놓았는지 궁금해 할 것이다.

기사 문장은 독자들에게 정확하게 사실을 전달하는 데 첫째 목적이 있다. 논평은 그다음의 문제다. 그래서 전후좌우를 생각, 사실 그대로 전달하는 것이 무엇보다도 중요하고, 그러기 위해서는 과장하거나 주관이 담긴 단어는 될 수 있는 한 피하는 것이 좋다.

문장구조가 어색한 글

말과 글은 기본 구조가 잘못 짜여질 경우 우선 이해하기가 어렵고 어색하게 보인다. 예를 들어, 주어와 서술어 가운데 어느 하나라도 없다면 절름발이 말과 글이 될 수밖에 없다. 물론 일상 회화에서는 상황에 따라 어느 하나가 생략되는 경우가 종종 있지만, 글에서는 주어와 서술어를 갖추지 않을 때는 의미 해석에 어려움을 겪게 된다.

(1) 미국의 전술 전환은 이른 바 '인텔 쇼크'라 불리는 나스닥 시장 폭락이 직접적 영향을 미쳤다는 분석이다.

(2) 대우차 매각이 늦어짐에 따라 한국은 재벌 개혁에 보다 적극적으로 나서야 할 것으로 지적됐다.

요즘 이처럼 주체도 불분명한 글들이 난무하고 있다. '미쳤다는 분석이다.' 대신에 '미친 것으로 분석된다.'로, '나서야 할 것으로 지적됐다.'는 '나서야 한다는 지적을 받았다.'로 분명히 할 필요가 있다.

(3) 하지만 상속이나 증여하는 경우 국민주택 1종은.

문장 접속 구성에 잘못을 범한 사례다. 여기서 '상속이나'는 '상속하거나'로 고쳐 '증여하는'과 호응되게 해야 한다.

(4) 개막식·16강전·준결승전을 전후로 가장 많은 이동이 발생할 것으로 예측됐다.

문장은 기본적인 구성 요건이 있다. 이 글에서는 무슨 말을 하려고 하는지는 알 수 있으되, 문장 구성은 제대로 돼 있지 않다. '가장 많은 이동이 발생할'이란 부분을 '가장 많은 사람이 이동할'로 바꾸면 뜻이 명확해진다.

(5)현재도 홍콩 영화는 동남아를 석권하는 영화 왕국의 위치를 차지하고 있다.

주어도 불분명하고 호응도 안 된다. 서술어에 호응하는 문장으로 바꾸려면 주어가 '홍콩'이 돼야 하고 '홍콩 영화'를 주어로 하려면 "동남아를 석권하고 있으며, 홍콩은…"으로 고쳐야 한다.

또 우리 말과 글에서는 주어와 서술어 사이에 부사적 수식어가 오게 되는데, 이 부사적 수식어가 길어질 경우 주어와 술어의 간격이 벌어져 이해하기 어려운 문장이 되고 만다.

(6) 노 대통령은 또 북한 개방 문제에 대해 고르바초프 대통령에게 페레스트로이카 정책을 북한에도 적용시켜 북한이 개방 정책을 채택하도록 영향력을 행사해 줄 것을 요청하고 남북 대화의 재개 및 남북 통일 여건 조성에 협력해 줄 것을 강력히 요청할 계획이다.

이 문장은 긴 부사구가 삽입되어 복잡한 문장이 되고 말았다. 장문의 부사어 및 수식어가 삽입되어 복잡한 구문이 됐다. 문장은 일문 일개념(一文一槪念), 일문 일사실(一文一事實)의 서술을 원칙으로 해야 한다.

(7) 한국은 미국이 미·이라크 고위급 회담에서 이라크가 쿠웨이트에서 철수하지 않으면 안 된다는 것을 강조하리라고 믿고 있다.

위 문장은 주어가 연속적으로 나타나고, 이어서 동사가 계속되는 형식이 되면서 이해하기 어렵게 됐다. 이 문장을 다음과 같이 어순을 바꾼다면 이해하기 쉽게 된다.

(7-1) 한국은 이라크가 쿠웨이트에서 철수하지 않으면 안 된다는 것을 미국이 미·이라크 고위급 회담에서 강조하리라고 믿고 있다.
(7-2) 이라크가 쿠웨이트에서 철수하지 않으면 안 된다는 것을 미국이 미·이라크 고위급 회담에서 강조하리라고 한국은 믿고 있다.

주어와 서술어가 있는 듯하면서도 주어와 서술어의 얼거리가 잘못되어 내용을 이해하는데 혼란이 일어나는 경우도 의외로 많다. 또 주어와 서술어가 결합할 때는 양쪽의 의미 자질이 맞아야 하는데, 호응이 되지 않음으로써 비문법적 문장이 되는 경우가 있다.

(8) 한복이 변하는 유행의 본격적 조짐은 일제 하 해방 전의 기간이었다.

위 문장은 짧지만 주어와 서술어의 얼거리가 잘못되어 어색한 문장
이 되고 말았다. 서술어 부분을 '해방 전 일제 하에서 나타났다.', '일
제하 해방 전 기간에 나타났다.'로 바꿔야 한다.

(9) 쿠웨이트로부터의 철수와 사우디에 머물고 있는 쿠웨이트 국왕
의 귀국을 허용하라는 국제적 압력….

위의 문장 형식은 기사문에서 자주 볼 수 있는 것으로 한번쯤 짚고
넘어갈 필요가 있다. '철수'와 '귀국을 허용하라.'는 구절은 '국제적 압
력'을 꾸미는 역할을 하고 있는데도 하나는 구의 형식을, 하나는 절의
형식을 띠고 있어 선택 제한에 위배되고 있다. 그래서 앞의 것을 '쿠웨
이트로부터 철수하고'로 하든가 뒤에 나오는 것을 '쿠웨이트 국왕의
귀국허용에 대한 국제적 압력'으로 고쳐야 한다.

(10) 이라크는 적어도 무모한 쿠웨이트 침공으로 초래된 석유 파동
과 세계 경제 질서를 마비시킨 책임을 져야 할 것이다.

등위 접속에서는 구이면 구, 절이면 절 등과 같이 동일 범주의 형태
가 연결돼야 하기 때문에 "석유 파동을 초래하고 세계 경제 질서를 마
비시킨 책임을 져야 할 것이다."로 고쳐야 한다.

(11) 대통령은 국민이 궁금해하거나 쟁점에 대해서는 국민 앞에 소
신있게 설명해 납득을 시켜야 한다.

'-거나'는 대등적 연결어미이기 때문에 '하거나'에 이어질 말은 동

사이어야 하는데 명사가 이어져 접목이 제대로 되지 않는다. '궁금해
하거나 쟁점으로 삼거나 하는 점에 대해서는…'으로 고쳐야 한다.

(12) 김 과장은 자기가 제일이다고 믿는다.

지정사 '이' 다음에 내포문 서술형 종결 어미로 '다'가 아니라 '라'
가 와야 한다. 마찬가지로 "그는 교장을 임기제, 임명제로 하여야 한다
라고 그 나름대로 당위를 역설했는데"에서 '한다라고'는 '한다고'로
쓴다면 더욱 자연스러워진다.

(13) 문교부는 새 교과서를 편찬함에 있어 국민 정신 교육의 체계화,
과학 기술 교육의 강화 및 전인 교육의 충실화에 두었으며….

동사 '두다.'는 '…을 …에 두다.'와 같이 목적격을 꼭 필요로 하는
타동사인데 위 문장에서는 그 목적격의 명사구가 빠졌다. 그래서 '…
충실화에 그 목적을 두었으며' '…편찬함에 있어 그 목적을 …충실화
에 두었으며'로 고쳐야 한다.

(14) 미국은 67년에 '연령에 의한 고용 차별 금지법'을 제정, 연령을
이유로 고용 해고 근로 조건 등에서 차별 대우를 금지하고 있다.

위의 예문에서는 '연령을 이유로'가 '차별대우'를 수식하도록 되어
있으나 후자가 명사이기 때문에 수식이 불가능하다. 그래서 '차별대
우'를 동사구로 고쳐 '차별대우하는 것'으로 고치거나 '차별대우'를
살리려면 '고용 해고 근로조건 등에서의 연령을 이유로 한 차별대우'

로 바꿀 필요가 있다.

앞의 예에서 보듯 주어와 서술어의 불일치와 문장 성분의 무분별한 생략 등으로 문장 구조가 어색해지는 것을 자주 보게 된다. 자신이 쓴 글에 대해 한번 더 읽어 보고 한번 더 생각한다면 이러한 오류는 범하지 않을 것이다.

내용이 부정확한 글

좋은 글의 첫째 기준은 그 글이 얼마나 정확한가에 달려 있다. 만일 글에 비과학적인 내용이 담겨 있거나 수치가 틀린다면 독자들로부터 신뢰를 받지 못할 것이다. 이는 다른 오류와는 달리 엉뚱한 결과를 초래할 수 있기 때문에 특히 조심해야 한다. 글자 한두 자 틀리는 것과 다르다.

오래 전 초등학교 4학년 국어 교과서에는 다음과 같은 내용이 나와 문제가 된 적이 있다. 글을 정확하게 쓰지 않으면 안 된다는 것을 잘 시사해 주고 있다.

(1) 뒷산에서 뻐꾹새 우는 소리에, 흥부는 빈 제비집을 쳐다보며, 제비가 돌아오기를 고대했습니다.

뻐꾸기가 우는 시기는 중부 지방의 경우 5월 10일 전후이고, 제비가 오는 시기는 4월 중순부터다. 이미 뻐꾸기가 우는데도 제비가 돌아오지 않았다는 것은 사리에 맞지 않는다. 이 글의 필자는 불확실한 내용을 자신의 상상력에 기대어 추측하여 쓰면서 큰 실수를 범하고 말았다.

(2) 소년은 벌떡 일어나며 손뼉을 치고 웃었습니다. 그러고는 곧 "늑대가 나왔다. 아! 늑대가 나왔어요!" 하고 외치면서 마을을 향해 달려 갔습니다.

또 번역에서 자주 지적되는 것 중의 하나가 이솝 우화에 나오는 늑대와 이리, 당나귀와 노새의 혼동 문제다. 동물을 제대로 구별하지 못하고 글을 쓴다는 것도 독자들의 신뢰를 떨어뜨리는 요인이 된다. 늑대는 개과에 속한 산짐승으로 개와 비슷하나 꼬리를 늘어뜨린 점이 다른, 우리나라의 특산(korean wolf)이다. 이리도 개과에 속한 산짐승이나 만주, 중국, 유럽, 북미 등지에 널리 분포돼 있다. 따라서 이솝은 그리스 작가로서 유럽을 무대로 이솝 우화를 썼다고 볼 때 '울프(wolf)'는 '늑대'가 아니라 '이리'라고 번역해야 된다.

마찬가지로 우화 속에 당나귀가 노새로 둔갑하기도 하고 노새가 당나귀로 둔갑하기도 한다. 당나귀는 영어로는 '동키(donkey)', 노새는 '뮬'(mule)이다. 노새는 수탕나귀와 암말 사이에서 태어난 잡종이고, 노새와 반대로 암탕나귀와 수말 사이에서 태어난 것은 버새이며 영어로는 '히니(hinny)'이다.

(3) 박 소장은 연구 논문을 위해 지난해 말 서울 거주 초등학교 4~6학년생 1천80명을 설문 조사한 결과 76.7%인 8백1명이 가정에서 수시로 매를 맞고 있었으며, 이 중 9.4%인 98명은 심하게 매를 맞는다고 대답했다.

글에서 가장 주의해야 할 것은 수치 문제다. 조금만 신경 쓰지 않으면 엉뚱한 결과를 가져온다. 1천80명의 76.7%라면 828명이라야 맞는

데 여기서는 8백1명이라고 했고, 8백1명의 9.4%은 75명이지만 98명이라고 적고 있다.

(4) (주)대우의 수출 1백억 달러 달성은 67년 창업 첫해의 수출 실적인 58만 달러에서 만28년만에 1천7백30배 이상의 수출 신장세를 보이면서 거둔 결과이다.

'대우, 수출 1백억 불 돌파 – 28년 만에 1천7백 배 신장'이라는 표제가 붙은 이 글은 수치 계산이 잘못돼 우선 기사의 신뢰를 떨어뜨리고 있다. 만일 67년 첫해의 수출액이 58만달러라면 1백억 달러는 약 1만7천배가 된다. 위의 기사 내용대로 1천7백30배가 맞다면 첫해 수출액은 5백80만 달러가 돼야 한다.

(5) 15일 김영삼 대통령에 의해 국무총리로 내정된 서울대 이수성 총장(57)은 평소 강직하고 신의와 도덕성을 중시하는 법학자로 평이 나 있다.
(6) 신임 이 총리 내정자가 56세라는 점은 차기 내각 구성진이 대폭 젊어질 것을 예고하고 있다.

기사 문장에서 인물을 소개할 때 가장 중요한 것은 나이를 정확히 밝히는 것이다. 그러나 총리 내정 기사를 다루면서 나이가 두 가지로 나왔다. 물론 양력이나 음력, 혹은 서양식이냐 동양식이냐에 따라 한 살 정도는 차이가 난다고 하지만, 한 신문에서 이처럼 두 가지로 나온다는 것은 누구도 이해하지 못할 것이다.

(7) 30일 무역진흥공사 보고에 따르면 EC 집행위원회는 한국 일본 중국 태국의 1회용 가스라이터 대EC 수출이 86년에 4백만 개에서 89년 1억5천2백만 개로 3백38%나 늘어나 EC 업계에 실질적인 피해가 있었다고 지적하고….

4백만 개에서 1억5천2백만 개로 늘어났다면 3백38%가 아니라 2천8백%가 된다. 전문 분야일수록 지식이 부족해 좌충우돌하는 글을 씀으로써 이해 당사자들로부터 핀잔을 받고 있는 사례이다.

(8) 7일 환경처가 발표한 '91년 1·4분기 주요 도시 대기 중 중금속 농도 현황'에 따르면 납의 경우 인천이 0.8270ppm으로 전국에서 최고치를 기록했으며….

(9) …중금속 오염이 가장 심한 도시는 인천으로 납이 m^2당 0.827g….

(10) 지난 1월 조사 때 인천 부평동은 0.827ppb로 전국 최고의 납오염도를 보였으며…

위에서 예를 든 각 신문은 대기 중 오염도를 ppm, ppb, g 등 세 가지로 표현하고 있다. ppb는 g과 비슷한 수치지만 ppm은 이들과 1천 배의 차이가 난다.

글은 반드시 사실 확인 과정을 거쳐 내용을 정확히 써야 한다. 짧은 글이라도 소홀히 다룰 수 없는 것이다. 다음 예는 작은 것에 불과할지 모르지만 모두들 음미해 봐야 할 것이다.

(11) 19일 0시 40분경 경기도 하남시 창우동 한국농산 앞길에서 공주경찰서 중부 지서 김장원 순경(27)이 검문에 불응하고 달아나던 승

용차(운전사 이승주·30)에 권총을 쏘아 뒷좌석에 타고 있던 김진주 씨(20·여·서울 서초구 서초동)가 왼쪽 엉덩이에 총을 맞아 중상을 입었다.

　(12) …김진주 씨(20·여·서울 서초구 서초동 369의6)가 엉덩이에….

　(13) …김진주 씨(20·서울 서초구 서초동 1369의 6)가 왼쪽 엉덩이에….

　(14) …김진주 씨(20·서울 구의동 229)가 봉고차를 타고 뒤쫓아온….

　한 사건을 다룬 글인데도 피해자 김진주 씨의 주소가 모두 다르다. 특히 요즘처럼 혼란스러운 시국을 다루는 글 가운데 '소설식' 추측 기사가 남발하고 있다는 사실에 대해 모두 반성해야 되리라 본다.

　글은 정확해야 한다. 글은 뼈대를 올바르게 갖추고 내용을 정확히 기술할 때 독자로부터 신뢰를 얻게 된다. 사건의 전달을 목적으로 하는 문장의 경우 특히 정확성을 기해야 한다.

맞춤법을 무시한 글

우리가 늘 쓰고 있는 말과 글이지만 그 말과 글을 자세히 뜯어보면 여러 가지 잘못된 곳이 있음을 발견하게 된다. 우리가 말을 잘하고 훌륭한 글을 쓴다고 할 경우도 따지고 보면 말과 글의 기본틀을 지킬 때만 그것이 가능하다. 우리가 이 세상에 태어나면서부터 쓰는 말이기 때문에 쉽다고 하지만, 바른 글 정확한 말을 쓴다는 것은 그리 쉽지 않다.

우리 사회에 법이 존재하듯 말과 글의 세계에도 법이 있게 마련인데, 그것을 흔히 맞춤법이라고 한다. 한글 맞춤법은 표준어를 적는 규범이다. 그래서 바른 말과 글을 쓰기 위해서는 맞춤법에 맞게 쓰지 않으면 안 된다. 1933년 조선어학회에서 맞춤법 통일안을 제정했으며, 현재 우리가 사용하고 있는 한글 맞춤법은 1988년 1월 14일 개정하여 고시하고 1989년 3월 1일부터 시행한 것이다.

그러나 언론 기사를 살펴보면 개정된 맞춤법을 무시하는 사례가 많고, 거기다가 개정된 한글 맞춤법에도 문제점이 노출되면서 더욱 혼란이 가중되고 있다.

(1) 사태 해결은 여전히 안갯속

(2) 이래 가지고는 나라 일이 안 된다.

(3) 화제거리로 남을 것 같다.

　그동안 새 방식을 시행해 오면서 졸속 개정의 증거들이 하나 둘 드러나고 있는데 그 첫째가 합성어에 쓰는 사이시옷 문제다. 새 기준에서는, 두 음절로 된 한자어에는 곳간(庫間), 셋방(貰房), 숫자(數字), 찻간(車間), 툇간(退間), 횟수(回數) 등 여섯 단어에만 사이시옷을 붙인다고 한정했다.

　그러다 보니 초점(焦點) 시가(時價·市街) 대가(代價·大家·貸家) 등 그동안 사이시옷을 써왔던 한자어의 경우 사이시옷을 쓰지 않게 됨으로써 혼란이 일어나고 있으며, 먼짓길, 뱃샀, 담뱃불, 구릿빛 등 순수한 우리말 복합어 가운데 규정상 일일이 사이시옷을 붙여 써야 하는 번거로움 또한 국어생활의 짐이 되고 있다.

　물론 위의 사례에서 '안갯속'은 '안개 속'으로, '나라 일'은 '나랏일'로, '화제거리'는 '화젯거리'로 바꿔야 한다.

　신문 기사에서 새 규정을 처음으로 준용하면서 독자들로부터 많은 문의전화가 있었다. 이 가운데 특히 '-습니다'에 대한 표기에 대해 독자들의 혼란이 컸다. 그간 '-같습니다' '-적습니다' '-좋습니다' 등 몇 가지 예외 규정을 두고 그 밖의 모든 문장에는 '-읍니다'를 써 왔다. 그래서 상당히 익숙해져서 틀리지 않을 만큼 된 상황에서 '-읍니다'를 버리고 '-습니다'로 통일하는 식으로 규정이 바뀌어 독자들의 거부 반응이 컸던 게 사실이다.

　요즘 텔레비전을 보면 '없슴', '있슴'이란 자막이 자주 등장한다. '없다' '있다'라는 형용사 어간에 명사형 어미 '-음', '-ㅁ'을 붙여야 하기 때문에 '없슴', '있슴'이란 말은 있을 수 없다. 공문서에도 가끔씩 눈에 띈다. 즉 '없습니다' '있습니다'는 겸양을 나타내는 서술형 종결 어미이기 때문에 명사형으로 바꿀 때는 어간에 '-음', '-ㅁ'을 붙여야 한다.

맞춤법 개정 이후 여러 가지 혼란이 나타나고 있다. '개악'이든 '조령모개식'이든 이미 그것이 광범위하게 사용되고 있는 이상 맞춤법을 수용해야 한다. 일부 언론에서 그것을 무시하고 옛 것을 그대로 쓴다거나 그 나름대로 규정을 정해 씀으로써 독자들의 혼란이 가중되고 있다.

특히 교과서적 표기법을 중시해야 할 신문, 방송, 잡지 등 언론 매체에서 표기법에 충실하지 않고 혼란스럽게 쓴다면 독자들은 어느 장단에 춤을 추어야 할 것인가. 맞춤법과 표기법을 잘 지키는 것이 좋은 글을 쓸 수 있는 첩경이란 점에서 특별히 신경을 써야 할 것이다.

'언문불일치'의 글

언문일치(言文一致). 실제 생활에서 하는 말과 그 말을 적은 글이
일치해야 한다는 뜻으로 기사 작성의 기본이 된다. 문장어(글말)의 어
법은 그 시대 상용어(입말)의 어법과 동떨어진 것이 아니라 일치하는
것이 아니면 안 된다. 우리나라는 갑오경장을 계기로 우리말을 우리
글로 쓰자는 취지 아래 독립신문을 비롯한 언론계가 앞장서서 '언문일
치운동'을 편 경험을 갖고 있다.

전파 매체의 발달로 라디오, TV 등 언론 매체가 정보 전달의 주요
수단이 되면서 언문일치의 중요성은 더욱 커지고 있다. 우리 조상들이
대대로 써오던 토박이말은 우리 겨레말의 바탕이 되어 오늘날까지 연
면히 전해오고 있다.

그러나 일부 지식인들에 의해 외래어·외래 문체가 남발되면서 언
문일치는 금이 간 상태다. 그들은 우리말을 새롭게 만드는 것보다 외
국말을 빌려 쓰는 것에 익숙해 있고, 남보다 외국말을 많이 쓰는 것을
자랑스럽게 생각하고 있다.

우리 주위에서 쉽게 써도 될 것을 일부러 어렵게 쓰면서 어색한 글
이 되고 마는 사례를 자주 볼 수 있다. 살아 있는 글을 쓰기 위해서는
우리의 생활 현장에서 만날 수 있는 쉬운 말을 골라 쓰는 습관을 가질
필요가 있다.

(1) 이 전등이 켜져 있을 때에도 이 문은 열려지지 않습니다.(지하철의 광고문)

보통 일상생활에서는 위의 예처럼 '열려지지'가 아닌 '열리지'를 쓴다. 위의 예에서 보듯 '열려지지'의 '지다'와 같은 피동 조동사(되다, 되어지다, 불리다 등)는 일본말의 영향을 받은 지식층의 글에서 많이 볼 수 있다. 입말에서는 거의 사용하지 않고 있다. 위의 예에 나오는 '열려지지'는 피동격 조동사를 빼고 '열리지'로 하더라도 아무런 문제가 없다.

(2) 37년 중앙아시아로의 강제 이주 이래 40만 재소 동포들의 눈과 귀 구실을 해온 이 신문은….

이 역시 '중앙아시아로의'보다는 '중앙아시아에 강제 이주한'을 보통 쓰게 된다. '아름다움에의 약속입니다', '구속자 가족에서 민주투사로의 변신'이라는 말도 마찬가지다. 일본어의 영향을 받아 '-에의' '-로의'와 같은 묘한 글말이 남발되고 있는 것이다. '-와의', '-과의', '-로의', '-에서의', '-로서의', '-로부터의', '-에로의' 등도 일본말의 번역 과정에서, 일본말 교육의 영향으로 나타나는 언문불일치의 단적인 예다. 위의 예는 '아름다움을 약속합니다.' '구속자 가족에서 민주투사로 변신' 등으로 고친다면 더욱 간결해진다.

입말과 글말의 불일치는 숫자 표기에서 두드러지게 나타나고 있다. 일상생활에서 쓰지 않는 말이 글에서는 자주 등장한다.

(3) 용인 자연농원 어린이 동물원의 사자가 8일 오전 4시경 귀여운

사자 3마리를 낳았다.

아라비아 숫자도 한자 숫자와 같이 '일, 이, 삼, 사…'로 읽기 때문에 위의 예처럼 '사시경' '삼마리' 등은 입말·글말 일치 측면에서 볼 때 어색하다. 그래서 '네시경' '세 마리' 등으로 표기해야 한다. '사시경' '삼마리'로 써놓고 '네시경' '세 마리'로 읽으라는 것은 잘못돼도 여간 잘못된 것이 아니다.

좋은 글을 쓰기 위해서는 우선 간결하면서도 평이하게 자기 생각이나 주장을 펼 수 있어야 한다. 그러기 위해서는 평상시 언중이 쓰고 있는 말을 적절히 활용하여 글쓰는 습관을 길러야 한다. 유식하게 보이기 위해 복잡하게, 자기도 알 수 없는 내용으로 글을 전개해서는 안 된다. 입말·글말 일치의 중요성은 이런 차원에서도 더욱 강조되고 있다.

(4) 일본을 첫 방문하는….
(5) 첫 출전한 올림픽에서….

물론 위의 글에서 '첫'은 관형사가 서술어를 꾸미고 있어 수식 구성이 잘못됐다. 또 '처음 방문' '처음 출전'이라고 하는 것이 언문일치에도 맞는다. 마찬가지로 '올 들어'도 '올해 들어와'로 해야 정확한 표현이다.

잘못 쓴 구두점

마침표(온점)와 쉼표(반점) 따위의 구두점을 잘못 쓸 경우 뜻 전달에 상당한 문제점을 초래하게 된다. 문장 부호도 글자와 다름없기 때문에 신중하게 써야 한다.

(1) 여의치 않을 경우 워크아웃 법정 관리 청산 등의 방식으로 처리한다.

문장에는 구두점을 써서 글의 뜻을 명확하게 하는 사례가 많다. 따라서 꼭 써야 할 곳에 쓰지 않는다면 독자들이 혼란을 가져올 수 있다. (1)의 '워크아웃 법정 관리 청산'은 가운뎃점을 넣어 '워크아웃·법정 관리·청산'으로 하면 뜻이 분명해진다.

(2) 성삼이는 국군이 되어 공산당을 도운 죄로 붙잡힌 덕재를 만나게 된 것이다. (황순원의 '학'에서)

이 문장은 뜻이 아주 모호하다. 즉 성삼이가 만난 사람(덕재)이 과거에 국군이었는데, 군에 있을 때 공산당을 도운 일이 탄로 나서 붙잡혔다고 해석할 수도 있다. 따라서 구두점을 써서 뜻을 분명하게 할 필요가 있다. '국군이 되어' 다음에 쉼표를 찍을 경우 덕재가 공산당을 도운 것이 되고, '성삼이는' 다음에 쉼표를 찍을 경우 덕재가 국군이었는데 공산당을 도왔다가 붙잡혔다는 것이 되기 때문에 작가가 글을 쓸 때 처음부터 구두점을 써서 글의 뜻을 명확하게 둘 필요가 있다.

(3) 경관 절도범 오인, 시민에 총상

'경찰이 택시를 기다리던 시민을 차량 절도범으로 오인, 권총을 쏴 중상을 입힌' 사건 기사의 제목이다. 바쁘게 살아가는 현대인들은 신문을 볼 시간이 거의 없어 기사 제목만 대충 읽는 경우가 많다. 그러다 보니 신문에서 제목이 차지하는 비중이 그만큼 커지게 됐다.

제목은 내용을 압축해야 하는 속성 때문에 조사나 문장 부호 등을 과감하게 줄이게 된다. 그러다 보니 위의 제목처럼 얼른 이해하기 어려운 경우도 이따금씩 나온다. 이것을 풀어 쓰면 "경관이 절도범으로 오인한 시민에게 총상을 입혔다."는 것이다. 여기서는 경관을 주어로 하기 위해서는 경관 다음에 쉼표가 있어야 한다. 즉 '경관, 범인 오인해 시민에게 총상' '경관, 범인으로 오인한 시민에게 총상' 식으로 고쳐야 한다.

(4) 외대생들에 의한 정원식 총리서리 집단 폭행 사건을 계기로 각종 불법 시위·농성을 주도해온 재야 및 학생 운동권에 대한 당국의 검거령이 내려진 가운데 경찰은 6일 새벽 법원으로부터 압수 수색 영장을 발부 받아 외대와 경희대에 대규모 병력을 투입, 학생회관 노천 극장 등에 대한 압수 수색을 실시했다.

정 총리의 폭행 사건에 가담한 수배 학생들을 검거키 위해 양교에 경찰을 투입한 내용을 다룬 기사 첫머리다. 위 기사는 폭행 사건 이후에 불법 시위와 농성을 주도한 사람들에 대한 검거령이 내려진 것으로 해석될 수 있다. 실은 폭행 사건을 계기로 사건에 연루된 사람에 대한 검거령이 내려진 것이다. 이 기사에서 원래의 뜻을 살리기 위해 '계기로'와 '경찰은'은 다음에 쉼표를 쳐주는 것이 좋다. 이처럼 구두점 하나가 내용을 뒤바꿀 수 있을 만큼 중요하기 때문에 필요할 때는 꼭 활용하는 것이 좋다.

구두점 가운데 가장 신경을 써야 할 것이 가운뎃점이다. 가운뎃점은 '비슷한 말끼리 나열할 때, 또는 문장의 한 성분이 동등한 두 개 이상의 단위로 구성되었을 때 그 사이에 쓴다.'고 되어 있다.

그러나 '남·북대화'와 같이 써서 혼란을 일으키는 사례가 많다. 이때 남한과 북한이 대화를 하는 것이 아니라 '남대화', '북대화'를 모아놓은 것과 같아서 남과 북이 각각 대화를 하는 것처럼 된다. 따라서 이때는 가운뎃점을 쓰지 않아야 한다. '청·일전쟁', '노·일전쟁'처럼 쓸 경우도 '청전쟁, 일전쟁' '노전쟁, 일전쟁'과 같이 되어 가운뎃점을 쓰지 않아야 한다.

군더더기가 많은 글

신문 문장은 쉬운 말, 경제적 표현, 논리적 서술을 생명으로 한다. 그러나 신문 기사 가운데는 표기법에 맞지 않거나 비문법적인 겹말이 난무하고 있다.

(1) 미행정부와 의회 간의 예산안 확정을 위한 줄다리기가 계속되고 있는 가운데 클린턴 대통령이 의회가 마련한 예산안 거부를 공언함으로써 오는 15일부터 또 다시 연방 정부 마비 사태가 재연될 조짐을 보이고 있다.

(2) 노동계 총파업을 지원하기 위한 성금을 모금해 파문을 일으켰던 사법연수원 27기생들은 26일 가재환 사법연수원장과 김원치 서울지검 1차장검사를 만나 유감의 뜻을 전하고 모은 돈을 재야 단체 등에 전달하지 않고 다시 되돌려 주기로 했다고 밝혔다.

위의 첫째 문장에서 '또 다시…재연'은 대표적인 겹말 중의 하나다. 여기서 '재연(再燃)'은 꺼져가던 불이 다시 탄다는 의미를 지니고 있기 때문에 '또 다시…재연'이란 구절은 '또 다시…다시 탄다'는 불필요한 말을 반복한 것이 된다. '또 다시'를 빼든지 '또 다시…일어날' 정도로 고치는 것이 좋다. 둘째 문장에 나오는 '다시 되돌려주기로' 역시

'다시 돌려주기로'나 '돌려주기로'로 바꿔야 간결해진다. '되돌려주다'에는 '다시'라는 뜻이 들어 있다.

(3) 북한의 황장엽(黃長燁) 노동당 비서는 이미 작년 가을에 자신의 측근인 김덕홍(金德弘) 여광무역연합총회사 사장을 통해 김영삼(金泳三) 대통령의 가장 가까운 측근에 망명 의사를 전달했다고 일본 NHK TV가 15일 밤 베이징(北京) 소식통을 인용해 보도했다.

위의 사례에서 보듯 '가까운 측근'도 불필요한 말을 겹쳐 쓰고 있다. '측근'이란 말은 '윗사람 곁에 썩 가까이 지냄'의 뜻을 갖고 있어 '가까운'이란 말을 쓰지 않는 것이 좋다.

이와 같은 비경제적인 겹말로는 '역전앞', '초가집', '깡통', '기간 동안', '가까이 접근시키다', '간단히 요약하다', '같은 동포', '견지에서 본다면', '결실을 맺다', '계속 이어지다', '기다리며 대기하다', '남은 여생', '내재해 있다', '넓은 광장', '더러운 누명', '먼저 선취점을 얻다', '모든 만물', '박수를 친다', '사랑하는 애인', '산재해 있다', '폭음 소리' 등을 들 수 있다. 이것은 그래도 간단한 실례들이다.

(4) 추석 명절을 10여 일 앞두고 교통이 혼잡한 당일을 피해 미리 조상들의 산소를 찾아 벌초를 하는 성묘객들이 늘어나고 있다. 특히 서울 또는 서울 근교에 사는 시민들은….
(5) 이들 노조원들은 회사쪽의 '선조업정상화' 요구를 거부한 채….

'조상들', '성묘객들', '시민들'에서 '들'이라는 복수어미를 빼더라도 의미는 달라지지 않는다. '많은 사람들' '모든 국민들' '50여 개의 공장들' 등과 같은 예에서 보듯 복수를 나타내는 관형사 아래서 복수를 나타내는 어미 '들'은 군더더기 말이다. 또 '사람', '국민', '시민' 등은 집합 명사이기 때문에 특히 복수 어미가 필요없다. 여기서 복수어미를 빼버리면 문장이 깔끔해지는 것은 물론이다. (5)의 예에서도 '이들 노조원들'은 '들'이라는 접미사가 두 번이나 겹쳐 있기 때문에 어느 하나만 쓰는 것이 좋다.

(6) 한 5일쯤 지난 것 같다. 구급차에 실렸다. 눈 앞에 엄마가 있었다.

'한'과 '쯤'은 숫자를 나타내는 말 앞뒤에 붙어 '대략'이나 '정도'를 나타내는 말이다. 같은 뜻의 관형사 '한'과 접미사 '쯤'을 거듭 쓴 꼴이 됐다. 이와 비슷한 것으로 '대략…여…정도'를 들 수 있다. '우리나라의 인구는 대략 4천만 정도다' 했을 때 '대략', '여', '정도'가운데 하나만 써도 뜻을 전달하는 데는 아무런 문제가 없다. 이와 비슷한 것으로는 '약…여', '거의…여…정도', '약…여…정도' 등이 있다.

(7) 노태우 전 대통령과 이현우 전 청와대 경호실장. 두 사람은 18일 전 국민의 눈과 귀가 쏠린 서울지법 417호 대법정에서 약 2달여 만에 처음으로 말없이 마주쳤다.

여기서 '약'은 어떤 수량에 거의 가까운 정도를 나타내는 관형사이며 '여'는 한자어로 된 수사 밑에 붙어 그 이상을 나타내는 어미이다. 따라서 '약 2달여'는 '약 2달'이나 '2달여'로 바꿔 쓰는 것이 좋다.

(8) 박승희 양(19)이 갇혀 있던 장소 구조는 지난 11일 구출된 박 양

이 묻혀 있던 곳과 거의 흡사하다.

'흡사하다'는 '거의 같을 만큼 비슷함'이란 뜻을 내포하고 있기 때문에 '거의 흡사하다'의 '거의'는 불필요한 겹말이다.

(9) 노무현(盧武鉉) 대통령 주재로 6일 청와대에서 열린 정례 국무회의는 이미 예고됐던 것처럼 '노트북 회의'로 진행됐다.

(10) '이미 예감'…측근들 연락 부심

(11) 현역 의원 사법 처리 수순 아직 미확정

(12) 대학생 3명 가운데 1명 이상이 최근 논의가 활발하게 진행되고 있는 한국대학총학생회연합(한총련) 합법화에 대해 '아직은 시기 상조'로 생각하고 있는 것으로 나타났다.

(13) 예고 전광판에는 법정에서 진행 중인 사건 번호와 소송 당사자, 피의자의 이름이 나타나고, 이후 진행될 사건의 내용도 미리 예고된다.

언론 문장, 특히 제목에서 자주 등장하는 것이 '이미 예고', '이미 예감', '아직…미확정', '아직 시기 상조', '미리 예고', '아직…미지수' 등이다. '미(未)'자에는 무엇이 이루어지지 않은 상태를 나타내는 '아직…아니할'이란 뜻이 담겨 있다. '예감', '미확정', '시기 상조', '예고', '미지수'만 써도 뜻의 전달에는 무리가 없다.

'…마다…각각…씩'도 피해야 할 구절이다. '마을마다 각각 3명씩 나와 일을 하게 됐다'고 할 경우도 '마다', '각각', '씩'은 중복된 표현이다. '각각…마다', '각각…별로', '매…마다' 역시 군더더기 말이 중복됐다.

　문장을 간결하게 다듬는 작업은 우리 말과 글을 순화하는 작업의 기초가 된다. 잡초를 뽑아내고 골을 타는 작업에 비유할 수 있다. 이 작업은 국어를 아끼고 사랑하는 마음이 있을 때 더욱 빨라질 수 있다.

과도하게 생략한 글

기사 문체는 간결해야 하고 기사 제목은 글자 수까지 맞춰야 한다는 것 때문에, 일반 독자들이 이해하기 힘들 만큼 과도하게 글을 줄여 쓰는 사례가 자주 나타난다. 그러나 너무 생략할 경우 이해하기가 어렵다. 우선 생략을 하더라도 문법에 맞지 않으면 안 된다는 것이다.

(1) 부정 선거를 획책하고 있다고 강력 비난하면서….
(2) 헐값 발행·인수 막대 차익….
(3) 그나마 저임으로 버텨오던 생산 기반이….

(1), (2)의 사례에서 '강력', '막대'는 어근으로 용언을 수식할 수 없고 단독으로도 쓰일 수 없다. 따라서 함부로 줄이지 말고 '강력히' '막대한'으로 써야 한다. (3)의 '저임'도 너무 과도하게 줄인 것이기 때문에 '저임금'으로 바꿔 써야 한다.

(4) 조지 부시 미(美) 대통령은 4일 민주당 소속의 원로 정치인 로버트 스트라우스(72)를 차기 주소(駐蘇) 대사에 임명한다고 발표했다.

위의 글은 '주소(駐蘇) 美 대사 스트라우스 임명'이란 제목이 붙은

전문 기사(lead)이다. 약자는 이미 정자를 한차례 써서 독자들이 알 수
있다고 판단됐을 때 쓰게 된다. 그러나 위의 예에서는 미국, 소련이 아
닌, '미(美)' '소(蘇)'로만 처리하고 있다. 물론 미·소라면 많은 사람
이 알 수 있지만 자주 언론에 등장하지 않는 나라나 단체 이름까지 약
자를 남발 하는 사례도 자주 보게 된다.

(5) 원화의 대미 달러, 대일 엔화 환율 변동 폭이 이번 주 들어 크게
움직이고 있다.

위의 예에서도 미국 일본을 '미(美)', '일(日)'로 표기했다. 여기다가
한자말투로, 신문 기사에서 흔히 볼 수 있는 줄임 형태 '대(對)-'가 동
원됐다. 이 글의 앞부분을 일반 독자들이 알기 쉽게 '한국 원화(貨)의
미국 달러화와 일본 엔화에 대한 환율 변동 비율이….' 정도로 쉽게 풀
어 나갈 필요가 있다. 특히 한글만 쓰는 상황에서 줄임말 사용은 더욱
신중해야 하리라고 본다.

(6) 비(比)서도 화산재 분출
(7) 노 대통령 29일 미(美), 가(加) 방문
(8) 오(墺) 여객기 태(泰) 상공서 폭발

'비(比)', '가(加)', '오(墺)'에 대해 한자 세대라면 알 만한 사람은 다
알겠지만 한글 세대에겐 이것이 무엇을 뜻하는 것인지 알쏭달쏭할 것
이다. 필리핀이 '비율빈(比律賓)'이고, 캐나다가 '가나다(加奈陀)', 오
스트리아가 '오지리(墺地利)'인 것을 아는 사람이 얼마나 될까. 또 언
론에 '파(波)'로 자주 등장되는 폴란드의 한자명이 '파란(波蘭)'이란

것을 알고 있는 사람이 그리 많지 않을 것이다.

이렇게 글을 줄여 쓰는 것은 신문에서는 관행처럼 돼 있다. 그러나 어려운 한자를 동원하면서까지 줄임말을 써야 할까. 이러한 틀에서 과감히 벗어나 우리 일상에서 쓰이고 있는 말, '비(比)' 대신에 '필'로, '가(加)'대신에 '캐'로, '파(波)'대신에 '폴'로 쓰는 것이 어떨까.

또 다른 문제는 이들 국가 명칭이 일본식이라는 것이다. 프랑스를 일본에서는 '불란서(佛蘭西)'라고 적고 '후란스'라고 읽는다. 우리는 한자음으로 읽다 보니 '불란서'가 됐고 대학의 학과는 불어불문학과로 정착되고 말았다. 중국에서는 '법란서(法蘭西)'로 적고 '파란시'라고 읽는다. 한때는 '법국(法國)'이라고도 했다.

또 일본은 도이칠란트를 '독일(獨逸)'이라 적고 '도이츠'로 읽는다. 이탈리아는 '이태리(伊太利)' 또는 '이태리아(伊太利亞)'로 적고 '이타리', '이타리아'로 읽는다. 유럽은 '구라파(歐羅巴)'라고 적고 '오우로파(europa)'라고 발음한다.

우리가 굳이 일본말을 따라갈 필요는 없다. 지명 국명은 원래의 발음과 비슷하게 한글로 적는 것이 바람직하다. 하루빨리 이에 대한 통일 작업이 필요하리라고 본다.

(9) KT, YS 접촉설 '손해볼 것 없다'-YS 바람 워낙 세 인간적 유대 득표 도움.

(10) 마땅히 투자할 대상이 없어 은행 저축 예금(연3%), 보증 예금(연 1%)에 넣어둔 1천만 원 이상의 돈이 있다면 이제 CD, CP로 돌려볼 만하다.

(11) 미 프로야구 보스턴 레드삭스의 1루수 모 본이 '아메리칸 리그 MVP'에 올랐다.

요즘 신문 기사에는 약어가 의외로 많이 등장한다. 'YS(김영삼)', 'DJ(김대중)', 'JP(김종필)', 'CD(양도성예금증서)', 'CP(기업어음)', 'MVP(최우수선수)', 등 정치인의 이름은 물론 경제·스포츠 용어까지 약어를 남발하면서 독자들이 이해하는 데 어려움이 많다.

(12) 청소년들의 환경 의식 고취와 공동체 문화를 체험할 수 있는 '2000 구로 환경 축제'가 서울 구로구 신도림 거리 공원에서 열린다.

이 글은 '환경 의식 고취와 공동체 문화를 체험할 수 있는'를 '환경 의식을 고취하고 지역주민들이 공동체 문화를 체험할 수 있는'으로 풀어쓸 경우 연결이 되고 이해가 쉬워진다.

(13) 국내 상장 회사들이 현행 공시 규정의 허점을 이용, 사실상 불성실 공시를 하는 사례가 급증하고 있어 공시 제도의 개선이 시급한 것으로 지적되고 있다.

앞의 예에 나오는 '지적되고 있다'의 주체가 불분명하다. 이는 필자의 의견을 곁들여 쓴 '위장된 객관'이라고 볼 수 있다. '밝혀졌다', '알려졌다' 등도 비슷한 예다. 사실을 왜곡시키고자 할 때 자주 동원되는 수법이다.

외래어를 남용한 글

글을 쓸 때 고운 우리말을 살려 쓰는 일만큼 중요한 것은 없다. 조상 대대로 내려온 토박이말은 글을 읽는 이에게 정감을 줄 뿐만 아니라 우리 민족의 얼을 가장 잘 간직하고 있기 때문이다.

그러나 우리말은 한자말, 서양말, 일본말에 급속히 잠식당하면서 중병에 시달리고 있다.

(1) 오버하지 않는 절제된 연기로 리얼리티를 높이려 최선을 다하고 있습니다.

(2) 교복을 입어야 하고 노메이컵에 머리핀도….

(3) 올해 풀타임 메이저리거로 승격한 '한국형 잠수함' 김병현

요즘 신문 기사를 보면 어느 정도 외국어 실력을 갖추지 않으면 이해하기 어렵다. 무분별하게 외래어를 남발하고 있기 때문이다. (1)의 사례를 "무리하지 않는 절제된 연기로 사실성을 높이려 최선을 다하고 있습니다."라고 고치면 훨씬 뜻이 분명해진다. 또 '노메이컵에'를 '화장을 하지 않은 얼굴에'로, '풀타임 메이저리거로'를 '전임 메이저리그 선수'로 바꾼다면 독자들이 쉽게 이해할 수 있을 것이다.

(4) 인간이란 본래 포갓튼(foggotten)되는 게 두려운 존재 아닌가 해요.

(5) 세계적인 명소와 명브랜드를 찾아 그만의 성공 노하우와 비하인드 스토리를 알아보는 ‘베스트 하우스’와….

이 정도 되면 우리 언론이 얼마나 외래어를 남발하고 있는가를 알 수 있을 것이다. ‘포갓튼(foggotten)되는 게 두려운 존재’를 ‘잊혀지는 걸 두려워하는 존재’로, ‘노하우와 비하인드 스토리’를 ‘비결과 뒷이야기’로 하더라도 아무런 문제가 없다.

(6) 플러그인 프로그램의 등장으로 네티즌들은 이제 돈을 들이지 않고도 멀티미디어 등 각종 기능의 소프트웨어를 인터넷을 통해 전송받아 사용할 수 있게 됐다.

요즘 컴퓨터를 비롯한 첨단 과학 기사가 언론에 자주 등장하면서 일반 독자들이 이해하기 힘든 새로운 용어들이 선보이고 있다.

위의 기사에는 무려 6개의 외래어가 튀어나온다. 이 문장에 등장하는 ‘플러그인’, ‘프로그램’, ‘네티즌’, ‘멀티미디어’, ‘소프트웨어’, ‘인터넷’은 모두 첨단 용어로, 일반인에게는 다소 생소한 단어들이다.

여기서 ‘네티즌’의 경우 사전에도 나오지 않은 최신조어다. ‘네티즌(netizen)’은 ‘네트워크(network)’와 ‘시티즌(citizen)’을 조합한 새로운 용어이다.

‘플러그인(plug-ins)’도 ‘플러그를 꽂다(plug-in)’에서 왔지만, 여기서는 끊임없이 개발되는 새로운 형식의 프로그램들을 손쉽게 이용할 수 있도록 만든 기반 체제라는 뜻으로 쓰이고 있다.

(7) Hello 프로그램의 작성이 끝났으면 Init Hello라는 명령을 주고 리턴을 하면 Inuse 램프에 불이 들어오면서 프로그램에 Save된다. 약 1분간 회전을 한 후 커서가 나온다. 그러면 Initialize가 된 것이다.

초등학생은 물론 중·고교생과 일반인을 대상으로 학원에서 널리 사용하고 있는 컴퓨터 교본의 일부다. 이것은 급격히 밀려들고 있는 첨단 물결을 우리 언어가 소화하지 못한 상태에서 외국어·외래어·우리말이 뒤엉켜 있는 언어 현실을 적나라하게 보여 주고 있다.

요사이 신문 읽기가 점점 더 어려워진다는 이야기를 자주 듣게 된다. 과당 경쟁에 따라 지면이 늘어나고, 새롭게 지면을 개발하다 보니 일반 독자들의 수준을 고려하지 않은 전문 기사가 등장하기 때문이다. 마찬가지로 위와 같이 첨단 과학 용어가 외래어로 그대로 유입되면서 독자들을 더욱 짜증나게 만들고 있다.

이런 분위기에선 우리말이 제자리를 잡을 수가 없다. 그래서 황폐화의 기로에 있는 우리말을 살려야 한다고 자각, 컴퓨터 용어를 우리말로 바꿔 쓰자는 시도가 젊은 층에서 나타나고 있다. 컴퓨터 용어의 한글화를 위한 모임까지 등장하고 있다. 이러한 일부 젊은 층에 의해 개발된 소프트웨어 가운데는 우리말로 된 것들도 많다. PC 사용자들에게 폭넓은 인기를 얻고 있는 '흔글'이 성공을 거둔 이후 '쪽박사', '따르릉', '이야기', '호롱불', '까치', '몽당연필', '하늘', '좋은날', '책꽂이' 등 우리말로 소프트웨어의 이름을 짓고 있다.

또 일부에서는 컴퓨터는 '셈틀', 소프트웨어는 '무른모', 하드웨어는 '굳은모'로 통용되고 있다. PC 통신에서 흔히 사용되고 있는 용어인 '캡처', '시숍', '부시숍' 등은 각각 '갈무리' '으뜸빛' '버금빛' 등으로 바꿔 쓰고 있다. 컴퓨터 대중화와 국어 순화 차원에서 바람직한 현상이다.

 컴퓨터가 현대 문명의 총아로 등장하면서 컴퓨터를 모르고는 일상 생활이 어려운 상황이 되고 있다. 그래서 일반인을 위해 영어 일색의 컴퓨터 용어나 전자 기기의 이름들을 한글로 바꾸는 문제가 제기되고 있다.

오류 투성이 국어 교과서

국어 교과서는 한글 맞춤법을 제대로 쓰고 있을까. 국민 대다수는 국어 교과서만은 그럴 것이라고 생각하겠지만 현실은 그렇지 못하다. 그만큼 한글 맞춤법이 까다롭기 때문에 실제 언어생활에 제대로 적용되지 않고 있다.

한국어문교열기자협회가 2002년 9월 초 민주당 이미경 의원의 용역을 받아 중학교 1, 2학년 국어 교과서를 대상으로 ①맞춤법/표준어 규정 ②띄어쓰기 ③문장 부호 및 형식 ④적합하지 않은 낱말 ⑤문장 흐름이 어색하거나 어법에 어긋난 표현 ⑥내용이 어색하거나 논리에 안 맞는 표현으로 구분해 오류를 분석한 결과 상당한 문제점이 드러났다.

(1) 하얀 눈썹을 치켜올리고 서 있는 그 자세에서….
(2) 머리를 개천 구석에 처박히면서 나가떨어졌다가….

1학년 1학기 교과서의 내용이다. 눈썹은 추켜올리는 것이지 치켜올리는 것이 아니다. 따라서 (1)의 '치켜올리고'는 잘못된 표현이다. (2)에서 '처박히면서'는 '처박히면서'로 바꿔야 한다. '처박다'의 피동은 '처박히다'가 아니라 '처박히다'이다.

또 1학기 교과서에는 △혼잣속 →혼자 속 △아유, 아퍼 →아유, 아
파 △우루루 →우르르 △모기 소리 →모깃소리 △하룻동안 →하루
동안 △내어놓았습니다 →내놓았습니다, 내어 놓았습니다 등에서 보
듯이 맞춤법이 어긋난 사례가 많았다.

띄어쓰기가 잘못된 것은 △들려 주시던 →들려주시던 △가슴아파
하고 →가슴(을) 아파하고 △그 때 →그때 △마음 속 →마음속 △벚
꽃길 →벚꽃 길 △이야기잇기 →이야기 잇기 △보잘것 없는 →보잘
것없는 △잘 살도록 →잘살도록 △한 자리 →한자리 △이 때 →이때
△그 곳 →그곳 △그 날 →그날 △한 번 →한번 △못잊어하며 →못
잊어하며 △아무 데 →아무데 △왜냐 하면→왜냐하면 △따 먹었다
→따먹었다 △아침 저녁으로 →아침저녁으로 △개선 장군→개선장
군 △가슴 둘레→가슴둘레 △그 동안 →그동안 △이 날 밤은 →이날
밤은 등 수없이 많았다.

(3) 촌스러움이 순수함으로 비춰질 수 있고, 세련되지 못한 점이 친
근감으로 느껴질 수도 있다.

(4) 돌아가신 할머니의 가족들도 말이나 눈치로 할머니가 안 계셨으
면 하고 바랐을 것이 틀림없습니다.

문장 흐름이 어색하거나 어법에 어긋난 표현들이다. (3)의 '비춰질'
은 '비칠'로 바꿔야 한다.'비추다'는 빛을 보내어 밝게 하다, 거울이나
물 따위에 모습을 나타내다, 넌지시 깨우쳐 주다 등의 뜻으로 쓰인다.
비치다는 물체의 그림자가 나타나 보이다, 빛이 반사하여 거울이나 수
면에 모양이 나타나 보이다, 속의 것이 드러나 보이다, 눈을 통하여 어
떤 인상이 느껴지다 등의 뜻으로 쓰인다. 비추다는 타동사로 능동적이

고, 비치다는 자동사로 수동적이다.

(4)의 사례에서 '바랐을 것이 틀림없습니다'는 '~임에 틀림없습니다', '~임이 틀림없습니다', 곧 '것이'는 '것임이'로 바꿔야 호응이 된다.

(5) 두꺼운 어둠 속에 파묻혔다. ~자고 있는 나무 아래에서 울긋불긋한 옷을 입은 도둑들이 모여 앉아….

(6) 먼저 내리는 친구들을 보니, 모두 어머니들이 미리 우산을 들고 나와 계셨다. 우리 어머니께서도 지금쯤 날 마중하러 정류장에 나와 계실 것이라는 생각에….

(7) 죽은 후에 묻힐 공동 묘지 10평조차 없었다.

(5), (6), (7)은 내용이 어색하거나 논리에 안 맞는 표현들이다. (5)의 사례를 꼼꼼히 살펴보면 어둠 속에서 울긋불긋한 옷이 보일 리 없다. 옛날이야기에는 비현실적인 내용이 많다고 하지만 비현실적인 내용 가운데서도 논리는 서야 한다. (6)의 '우리'를 '나의'로 바꿔야 한다. (7)의 사례도 논리적으로 모순이 있는 글이다. 10평이면 공동 묘지로서는 대궐이다. 일반적으로 묘지에 들어갈 땅이라면 '한평'도 없었다고 하지 10평도 없었다고 하지는 않는다.

1학년 2학기 교과서도 마찬가지로 많은 오류가 발견됐다. 한글 맞춤법/표준어 규정에 어긋나는 것으로 △파아랗게 → 파랗게('파아랗다'는 비표준어) △멀개지다 → 멀게지다 △임마 → 인마 △아뿔사 → 아뿔싸 △계집애들을 곯려 주기로 의논이 → 계집애들을 골려 주기로 의논이 △비밀에 붙여진다 → 비밀에 부쳐진다 △몸뚱아리 → 몸뚱어리 △혼자말 → 혼잣말 △햇빛이 따끈하게 … 그 빛에 → 햇볕이

따스하게… 그 볕에 등이 대표적인 예다.

(8) 남녀 불평등이 이 작품 속에 어떻게 나타나 있는지….

(9) 몇십 년 이래의 가뭄이라고 합니다.

(10) 독서의 궁극적인 목표는 글 내용의 이해와 학습에 있다.

2학년 1학기 교과서에 나오는 글인데 뭔가 표현이 어색하다. (8)은 '남녀 불평등 현상이 이 작품 속에 어떻게 나타나 있는지…'로 바꾸는 것이 좋다. (9)의 '이래'는 어느 시점부터 그 후를 일컫는 말이기 때문에 어색하고 대신에 '몇 십 년 만의 가뭄'으로 바꿔야 한다. 사례 (10)도 '독서의 궁극적인 목표는 글 내용을 이해하고 학습하는 데 있다.'고 바꿀 때 그 뜻이 더욱 명확해진다.

2학년 2학기 교과서에서는 △멕베드→맥베스 △세익스피어→세익스피어 △뽀조록하니→뽀조록하니 △혼자말→혼잣말 △어여쁘기도 할싸, 너그럽기도 할싸→어여쁘기도 할사, 너그럽기도 할사 △십대왕(十代王)→십대왕(十大王) △노래말→노랫말 △두근두근이고→두근두근거리고, 두근두근하고 △납짝→납작 등 맞춤법 상의 오류가 많이 발견됐다.

(11) 나는 무엇보다도 내가 두고 온 사랑하는 이들과의 결별이 아쉬워 몸살을 했다.

(12) 남편도 그가 가장 아끼는 포도주를 따서 만카와 이별주를 들었습니다.

(11)의 사례에서 '몸살을 했다.'는 '몸살이 났다.'고 고쳐야 한다. '몸

살’은 ‘몹시 피로하여 일어나는 병’으로서 ‘몸살을 하다’라고 쓰지 않는다. ‘몸살(이) 나다’가 정확한 표현이다. (12)의 사례에서 ‘포도주를 따서’라는 표현은 적절치 않다. ‘포도주 병을 따서’라고 해야 맞다.

  교과서에 이렇게 오류가 많다는 것은 글을 쓰는 사람들이 맞춤법을 소홀히 하거나 저자들 역시 글을 제대로 쓰지 못하고 있다는 것이다. 물론 교과서에 지적된 오류는 그 후 수정을 거쳤지만 우리가 조금만 소홀히 하면 글을 틀리게 쓸 수 있다는 것을 보여 주는 중요한 사례이다.

국어 교과서는 얼마나 믿을 수 있을까

“세익스피어가 맞아요? 셰익스피어가 맞아요?”

중학교 2학년에 다니는 딸아이가 국어 교과서를 읽으면서 심각한 표정으로 질문을 했다. 아이는 국어 교과서까지 잘못됐을 거라고 생각하지 못했던 것이다. 교과서에는 ‘세익스피어’리고 비젓이 올라와 있다. 같은 쪽(45)에 나오는 ‘멕베드’ 역시 외래어 표기법에 따라 ‘멕베스’로 써야 한다.

국어는 ‘자기 나라의 말’을 뜻하고 교과서는 ‘학교의 각 교육 과정에 맞도록 편찬된 도서’, 즉 교본(教本)을 가리킨다. 학생들이 국어 교과서를 신뢰하는 것은 나라의 말을 정확하게 쓰고, 올바로 배울 수 있다는 믿음 때문이다. 만일 국어 교과서가 엉터리로 만들어졌다면 국어 교육은 올바로 이뤄질 수 없고 학생들은 자기 나라의 말을 제대로 배울 수 없다.

교육인적자원부가 제7차 교육과정에 따라 펴낸 국정 국어 교과서에 상당한 오류가 나타나고 있다. 몇 가지 예를 들어보자.

국어 교과서의 오류는 한글맞춤법과 표준어 규정을 무시하면서 나타난다. 그 예로 사이시옷 오류를 들 수 있다. 즉 △혼자말(중학 국어 2-1, 149쪽) △치마 자락(〃, 161쪽)의 경우 사이시옷이 들어가야 하며, △하룻동안(중학 국어 2-1, 52쪽) △바닷속(〃, 110쪽) △횃소리(〃, 256쪽)는 사이시옷이 필요 없는 데도 사용하고 있다. '하룻동안'이나 '바닷속', '횃소리' 등은 합성어 구성으로 볼 수 없기 때문에 사이시옷을 넣지 않고 띄어 써야 한다. 사이시옷은 한글 맞춤법에 따라 적용하면 별 문제가 없다.

또 일부 국어 교과서는 종결어미 '-오'와 '-요'를 잘못 사용하고 있다. 예를 들어 △아니하리요(중학 국어 2-1, 112쪽) △속으리요(〃, 113쪽) △있었으리요?(〃, 118쪽) △대하리요?(〃, 122쪽) 등은 '-요'형이 아니라 '-오'형으로 바꿔야 한다. 이와 함께 '멀게졌다'로 써야 할 것을 '멀개졌다'(중학 국어 1-2, 57쪽)로 쓴 것이나 '보고 싶지 않데?'로 써야 할 것을 '보고 싶지 않대?'(중학 국어 2-2, 28쪽)로 쓰는 등 잘못 표기한 사례도 수없이 많다.

더욱 가관인 것은 비표준어를 남발하고 있다는 점이다. 예를 들어 '엉치'(초등 읽기 5-1, 32쪽)와 '손나팔'(초등 읽기 6-1, 19쪽)은 '엉덩이'와 '손나발'의 방언인데도 표준어인양 버젓이 사용하고 있다. 마찬가지로 '푸르름'(초등 말하기·듣기·쓰기 5-2, 137쪽)과 '설레임'(중학 국어 2-2,, 47쪽)은 비표준어로, '푸름'과 '설렘'으로 바꿔 써야 한다.

국어 교과서의 엉터리 표기는 여기서 그치지 않는다. 조금만 신경 쓰면 틀리지 않을 것도 오류를 범하고 있다. 예를 들어 '쳐박히면서'(중학 국어 1-1, 208쪽)는 '처박히면서'로, '아뿔사'(중학 국어 1-2, 79쪽)는 '아뿔싸'로, '계집애들을 곯려'(중학 국어 1-2, 92쪽)는 '계집애들을 골려'로, '비밀에 붙여진다'(중학 국어 1-2, 119쪽)는 '비밀에 부쳐진다'로, '납짝해진'(중학 국어 2-2, 237쪽)은 '납작해진'으로 써야 한다.

　한글 맞춤법은 띄어쓰기를 강조하고 있지만 상당수 국어 교과서는 이를 무시하고 있다. 그 예로 △소아 마비(초등 일기 3-1, 107쪽) △틀니(중학 국어 1-1, 36쪽) △돌연 변이(중학 생활 국어 2-2, 17쪽) △대한 민국(고등 문법, 46쪽) 등을 들 수 있다. 이들 예는 모두 합성어이므로 붙여 써야 한다. 반면에 △갓스물에(초등 읽기 6-1, 37쪽) △전세계적(중학 국어 2-1, 193쪽) 등은 관형사와 명사의 구성이므로 띄어 써야 한다. 여러 책에서 쓰고 있는 '윗글'(중학 생활 국어 2-1, 109쪽)도 '위 글'이나 '위의 글'로 바꿔야 한다.

　겹말을 사용하는 사례도 많았다. 예를 들어 '아우라지강'(초등 읽기 3-2, 23쪽)은 '아우라지'가 '두 갈래 이상의 물이 한데 모이는 물목'을 뜻하기 때문에 '강'이란 말을 쓸 필요가 없다. 마찬가지로 '가사일'(중학 국어 2-2, 8쪽)은 '가사', '검정색'(중학 국어 2-2, 127쪽)은 '검정', '세곡미'(중학 생활 국어 2-2, 24쪽)는 '세곡'으로 바꿔 써야 한다.

　한자를 잘못 쓴 사례도 드러났다. '생태계'의 한자를 '生態系'가 아닌 '生態界'(중학 국어 2-1 91쪽)로 쓰고 있다.

　문장에서 가장 중시되는 성분 간의 호응 문제도 많은 교과서가 무시하고 있다. 주어와 서술어, 목적어와 서술어, 부사어와 서술어의 호응은 국어 문장으로서 갖춰야 할 가장 기본적 요소이다.

　△그 날은 프랑스어의 마지막 수업이었다.(중학 국어 2-1, 10쪽)
　△그림을 멋있게 보이려면 검푸른 초록 나무는 꼭 있어야 됩니다.(초등 읽기 5-1, 117쪽)

　위 문장에서 '그 날은'과 '수업이었다.'는 호응이 되지 않기 때문에 '그 날은 프랑스어의 마지막 수업이 있었다.'로 바꿔 써야 하고 '그림을’, ‘보이려면’도 마찬가지로 호응이 안 되기 때문에 ‘그림이 멋있게 보이려면…’로 바꿔야 한다.

국어 교과서의 이러한 오류는 관련 학자들의 지적을 받고 그 후 수정한 것으로 알고 있다. 그러나 국어 교과서에서 언어 생활에서 가장 기본이 되는 한글 맞춤법, 띄어쓰기, 문장 부호, 표준어 규정, 외래어 표기법 문제에 대한 지적을 받는다는 것은 도저히 있을 수 없다.

이렇듯 국어 교과서에 오류가 많이 나타나는 원인으로 집필자나 심의자의 자질 문제를 첫째로 꼽을 수 있다. 이들이 어문 규정을 제대로 숙지하지 못하고 있다는 것이 드러난 셈이다. 국어 교과서가 학생들에게 미치는 영향을 소홀히 생각했다는 것도 문제다.

결국 국어 교과서의 오류 문제는 국어 교육 당국의 정책 부재와도 연결된다. 국어 교육의 중요성에 대한 인식 부족에다가 국어 교과서 개발에 대한 감독 소홀의 책임도 피할 수 없다. 결국 교육 행정의 난맥상과 국어 교육의 현주소를 보여주고 있는 셈이다.

제3부

잘못 쓰기 쉬운 말

'영부인', '각하'

말은 의도성과 습관성을 갖게 된다. 특히 권력 주변에 나도는 말은 권력자의 취향에 맞추다 보니 의도성을 갖게 마련이다. 그러나 권력의 부침에 따라 말도 바뀌는 것이 상례지만, 습관성 때문에 그러한 말을 떨쳐버리지 못하는 경우를 보게 된다.

제3공화국 시절에 고 육영수 여사를 두고 '영부인'이라고 불렀다. 그후 이 단어가 마치 대통령의 부인만을 특별하게 가리키는 것으로 잘못 알려지게 되었고, 아직도 그렇게 알고 있는 사람들이 많다.

(1) 미 영부인 첫 법정행 기록
(2) 나는 영부인이 아닌 보통 아내
(3) 단식 투쟁에 나선 페루의 전 영부인

사례 (1)은 미국 빌 클린턴 전 대통령의 부인 힐러리 여사가 화이트워터 사건과 관련, 미국 대통령 부인으로서는 처음으로 연방 대배심에 출두한 것을 다룬 기사 제목이고, 사례 (2)는 러시아 옐친 전 대통령의 부인 나이나 여사를 인터뷰한 기사 제목이다. (3)은 페루의 알베르토 후지모리 전 대통령과 별거 중인 수사나 히구치 여사의 동정 기사 제목이다. 이들 기사에는 대통령부인, 이른바 '퍼스트레이디'와 '영부인'이 동의어처럼 쓰였다. 일반적으로 쓰이는 영부인은 한자말로 대통령(大統領)의 '영(領)'이 아닌 '영(令)'을 쓴다.

영부인은 본래 남의 아내에 대한 일반적인 높임말로 '부인(夫人)'과 같은 뜻을 갖는다. 영(令)은 접두사로서 남의 가족에 대해 경의를 표할 때 명사 위에 붙여 쓰는 말이다. 그러므로 남의 아내를 높여 부를 때는 영부인이라 하게 된다. 청첩장이나 초대장에 '동영부인(同令夫人)'이라고 쓰면 '부인과 함께 오라.'는 의미다.

남의 아내를 높여 부를 때 '영부인' 말고도 영규(令閨), 영실(令室), 영정(令正), 영처(令妻)라고 했다. 옛날 사람들은 남의 첩에게까지 예의를 갖춰 영총(令寵)이라고 불렀다. 비슷한 예로 남의 어머니는 영모(令母), 영당(令堂), 영자(令慈), 남의 아버지는 영존(令尊), 영엄(令嚴), 남의 아들은 영자(令子), 영식(令息), 영랑(令朗), 영윤(令胤), 남의 딸은 영애(令愛), 영양(令孃), 영원(令媛)으로 불렀다. 또 남의 형은 영형(令兄), 남의 동생은 영제(令弟), 남의 조카는 영질(令姪), 남의 누이동생은 영매(令妹), 남의 손자는 영손(令孫), 영포(令抱)라고 높여 불렀다.

이렇듯 영(令)은 착하고 아름답고 훌륭하다는 의미를 가진다. 영덕(令德), 영도(令圖), 영명(令名), 영인(令人), 영기(令器)라고 할 때도 비슷한 뜻을 갖는다고 볼 수 있다.

영부인과 함께 권력의 냄새가 짙게 풍기는 단어가 '각하'이다. 절대 권력을 구가했던 지난 군사 독재 시절에 즐겨 썼던 이 단어 역시 대통령 전용 용어로 인식되고 있다. 지금도 청와대의 발표문에서 흔히 볼 수 있다.

(4) 작년 11월에 김 대통령께서 오사카 아·태 경제 협력체(APEC)

정상 회의에 오셨을 때 만나 뵈었는데, 이렇게 빨리 각하로부터 총리 취임 축하 메시지를 받을 줄은 몰랐습니다.

(5) 김 대통령은 "우리 딸아이도 해산을 기다리고 있는데 아이를 낳게 되면 나도 손자 손녀가 모두 10명이 된다."고 화답. 그러자 부시 전 대통령은 "각하께서도 이제 손자 손녀 수에 있어 바짝 저를 좇아오고 있군요"라고 응대해 좌중에 웃음이 일었다고 한 배석자가 전언.

사례 (4)는 새로 취임한 일본 하시모토 류타로(橋本龍太朗) 총리가 김영삼 대통령에게 전화를 한 내용이며 사례 (5)는 부시 전 대통령과 면담 기사로 모두 청와대 발표문을 옮긴 것이다.

'각하(閣下)'는 벼슬이 높은 사람에 대한 경칭이며, 천주교에서는 주교나 대주교에게 이 말을 쓰고 있다. 그러나 최근 권력층에서 사용 자체를 삼가고 있는 이 말은 전하(殿下) 폐하(陛下)와 함께 주종 관계가 뚜렷이 나타나 거부감을 주고 있다. '각하', '전하', '폐하'는 모두 뜰 아래서 왕과 신하가 시립해 있는 조선 시대를 연상케 하는, 즉 '문설주 아래', '큰집 아래', '섬돌 아래'를 의미하고 있어 섬뜩함까지 느끼게 된다. 즉 궁전에서 왕이 좌정하고 그 발 아래 신하나 하인들이 부복하고 있는 모습을 보는 듯하기 때문이다.

요즘 청와대의 발표 내용을 보면, 우리 대통령은 외국 대통령에게는 '각하'라는 말을 쓰지 않는데도 불구, 외국 국가 원수들만은 꼭 한국 대통령에게 '각하'라는 경칭을 사용하는 것처럼 발표해 미심쩍은 면도 없지 않다. 지금도 심심찮게 쓰고 있는 '각하' '영부인' 등 권력 지향형 말이 청산되는 날 권력 집중 현상이나 권력형 비리도 사라지는 것이 아닐까 생각해 본다.

'사모님', '선친'

일상생활에서 존대어를 잘못 써서 오히려 우스꽝스럽게 되는 사례를 종종 보게 된다. 우리말의 특성상 어른들에게 존대어나 촌수 등을 가려 쓰지 않을 경우 큰 실례를 범할 수 있기 때문에 평상시에 잘 익혀 둘 필요가 있다. 상하를 가려서 언어를 사용하는 습관을 갖는다면 아무런 문제가 없으리라고 본다.

(1) 김 부장께서 집안에 일이 있어 늦으신다고 하셨습니다.

우리 주위에서 흔히 들을 수 있는 말이다. 김 부장보다 높은 직위에 있거나 나이가 많은 사람에게 보고할 때 이런 말을 쓰면 큰 실례가 된다. 직위를 나타낼 때는 접미사 '-님'자를 붙이지 않는 것은 물론 높은 사람에게 보고할 때는 위의 예처럼 '-께서' '늦으신다' '하셨습니다'와 같은 존대어를 붙이지 않는 것이 좋다. 그래서 "김 부장이 집안에 일이 있어 늦는다고 했습니다."라고 하면 된다.

(2) 김 부장께서 사모님에게 전해 달라고 하셨습니다.

'사모님'이라는 어휘도 자주 잘못 쓰이고 있는 말이다. '사모'는 스승의 부인을 나타내는 말이다. 남의 아내를 높이는 말로 변질된 '사모님'은 독자나 시청자가 읽고 듣는다는 차원에서 언론이 특히 함부로 써서는 안 되는 말이다. 우리말에는 '아주머니'라는 것이 있다. 이것이 시장 바닥에서나 쓰는 말처럼 상대적으로 품격이 떨어졌으나 부녀자에 대한 통칭으로 살려 쓰는 것이 좋을 듯싶다.

(3) 회장님의 말씀이 계시겠습니다.

요즘 모임에 가게 되면 "-의 말씀이 계시겠습니다."라는 말을 자주 듣게 된다. 여기서 '계시다'는 '있다'의 존대말이지만 '계시다'의 주체는 상급자나 어른이지, '말씀'이 되어서는 안 된다. 다시 말하면 "회장님은 계십니다."로 쓸 수 있지만 사물에는 '계시다'란 존대어를 쓸 수 없다.

(4) "한번은 부친이 저를 부르더니 '너에게 물려줄 것은 바로 정(正)자와 마음(心)자뿐이다'하시면서 손수 먹물로 이렇게 새겨 놓았습니다."

부모를 일컫는 말 역시 조심해야 할 것들이 많다. 부모를 나타내는 단어로는 '아버지' '어머니' 외에 '선친', '가친' 등 여러 가지다. '부친'은 자기의 아버지를 나타낼 때는 쓰지 않고 대신 '가친(家親)'이나 '엄친(嚴親)', '가엄(家嚴)', '가주(家主)', '가대인(家大人)' 등으로 호칭하는 것이 좋다. 남의 아버지는 '춘부장(春府丈)', '춘장(春丈)', '춘정(春庭)', '춘당(春堂)', '영존(令尊)' 등으로 부르게 된다. '선친'은 돌아가신 자기의 아버지를 일컫는 말이기 때문에 살아 있는 부모에게 써서 결례를 해서는 안 된다. 남의 돌아가신 아버지는 '어른 장(丈)'자를 붙여 '선고장(先考丈)'이라고 한다. 위의 예는 '부친이'를 '가친(엄친)께서', '부르더니'를 '부르시더니', '놓았습니다'를 '놓으셨습니다'로 바로잡아야 한다.

같은 어머니를 말하더라도 자기 어머니냐, 남의 어머니냐에 따라 그 표현법이 달라진다. 남에게 자기 어머니를 소개할 때는 '자친(慈親)'이라고 해서 낮추어 말하고 남의 어머니는 '자당(慈堂)'이라고 높여서 이르게 된다. 또 자기 어머니를 가리키는 말로 '자정(慈庭)', '가자(家慈)', '가모(家母)' 등이 있으며, 남의 어머니는 '훤당(萱堂)', '대부인(大夫人)', '북당(北堂)'이라고도 한다.

(5) 애비는 잘 있느냐. 손주 녀석은 어디 갔니?

'아버지' 또는 '남자를 두루 일컫는 말'로 흔히 '애비'를 쓰지만 '애비'는 사투리이고, '아비'가 바른말이다. 언중이 많이 쓰는 '허수애비'나 '함진애비'도 '허수아비'와 '함진아비'가 바른말이다.

또 어린아이를 귀여워하여 부르는 말 중에 '애기'가 있다. "아이고, 착한 우리 애기" "우리 애기는 벌써 걸음마를 한다." 따위가 그 예이다. 하지만 이 '애기' 역시 사투리이므로 바른말 '아기'를 써야 한다. '아들의 아들'을 가리키는 말로는 '손주'가 널리 쓰이지만 '손주'도 바른말이 아니며, '손자(孫子)'로만 써야 한다. 이밖에 '삼춘'도 '삼촌(三寸)'이 바른말이고, '사둔'도 '사돈(査頓)'으로 써야 한다.

(6) 우리 아빠는 된장 찌개를 좋아하셨어요.

자녀가 있는 젊은 부인들은 남편에 대해 '여보'라고 부르고, 또 장년

층이나 노년층에서는 '영감', '○○ 아버지'라는 호칭을 사용한다. 또 아이에게 기대어 '○○ 아버지', '○○ 아빠'라고 말한다. 그러나 일부에서는 남편에 대해 '아빠'라는 호칭을 쓰지만, 이것은 잘못된 말이다. '아빠'는 어렸을 때 '아버지'를 부르는 말일 뿐이다. 남편을 부를 때는 신혼 초이든 회갑이 지나서이든 '여보'라고 부르는 것이 좋다.

마찬가지로 남편이 아내를 부를 때도 일반적으로 '여보'라는 말을 쓴다. 아이가 있을 때는 '여보'와 함께 '○○ 어머니', '○○ 엄마'라고 부를 수 있다. 그러나 '마누라'라는 말은 아내를 낮춰 부르는 것같이 들리기 때문에 사용하지 않는 것이 좋다.

'자정', '오후 12시'

KBS1 TV 밤 9시 뉴스는 10일 밤 12시, 즉 11일 자정을 기해 중국 당국이 베이징(北京) 일원에 내려졌던 계엄령을 해제한다는 소식을 전했다. 뉴스 진행자는 일본 NHK가 시간 계산을 잘못함으로써 계엄 해제 일자에 대한 '오보'가 있었다고 덧붙였다. 실제로 11일자 한 일간지의 일부 지방판에는 10일 자정을 기해 계엄령이 해제됐다는 보도가 있었다. 그러나 서울 시내판에서는 11일 0시, 즉 11일 자정을 기해 계엄령이 해제됐다는 속보가 있었다. 결국 시간 계산이 잘못됨으로써 24시간의 오보를 한 셈이다.

이렇듯 날짜가 바뀌는 시간의 명칭이 헷갈려 5공·광주 청문회가 한창일 때도 모 신문에서 똑같은 오류를 저지른 적이 있다. 청문회가 철야로 계속될 때면 밤 12시 직전에 위원장이 일단 정회를 선포했다가 차수를 바꿔 속개하게 된다. 위원장이 자정이 다가오기 때문에 정회를 하겠다고 할 때 이 자정은 '내일의 자정'을 뜻하는 것이다.

예를 들면, 11일 자정은 10일 23시 60분, 즉 10일의 밤 12시 정각과 동일하다. 10일의 마지막 순간이자 11일의 시발점이 되는 것이다.

이것은 대수롭지 않은 것 같지만 많은 사람이 종종 틀리게 쓰고 있다. 특히 관행으로 낮 12시를 오정(午正)이나 정오(正午), 밤 12시를 자정(子正)이라고 부르다 보니 '낮 12시 30분'하는 식으로 '밤 12시

30분'하는 착오를 범하기 쉽다. '10일 밤 12시 30분'은 '11일 0시 30분'이다.

각 신문에서도 모호하게 시간을 표기하는 사례를 자주 보게 되는데, 그 예를 몇가지 들어보자.

(1) MBC TV는 전 씨의 국회 증언이 밤 10시 30분 이후까지 계속될 경우 MBC 10대 가수 가요제를 1일 오후 12시10분~3시10분…방송한다.

(2) 일반 유흥업소는 현재 무제한에서 오후 5시에서 오후 12시까지…제한한다.

앞의 두 문장의 전체 기사를 살펴보면 사례 (1)에 나오는 '오후 12시 10분'은 낮 12시10분, (2)에 나오는 '오후 12시'는 밤 12시, 즉 다음 날 0시, 자정이다. 정말 착각하기 쉬운 문장이다.

(3) 4일 새벽 0시 9분쯤 서울 용산구 한남동 단국대학교 총학생회 사무실에서 불이 나….

이 기사에 나오는 '새벽 0시 9분' 또한 상식으로 이해하기 힘들다. 새벽과 한밤중을 구별하지 못할 만큼 부정확한 글이다. 새벽은 '밤이 거의 새고 날이 밝을 녘'이다. 겨울 같으면 크게 잡아 오전 5~7시쯤 될 것이다.

앞에 든 예들은 시간 개념이 불명확한 데서 오는 오류들이다. 이것들은 조금만 신경을 쓰면 범하지 않을 수 있는 오류들이나, 어느 신문 할 것 없이 자주 이런 잘못을 저지르고 있다.

관행상 하루를 표시하는 데 '새벽'은 5~7시, '오전'은 7~12시, '정오'는 12시, '낮'은 12~13시,'오후'는 13~20시, '밤'은 20~24시와 다음날 0~5시, '자정'은 0시를 기준으로 삼으면 별 무리가 없을 것이다. 그러나 일부 신문에서는 이러한 번거로움을 피하기 위해 새벽, 밤, 낮 같은 구별을 없애고 오전, 오후로 통일해 쓰기도 한다. 즉 낮 12시, 정오를 중심으로 이전은 오전, 이후는 오후로 쓰고 있다.

'찌게', '육계장'

김치찌게, 육계장, 설농탕, 아구탕….

서민들이 즐겨 찾는 음식 이름들이다. 위의 사례는 대중 음식점에 내걸린 식단표에서 그대로 옮겨 적었다. 그러나 찬찬히 살펴보면 음식 이름이 모두 잘못 쓰여 있다. 한글 맞춤법이 무색할 정도로, 그들에겐 그것이 그렇게 중요하지 않다는 듯, 이처럼 아무렇게나 적은 식단표를 내걸고 있다.

그러다 보니 한국인이 즐겨 먹는 '찌개'를 바로 쓰는 사람이 많지 않다. 상당수가 '찌게'라고 쓴다. '꽃게' '참게' 등을 연상하는지 모르겠다.

'아구탕' '아구찜'도 마찬가지다. 유명 요리책에도 '아구탕'으로 씌어 있다. 몸이 넓적하고 입이 큰 바다 물고기 '아귀'를 주원료로 양념을 넣어 끓인 것이기 때문에 '아귀탕'이라고 해야 한다. 그러나 식단표에는 하나같이 '아구탕'이라고 씌어 있다.

이 '아귀'를 '아구'라고 부르는 것은, 이 생선의 입이 유난히 큰 데서 잘못 유추한 때문인 듯싶다. 즉 이 생선의 큰 입을 보고 한자 '입 구 (口)'를 떠올려 '아구'라고 부르는 것일 터이다. 물론 우리 선조들도 이 생선을 보고는 그 큰 입에 맞는 이름을 붙였다. 하지만 그것은 '口'가 아니라 '악'이다. '입 혹은 구멍'을 일컫는 '악'에 명사를 만드는 말

'위'를 더해 '악위'라고 불렀던 것이다. 그것이 변한 말이 바로 '아귀'다. 참고로 이 아귀를 한자로는 '안강(鮟鱇)'이라고 한다.

소의 머리와 내장, 족, 무릎도가니 따위를 넣어 끓인 설렁탕도 '설농탕'으로 쓴 곳이 많다. 조선 시대 선농단(先農壇)에서 그 해의 농사가 잘 되기를 기원하는 제사를 지내고 소를 잡아서 푹 곤 다음 임금과 백성이 그 국물에 밥을 말아 함께 먹었다 해서 처음에는 '선농탕'이라고 했다. 그 후 '설농탕'이라고 하다가 지금은 '설렁탕'을 표준어로 널리 쓰고 있다.

소고기를 넣어 만드는 육개장도 '개'자가 닭 계(鷄)자인 것으로 착각해 '육계장'으로 쓰는 것을 보게 된다. 본래 육개장은 소고기를 삶아 알맞게 뜯어 갖은 양념을 한 뒤에 파와 고사리 등을 많이 넣어서 얼큰하게 끓인 국을 일컫는다. '개장' 혹은 '개장국'이라고 할 때는 개고기를 고아 끓인 국을 말하며 '보신탕'과 같은 말이다.

그리고 소고기의 한 부위로 우리가 보통 '차돌배기'라고 하는 것이 있는데, 이것도 역시 잘못된 표기이며 발음이다. 우리말 표현 중에 '무엇이 박혀 있는 사람이나 짐승 또는 물건'을 뜻하는 것으로 '바' 밑에 'ㄱ' 받침이 들어가는 '~박이'라는 것이 있다. '얼굴이나 몸에 점이 있는 사람이나 짐승'을 가리키는 '점박이'라든가, '덧니가 난 사람'을 뜻하는 '덧니박이' 등이 그 예다. '차돌배기'라는 것은 소고기 중에서 차돌이 박힌 것같이 희고 단단하며 기름진 고기를 가리키는 것인데, 이때는 '차돌배기'가 아니라 '차돌박이'라고 해야 바른 표현이다.

어떤 식당에 가면 '수육'이란 게 있다. '수육'은 '삶아서 익힌 고기'로, 주로 소고기를 쓰고 있으나 보신탕집에 가면 '통수육'이란 것까지 있다. 수육은 본래 '숙육(熟肉)'이 변한 말이다. 수육이라고 하면 '짐승의 고기(獸肉)'란 뜻도 있다. 수육(獸肉)이 사람이 먹을 수 있는 짐승의 고기라고 한다면 ‘수육’은 원형을 찾아 ‘숙육’으로 바로잡아 주는 것이 좋을 것이다. 음식문화의 발전은 틀리게 쓰고 있는 것을 고치고 제 이름을 찾는 데서부터 시작하는 것이 순서라고 본다.

여기다가 우리의 음식 문화가 외식 문화의 침투로 또 한 번의 변질 과정을 거치고 있다. 우리가 즐겨 먹고 있는 ‘짬뽕’, ‘라면’, ‘우동’ 등 일본식 용어가 버젓이 자리잡고 있고, 패스트푸드, 햄버거, 캔터키치 킨 등 서구 음식이 밀려오면서 우리의 입맛까지 외래화하고 있다.

호텔이나 전문 음식점에 ‘부페’, ‘뷔페’라는 것이 있다. 흔히들 “부 페 먹었니” 할 때 어감도 이상하지만, 이것을 식사 종류쯤으로 알고 있 는 사람이 많다. ‘뷔페(buffet)’는 ‘열차나 정거장 안에 있는 간이식당’ 을 뜻하는 프랑스 말이다. 그래서 뷔페는 여러 사람들이 좁은 장소에 서 식사를 하고자 할 때 큰 그릇에 많은 양의 음식을 담고 개인 접시를 준비해 개개인이 직접 덜어 먹는 식사의 한 방식이다. 따라서 ‘뷔페식 상차림’ ‘뷔페 파티’ 등으로 정확히 구별하여 쓰는 것이 좋다.

이렇게 서민과 가까이 있는 것들 가운데 틀리게 쓰는 것이 많은 것 은 우리의 국어 교육이 제자리를 잡지 못하고 있기 때문이다. 좀 더 확 대하면 국어 정책이 대중 속에 뿌리내리지 못하고 있다는 말이다.

‘표식’, ‘휴게실’, ‘게시판’

길거리, 특히 시골길을 가다 보면 기분이 언짢을 때가 있다. 우리나라의 교육 수준이 이제 어느 나라에도 뒤떨어지지 않을 만큼 높은데도 공공기관이 내건 안내문이나 표어 등에서 맞춤법과 동떨어진 것을 의외로 많이 발견할 수 있기 때문이다.

우선 여러 사람에게 알리기 위해 글이나 그림, 사진을 붙일 수 있는 ‘게시판’을 ‘계시판’으로 잘못 쓴 것이 상당수가 있다. ‘게시판(揭示板)’의 ‘게’가 ‘들 게’자임에도 많은 사람이 ‘계’로 발음을 하다 보니 ‘계시판’으로 쓰고 있는 것이다. 공공 기관의 수준이 이 정도라면 그 게시판에 적혀 있는 글은 얼마만큼 맞춤법을 지키고 있을까 하는 의아심을 갖지 않을 수 없게 된다.

자동차 생활이 일반화하면서 도로 곳곳에 ‘휴게소’를 알리는 안내판이 많이 등장했다. 이것 역시 ‘휴계소’로 쓰인 것을 자주 보게 된다. 여기서 ‘휴게소(休憩所)’의 ‘게’는 ‘쉴 게’인데도 ‘게’ 보다는 ‘계’로 많이 발음을 하면서 ‘휴계소’로 잘못 쓰고 있다.

요즘도 한적한 시골길을 가다 보면 간첩의 침투를 경계하는 표어들을 볼 수 있다. 그 가운데 하나가 게시판에 붙어 있는 “간첩은 표식 없다.”는 표어다. 여기서 ‘표식’은 ‘표지’를 잘못 알고 쓴 것이다. 한자어 ‘標識’은 ‘표할 표(標)’와 ‘쓸 지(識)’가 합한 어휘다. 이 ‘쓸 지(識)’자는 ‘지식(知識)’ ‘식자(識者)’와 같이 ‘알 식(識)’자로 잘 알려진 글자이기 때문에 ‘표식’으로 읽고 있지만 ‘어떤 사물을 표하기 위한 기록’을 의미할 때는 ‘표지’라고 읽어야 한다. ‘표시(標示)’, ‘표치(標幟)’도 마찬가지다. ‘기록하다’는 뜻의 ‘지(識)’는 책의 서문에서 볼 수 있다. 즉 ‘著者(저자) 識(지)’라고 쓸 경우 ‘저자 씀’이라는 뜻을 나타낸다.

이처럼 한자에는 두 가지 이상의 발음을 가진 것들이 적지 않게 있으므로 용어에 따라 달라지는 발음을 정확히 챙겨둘 필요가 있다. 몇 가지 예를 더 들어 보자.

부부의 애정을 나타내는 한자말인 ‘琴瑟’은 ‘금실’로 읽어야 하나, ‘금슬’로 읽는 이들이 많다. 이를 ‘금슬’로 읽을 때는 거문고와 비파를 뜻한다. 따라서 “그들 내외는 금실이 좋다.”는 식으로 말해야 한다.

또 경남의 지명 이름인 ‘陜川’을 놓고도 많은 혼란을 일으키고 있다. ‘陜’은 ‘좁을 협’으로도 쓰이기 때문에 ‘협천’이라고 읽는 사람이 많지만 이때는 ‘땅이름 합’의 의미로 쓰여 ‘합천’이라고 읽어야 한다.

바닷물고기 ‘뱅어’라는 것이 있다. 이를 한자로는 ‘白魚’라고 쓰고, 읽을 때는 ‘백어’가 아니라 ‘뱅어’라고 읽는다. 이 ‘白’자는 ‘흰 백(白熱)’자 외에 ‘땅이름 배(白川)’와 ‘뱅어 뱅’ 등 세 가지 음을 갖고 있다. 배천은 황해도 연안 북동쪽에 있는 도시다. 배천온천(白川溫泉)은 수온이 80℃ 이상으로 우리나라 온천 중 최고온의 온천으로 알려져 있다.

물론 한자말이 다르기 때문에 뜻이 다를 것이지만 발음이 비슷한 ‘하물(荷物)’과 ‘화물(貨物)’도 자주 혼동하는 단어다. 하물은 단순히 짐을 나타내며, 여객이 기차를 탈 때 들고 다닐 수 있을 정도의 간단한 짐을 수하물(手荷物)이라고 한다. 그러나 ‘화물’이라고 할 때는 ‘차나 배 따위로 실어 나르는 짐’이 되어 그 뜻이 달라진다. ‘화물선’, ‘화물 열차’, ‘화물인환증’ 등으로 쓰인다.

이밖에 주의해서 읽을 것으로 ‘謁見(알현)’ ‘契氏(설씨)’ ‘內人(나인
＝궁녀 아낙네)’ ‘洞察(통찰)’ ‘相殺(상쇄)’ ‘數尿症(삭뇨증＝오줌이
자주 마려운 병)’ ‘刺殺(척살)’ ‘出斂(추렴)’ ‘罷弊(피폐)’ ‘鹿皮(녹비＝
사슴의 가죽)’ ‘女紅(여공＝여자들이 하는 길쌈)’ 등도 있다. 두 가지
이상의 음을 가진 한자말로 구성돼 있기 때문에 바르게 읽지 않으면
안 되는 어휘들이다.

이처럼 한자를 잘못 읽어 실수하는 사례가 많기 때문에 발음이 틀리
기 쉬운 한자말, 두 가지 이상의 음을 갖고 있는 한자말을 특히 잘 구별
해 익혀 둬야 할 것이다.

'삼수갑산'을 아시나요!

우리말 가운데 의외로 혼동하는 단어들이 있다. 너무도 당연한 것처럼 생각하던 단어를 잘못 알고 있는 것들이다. 꼭 사전을 의심할 정도다. 그러나 조금만 신경을 쓰면 틀리지 않고 쓸 수 있는 단어들이다.

(1) 해발 1524m.그러나 대부분의 명산이 산맥 속에 있어 겹겹이 산들이 합심해서 무등을 태우듯 고산을 이루는데 유독 태산만은 평지에 우뚝 홀로 솟아 있어 다른 명산보다 더 높고 더 신비하게 보이고 있었던 것이다.

'무동을 태우다'라고 할 때 보통 '무등'을 잘못 쓴 것이겠지 생각할 수 있지만 사전에는 '무동'이 올라 있다. '무동(舞童)'은 지난날 나라 잔치 때 노래를 부르며 춤을 추던 사내아이나 걸립패에서 남의 어깨 위에 서서 춤을 추던 아이를 일컫는다. 그러나 '무동을 타다'라고 할 때는 목말을 타다는 말과 같고 '무동을 서다'라고 할 때는 '남의 어깨 위에 올라서다'라는 뜻을 갖게 된다.

(2) 졸업반 학생들은 "학교가 풍지박산인데 교수들은 학생들을 볼모로 기 싸움을 하면서 책임을 서로에게 떠넘기려 하고 있다."며 조속한

해결을 촉구했다.

'풍비박산'을 '풍지박산'이라고 알고 있는 사람이 많지만 실제 사전에는 사방으로 날아 흩어진다는 뜻의 '풍비박산(風飛雹散)'이 올라 있다. 즉 이 말은 바람을 타고 사방으로 확 흩어진다는 뜻을 나타낸다.

(3) 핏덩이를 남기고 사라진 부모, 할아버지의 친일행적 때문에 아버지 세대의 6남매와 그 배우자가 모두 북으로 가고 20여명의 아이들만 남은 가족, 가족사진 하나 없이 홀홀단신 남으로 내려와 가족 이야기를 절대 하지 않는 아버지를 둔 이웃들을 우리는 알고 있다.

위의 예문에서 보듯 '홀홀단신'은 흔히 쓰이는 말이다. 그러나 이 '홀홀단신'은 바른말이 아니다. '홀홀단신'은 그 낱말 구성 자체에 문제가 있다. 우선 '홀'은 "짝이 없음. 하나뿐임"을 뜻하는 접두어이다. 즉 한 벌이나 한 쌍을 나타내는 '짝'에 대립하는 순우리말이다. 따라서 '홀홀단신'은 겹쳐 쓰는 일이 없는 순우리말 접두어를 두 번 잇대어 쓰고, 여기에 '혼자의 몸. 홑몸'을 뜻하는 한자말 '단신(單身)'을 결합한 꼴이다.

'홀홀단신'의 바른말은 '혈혈단신(孑孑單身)'이다. '아들자(子)'와 글꼴이 비슷한 孑은 '외로울 혈'자인데, 형용사 '혈혈하다'는 "외로이 서 있다. 의지할 곳이 없어 외롭다."는 것을 뜻한다. 이 '혈혈하다'의 어근 '혈혈'에 '단신'이 더해진 말이 '혈혈단신'이다. 결국 "의지할 곳 없는 홑몸"을 뜻하는 바른말은 '혈혈단신'이며, 이와 비슷한 말로는 '혈혈무의(孑孑無依)가 있다.

(4) 산수갑산을 가더라도 '참고도' 백1로 막아야 했다는 것이다. 흑 2, 4로 위쪽 백은 거의 움직이지 못하는 모습이지만 백도 7부터 11까지 흑 다섯점을 잡는다. 굉장한 변화인데 백은 이쪽이 실전보다 낫다는 얘기다.

많은 사람이 위의 예처럼 어려운 일이 닥쳤을 때 '산수갑산'이란 말로 자신의 처지를 말한다. 그러나 '삼수갑산(三水甲山)'이 바른말이다. '산수갑산'이 널리 쓰이는 까닭은, "산 넘고 물 건너 죽을 고생 하며 왔다."거나 "산전수전(山戰水戰) 다 겪은 사람이다." 등의 예에서 보듯, 우리말에서는 산(山)과 물(水)이 어울려 '고생함'을 의미하는 경우가 더러 있기 때문이다.

여기서 삼수(三水)와 갑산(甲山)은 예부터 우리나라에서 가장 험한 산골로 불리던 곳이다. 행정구역상 삼수는 함경남도 삼수군 삼수면이며, 갑산은 함경남도 갑산군 갑산면으로 개마고원의 중심부이다. 이들 두 지역은 교통이 불편하고 풍토병도 나돌아 사람이 살기 힘든 곳이다. 이런 까닭에 조선시대에는 귀양지 중 하나로 꼽히기도 했다. 결국 '삼수갑산'은 가기도 힘들고, 살기도 어려운 곳의 땅이름을 빌려 '최악의 상황'을 비유할 때 쓰는 말이다.

'열쇠를 잠갔느냐', '종아리를 걷어라'

신문 기자들은 농담조로 동료들에게 "집에 가서 한숨 자고 오라."는 이야기를 한다. 아침 일찍 회사에 출근했다가 저녁 늦게 퇴근하는 생활이 반복되면서 집에는 잠시 다녀올 뿐이기 때문이다. 온종일 취재 현장에서 뛰어다니며 바쁜 생활 속에 지내다 보면 글자 한 자 한 자에 신경 쓸 수 없다. 그러다 보니 의외로 자주 틀리는 단어들이 등장한다. 물론 곰곰이 살펴보면 틀리지 않을 수 있는 것들이다.

세상이 바쁘게 돌아가다 보니 많은 사람이 말을 혼란스럽게 하는 경우를 자주 보게 된다. '안전사고'라는 말이 있다. 가스 폭발, 다리 붕괴 등 안전을 위한 규정을 지키지 않아 일어난 사고를 뜻하지만 '안전 지대', '안전 장치', '안전 보장' 등과는 달리 안전을 등진 사고다. 최근 만들어진 말치고는 문제가 있다.

사람들이 바쁘다 보면 아무렇게나 말을 하게 된다. '종아리를 걷어라' '옷을 털어 입어라' 등이 그 예다. 바지는 걷어올릴 수는 있어도 종아리를 걷을 수는 없다. 옷의 먼지는 털 수 있어도 옷을 턴다는 것은 사리에 맞지 않는다. 이는 말을 할 때는 알아들을 수 있지만 글로 표현할 때는 보다 분명히 해야 할 것으로 보인다.

'귀가 먹었다'는 말이 있다. 대부분의 사람은 '귀를 잡수셨다'고 한다. 예를 들면 "그 분이 귀를 잡수셔서 못 알아들으신다."고 말한다. 이

때의 '먹다'는 '막히다'의 뜻을 가진 옛말이다. '귀가 먹먹하다' '귀머거리' 등도 귀가 막혀서 알아들을 수 없는 상태를 나타내는 말이다. 그러나 별 생각 없이 사람들은 '귀를 잡수셨다'고 하니 우리들이 언어생활에 얼마나 무감각한가를 알 수 있다.

'나이를 먹다' '겁을 먹다'도 마찬가지다. 이것의 존댓말은 '나이를 잡수시다' '겁을 잡수시다'가 아니라 '나이(연세)가 드시다' '겁이 나시다'로 해야 한다. '코먹다'도 '코가 막히다(鼻塞)'의 뜻을 갖고 있다.

길을 가다 보면 도로변 표지판에 붙어 있는 이상한 말들이 시선을 끈다. 대표적인 예가 '낙석 주의'이다. 낙석이란 위에서 굴러 떨어진 돌이다. 산 아래 도로로 돌들이 떨어질 가능성이 있는 곳에 이 주의 표시가 있는 것을 보면 이미 굴러 떨어진 돌을 주의하라는 것은 아닌 듯싶다.

대형 범죄 사건이 터질 때마다 연일 신문에 오르내리는 것은 사건의 진상 파악 문제다. 즉 그 사건의 열쇠를 쥐고 있는 사람들이 입을 여느냐가 가장 큰 관심거리로 떠오르게 마련이다.

세간의 이목을 집중시켰던 오대양 집단 변사 사건이나 한보그룹 부도 사건들이 대표적 사례다. 경찰이 사건의 '열쇠'를 찾기 위해 고심하고 있는 모습이 언론에 연일 보도됐다. 그러나 미궁에 빠졌던 오대양 사건의 '열쇠'를 찾는 과정을 지켜보면서 결국 이 사건은 '열쇠'를 찾지 못한 채 영원한 미제의 사건으로 남으리라는 느낌을 갖게 됐었다.

(1) 이들이(처음 자수한 6인) 사건의 열쇠를 쥐고 있다는 점에서….
(2) 오대양 사건 해결의 열쇠를 쥐고 있는 것으로 알려져 경찰이 사건 발생 직후부터 행방을 추적했던 박용택, 박명자, 김영자 씨 등 3명이 13일 경찰에 자진 출두….

(3) 사채 행방의 열쇠를 쥐고 있는 것으로 알려졌던 최의호 씨가 자진 출두해 옴으로써….

열쇠와 자물쇠. 가끔 양자를 혼동해 쓰는 경우를 보게 된다. 언어에서 의미 유착 문제는 관념의 혼란과 관계가 있다. 흔히 ‘열쇠 고치세요.’ ‘열쇠를 잠갔느냐.’는 이야기를 듣게 된다. 자물쇠가 고장이 나고 자물쇠를 잠가야 하는데도 서로 혼동해 쓰고 있다. 마찬가지로 오대양 사건을 놓고도 자물쇠와 열쇠의 혼동 양상이 벌어졌다.
박순자 씨 자신과 그 추종자들의 죽음을 통해 단단한 자물쇠로 채워진 고난도 사건을 해결할 수 있는 열쇠를 계속 경찰이 쥐고 있는 것이 아니라고 한다면 사건은 더욱 미궁에서 헤어날 수 없을 것이다.

(4) 검찰이 과연 정태수 씨 입에 채워진 자물쇠를 열 수 있을 것인가.
(5) 한보그룹 정태수 총회장의 입은 무겁기로 정평 나 있다. 그래서 ‘자물통 입’이라고들 한다.

한보 사태의 주범인 정태수 총회장 역시 입이 무거워 언론은 ‘자물통 입’이라고 불렀다. 그러나 검찰이 정치권의 눈을 보지 않고 사건을 해결하겠다는 분명한 의지만 가지고 있다면 ‘만능 열쇠’로 자물통을 열 수 있을 것이다.

(6) 그 시간에는 한남대교는 차가 막혀 복잡하다.

길이 막히면 막혔지 차가 막히는 법이 없는데도 많은 사람이 이렇게 차가 막힌다는 표현을 쓴다. 결국 차가 교통 문제를 일으키는 주범이기 때문에 차만 생각하는지도 모른다. 자물쇠가 있어야 창고를 단단히 잠그는데도 마치 열쇠가 필요한 것처럼 생각하는 것과 같다. 땅굴, 수도관, 목구멍 따위가 막히는 것처럼 길이 막힌다고 해야 한다. 차가 막히면 결국 고장이 났다는 것과 같은 의미다.

'역시나', '몇갑절'

요즘 신문들이 앞다퉈 이상한 말을 만들어낸다. 특히 제목을 보면 가관이다. 이상한 조어를 마구잡이로 생산해 내는 것이다. 안 그래도 인터넷 이용자인 '네티즌(누리꾼)'들이 우리말 파괴를 부추기면서 국적 불명의 언어가 판을 치고 있는 상황인데도 말이다. 노무현 후보가 대통령 선거전에서 지지율이 내려가자 2002년 5월 13일자로 한 신문이 '지지율 급강하 속 盧心초사'로 제목을 단 것이 그 예다.

(1) 표심(票心)이 정치 지도 바꾼다

선거 때만 되면 어김없이 신문·방송에 등장하는 것이 '표심'이다. 말은 만들어서 상황에 맞게 편리하게 쓸 수도 있겠지만 국민의 공감대가 없는 조어는 언어 질서를 파괴하고 혼란만 야기할 뿐이다. 노심(盧心), 김심(金心) 등도 같은 사례다.

(2) 이번에는 혹시나 했었는데 역시나 아니었군요.

방송에서 자주 사용하는 '역시나'는 사전에도 올라와 있지 않은 말이다. 어떤 대상의 동작이나 상태가 다른 대상에도 마찬가지로 나타나거나 작용함을 이르는 말인 '또한'이나 '예상한 바대로', '늘 그렇듯이'의 뜻을 이르는 말로 '역시(亦是)'가 있다. 부사 중에서 '행여나(幸여나)'와 '혹시나(或是나)'의 영향을 받은 것인지 모르지만 '역시나'는 바른말이 아니다.

(3) 청나라의 내로라 하는 학자들의 그에 대한 존숭은 사뭇 지나치다 싶을 정도다.

많은 사람이 자주 틀리게 쓰는 말이 '내로라하다'이다. 그런 까닭에 많은 사람이 이를 '내노라'로 쓰는데, 이는 바른말이 아니다. '내로라'는 인칭대명사 '나'에 '이로라'가 덧붙은 말이다. '이로라'는 서술격 조사 '이다'의 어간 '이'에 "자기의 동작을 의식적으로 쳐들어 말할 때 '-다'의 뜻을 나타내는 어미" '로라'가 더해진 말이다. 즉 '나이다'와 같은 뜻의 말 '나이로다'가 줄어서 '내로라'가 된 것이다. 국립국어원의 <표준국어대사전>은 표제어로 '내로라하다'(자동사)로 올려놓았다. 따라서 이제는 '내로라 하다'로 띄어쓰지 말고 '내로라하다'로 붙여 써야 한다.

(4) 담배를 삼가해 주십시오.
(5) 운동을 삼가하고 충분히 휴식하십시오.

우리가 바른말로 알고 스스럼없이 쓰는 말 가운데 실제는 틀린 말이 아주 많다. 그 가운데 하나가 '삼가하다'라는 말이다. 일상에서 흔하게 접하는 이런 예문의 '삼가해' '삼가하고'는 바른 쓰임이 아니다. "무엇을 꺼려서 몸가짐 따위를 경계하다."라는 뜻으로 사용하곤 하는데, 그

런 쓰임에 맞는 말은 '삼가다'이다. 기본형이 '삼가다'이므로 위의 예
문은 '─삼가 주십시오.' '─삼가고'라고 표기해야 한다. '삼가다'는
순우리말로 "삼가 명복을 빕니다."처럼 부사로도 쓰인다. 우리의 바른
말에 '삼가하다'란 없다.

(6) 나는 너보다 두 갑절 많은 일을 했어.

많은 사람이 '갑절'과 '곱절'을 구별하지 못하고 있다. '갑절'은 수
량의 두 배를 나타내며 '곱절'은 수량의 세 배 이상을 의미한다. 따라
서 '몇 갑절이나 된다'고 하는 것은 잘못된 말이다. '두 갑절'이라는 표
현도 2배의 뜻을 이미 가지고 있는 '갑절'이라는 말에 다시 수량을 나
타내는 '두'라는 불필요한 관형사를 덧붙인 것이기 때문에 쓰지 않는
것이 좋다.

(7) 웬 험상궂은 사람이 나를 따라오더라.

'웬'과 '왠'도 확실히 구분할 필요가 있는 어휘다. '웬'은 어찌, 무슨,
어떤 의미로 쓰인다. 즉 영어의 what과 같다. 예를 들면 '웬일이냐?' 할
때는 '웬'을 쓴다. 따라서 뒤에 명사나 명사구가 올 때는 '웬'을 쓰게
된다. '왠'은 왜라는 의미가 있으며 영어의 why와 같다. '왠지 기분이
나쁘다'로 쓸 수 있다. '왠지'는 의문사 '왜'와 어미 '(이)ㄴ지'로 분석
할 수 있다.
　　또 언중이 자주 혼동하는 것은 '껍질'과 '껍데기'이다. '껍질'은 '딱
딱하지 아니한, 무른 물체의 거죽을 싸고 있는 질긴 물질의 켜'이고
'껍데기'는 '달걀 조개 같은 것의 겉을 싼 단단한 물질'인데도 '사과 껍

데기’, ‘소라 껍질’같은 말들이 항용되고 있다.

‘두껍다’와 ‘두텁다’도 마찬가지다. ‘두껍다’는 ‘두꺼운 책’에서 보 듯 구체적 사물을 가리킬 때 쓰고 ‘투텁다’는 ‘두터운 우정’처럼 추상 적 상태를 나타낼 때 쓸 수 있다.

길 갈 적에 자그마한 보자기로 싸서 맨 짐을 일컬어 ‘괴나리봇짐’이 라고 하는데 상당수가 ‘개나리봇짐’이라고 잘못 쓰고 있다.

이처럼 단어를 혼동하기 쉬울 때는 사전을 찾는 수밖에 없다. 늘 확 인하는 자세가 필요하다. 쉬운 단어를 혼동해 창피를 당하는 일이 있 어서는 안 되겠다.

'개정', '재개정'

빌리 브란트가 독일 통일을 놓고 '통일도, 재통일도 아닌 신통일'을 역설한 바 있다. 동서독의 통일이 보기에 따라서는 그냥 '통일'이라고도 할 수 있고, '재통일'이라고 할 수 있는 여지는 있다. 독일은 세 번의 통일 과정을 거쳤는데, 첫째가 오토 대제, 둘째가 비스마르크, 셋째가 히틀러에 의해 통일됐다. 그러나 주변 국가에서 히틀러 시대의 통일을 연상해 '재통일'된다는 것에 불안을 느끼고 있다. 그래서 독일 정부는 '재통일'이란 말을 피하고 '단일 독일', '독일 공동체'라는 말을 쓰고 있다.

세계의 유수 언론에서 '통일', '재통일'을 분명히 구별해서 썼으나 그 나름대로 주장이 있었다. 프랑스 언론들은 대부분 '재통일'로 쓰고 있으나 미국의 뉴욕타임스는 '통일', 워싱턴포스트는 '재통일'로 썼다. '통일', '재통일'이 갖는 언어적 의미 외에 각각 국민이나 독자들이 느끼는 정서적 측면을 염두에 두지 않을 수 없었기 때문에 이렇게 달리 쓰고 있다고 볼 수 있다.

이처럼 언론에 있어 언어의 역할은 크고 그 폭은 넓다고 하겠다. 국내 언론은 동서 독일의 통합을 놓고 '통일', '재통일'에 별 의미를 부여하지 않고 섞어 쓰고 있다. 우리에겐 아직 '남북 통일'이 익숙한 것처럼 '독일 통일'로 쓰는 측이 많음은 물론이다. 문제는 우리 언론은 글자 한자 한자에 별 비중을 두지 않는다는 것이다.

재통일은 다시 통일한다는 의미를 갖고 있다. '독일이 다시 통일한다'고 할 때 독일 사람들의 경우 우리와 뭔가 다른 느낌을 갖기 때문에 이 말을 피하고 있다.

그리고 우리 언론은 한자어 앞이나 뒤에 '재(再-)', '대(對)-', '-적(的)', '-화(化)' 등을 붙이는 습관에 빠져 있다. 재해석, 재다짐, 재조명, 재거부, 재계약, 재도약, 재인식, 재배치, 재평가, 재해고, 재의결, 재협상, 재가동, 재방영 등 '다시'라는 말 대신 접두사 '재-'를 붙이는 경우를 특히 언론에서 많이 볼 수 있다. 여기에다 '다시'라는 말을 덧붙이는 경우도 많이 보게 된다.

(1) 아남정밀이 우여곡절 끝에 부도 처리된 뒤 이 회사 중앙연구소 직원 80여 명은…다시 한 번 재기할 수 있는 기회를 달라고 호소하고 나서 눈길.

(2) 경찰은 이 돈이 조직 운영비와 월 3% 이상의 이자로 모두 써버렸을 것으로 판단하고 있으나 채권단측은 지급된 이자 대부분이 다시 사채로 회수됐고….

통일·재통일에 대해 둔감한 우리 언론은 앞의 예에서 보듯 별생각 없이 '재기', '회수'에도 '다시'라는 것을 덧붙이고 있다. 여기서는 '재기', '회수'라는 말에 '다시'라는 의미가 내포돼 있다. 바쁘다 보면 서로 겹쳐 쓸 수도 있겠으나 습관적으로 '재-'라는 접두사를 즐겨 쓰면서 나타난 현상이 아닌가 싶다.

'갈매기살', '심상찮다', '축하드립니다'

뜻도 모르고 자주 쓰는 말, 우리가 늘 쓰는 말 가운데 본래의 뜻과는 달리 쓰는 말이 의외로 많다. 이러한 말들의 뜻과 변천 과정을 알면 의외로 재미있는 얘깃거리가 나오게 된다.

(1) 여술마을을 중심으로 110가구(세입자 포함 300여가구)가 살고 있으며 1970년대부터 갈매기살의 본고장으로 알려져 있다.

식당에서 '갈매기살'이라는 고기를 시켜 먹은 사람들은 한번쯤 돼지고기를 가지고 왜 갈매기살이라고 했을까 의아해했을 것이다. 갈매기는 본래 우리가 해안 항구 등지에서 흔히 볼 수 있는 겨울철새다. 따라서 처음에는 상당수가 이 갈매기 고기가 아니냐 하는 생각을 했을 것이다.

그러나 식당에서 먹을 수 있는 갈매기살은 돼지고기로, 횡경막과 간 사이에 붙어 있는 살점을 말한다. 본래 이 살은 간을 막고 있다고 해서 '간막이살', 뱃속을 가로막고 있다고 해서 '가로막살'이라고 부르고 있다. 결국 이 말은 변천의 과정을 거쳐 '갈매기살'로 통용되고 있다. '가로막살' 정도로 부르는 것이 좋은 듯싶다.

(2) 10만원 이상 구매하면 복숭아·자두·포도·미싯가루 등 사은 선물. 바캉스용품전 통해 미치코 런던 원피스수영복 9,000원에 판매하고 프로스펙스 샌들 1만원, 리복 런닝화 2만5천원에 판매.

대중이 널리 쓰게 되면서 문제가 있는 단어이지만 표준말로 정해진 것들이 있다. 그 중의 하나가 '미숫가루'다. 미숫가루는 '미시'와 '가루'가 합쳐진 말이다. 여기서 미시는 찹쌀, 멥쌀, 보리쌀 등을 쪄서 말렸다가 가루로 만든 것이며, 훈몽자회에는 '초(麨)'라고 했다.

따라서 이 미숫가루는 '미시' 자체가 쪄서 말렸다가 빻은 가루를 뜻하기 때문에 '역전앞'과 같이 중복됐다고 볼 수 있다. <새우리말 큰 사전>(신기철 신용철편)에는 준말로 '미시'를 적고 있다. 현 맞춤법 개정안에는 '미싯가루'를 버리고 '미숫가루'로 통일했다.

(3) '원비 디' '영진구론산바몬드' '영비천' 등 수많은 제품이 박카스에 도전했지만 실패했다. 하지만 박카스의 아성에 최근 심상찮은 조짐이 나타나고 있다. 광동제약이 내놓은 비타500이 주인공.

요즘 언론에 자주 등장하는 '심상찮다'는 말을 보자. 현재 상황이 어렵거나 물가가 가파르게 오를 때 주로 이런 말을 쓴다.

본래 '심상(尋常)'은 고대 중국에서 길이를 나타낼 때 쓰는 단위였다. '심(尋)'은 8자, '상(常)'은 16자를 뜻한다. 춘추 전국 시대 제후들은 얼마 되지 않은 이 '심상의 땅'을 놓고 다투었다고 해서 이 말이 나왔다. 평수로 따지면 한 평 남짓한 땅을 빼앗기 위해 싸웠다는 점에서 보잘것없는 것을 가리키는 말에 비견되기도 한다.

이 말은 보잘것없고 대수롭지 않은 것을 가리키는 말로 쓰이기 시작하면서 '심상치 않다'로 고착, '작은 일이 아니다', '대수롭지 않게 여 길 일이 아니다'라는 뜻을 담게 됐다.

(4) 당랑거철(螳螂拒轍)이라는 고사성어가 있다. 사마귀가 수레를 막겠다고 나섰으니 '하룻강아지 범 무서운 줄 모른다.'는 뜻이다.

"하룻강아지 범 무서운 줄 모른다."는 속담이 있다. 여기서 '하룻강 아지'의 뜻을 잘못 알고 있는 사람이 많다. 흔히 태어난 지 하루밖에 되지 않은 강아지로 알고 있다. 실제로는 태어난 지 일년이 된 강아지 를 일컫는다. 우리말에는 짐승의 나이를 셀 때 사용하는 특수 명사가 있다. 하릅, 두릅, 사릅, 나릅 등이 그것이다. 하릅강아지는 곧 한 살짜 리 강아지를 뜻한다.

'어처구니없다'라는 말도 그 유래를 알면 재미있는 말이다. 본래 '어 처구니'는 상상 밖으로 엄청나게 큰 사람이나 물건을 가리키는 말이 다. '어처구니없다'는 너무나 엄청나서 기가 막히다는 뜻으로 쓰이고 있다. '어이없다'도 같은 뜻이다.

'소매치기'도 알고 보면 재미가 있는 말이다. 한복은 본래 주머니가 없는 옷이다. 따라서 한복을 입을 때는 널따란 소매가 주머니 구실을 해왔다. 옛 조상들은 돈이나 서찰 등 귀중한 물건들을 여기에 넣고 다 녔다. 그래서 소매 안에 있는 물건을 채 가는 좀도둑을 가리켜 '소매치 기'라고 했다. 지금은 소매 대신에 가방이나 지갑을 갖고 있음에도 '지 갑치기', '가방치기'라는 말 대신에 여전히 소매치기라는 말이 널리 쓰 이고 있다. 소매치기는 출퇴근길 지하철이나 버스에서 남의 금품을 슬 쩍 훔치는 좀도둑을 가리키는 말로 바뀌었다.

우리는 "이번에 승진하셨다지요. 축하드립니다.", "바쁘신 데도 이렇게 참석해 주신 여러분께 감사드립니다.", "저 때문에 계획에 차질이 생겼다면 사죄드립니다."라는 말을 자주 듣는다. 그런데 여기에 나오는 표현 중에서 공통적으로 잘못 쓰인 것이 있는데, 그것은 바로 '드리다'라는 말이다. 국립국어원에서 펴낸 <표준 화법 해설>에 따르면 '축하를 드리다'나 '감사를 드리다'라는 바른말이 아니라고 지적하고 있다. '말씀 드리다'의 경우 '말씀'은 드릴 수 있는 것이지만, '감사'나 '축하'의 경우는 '드린다'는 말이 어법상 맞지 않는 불필요한 공대이다. '사죄'도 드릴 수 있는 것이 아니므로 잘못된 표현이다. '감사합니다', '축하합니다', '사죄합니다'로 고쳐 말할 수 있다.

이렇듯 말은 대중의 입에 오르내리면서 더러는 변질돼 본래 뜻과는 달리 쓰이기도 한다. 그러나 "표준어는 교양 있는 사람들이 두루 쓰는 서울말로 정함을 원칙으로 한다."고 규정돼 있기 때문에 본래의 뜻과는 달리 변질됐다고 하더라도 현재 여러 사람들이 쓸 경우는 표준어로 삼는 것이 우리 언어의 현실이다.

'리 씨', '이 씨'

최근 고위급 회담과 축구·예술인의 교류가 본격화하면서 45년 만에 처음으로 귀에 선 말들이 걸러지지 않고 그대로 언론에 소개되자 모두들 적이 당황한 빛을 감추지 못했다. 사상의 골이 깊이 패고 정치·경제적 차이는 예상했지만 실제로 그들의 이야기를 듣고 보면서 남과 북 사이에 말조차 이렇게 바뀔 수 있을까 하는 의아심을 갖지 않을 수 없었던 것이다.

남북 총리 회담에서 북측 대표들이 '림수경 학생', '호상 리해' 등 두음법칙을 따르지 않는다는 사실을 아는 사람들도 '무력 축감', '…할 데 대하여'와 같은 말을 들으면서 알 듯 모를 듯한 표정을 짓곤 했다.

북한이 1966년부터 사회과학원 언어학연구소에서 '말다듬기 사업'을 펴면서 생경한 말들이 등장하기 시작했다. 북한이 한자어와 외래어를 우리말로 바꾸는 과정에서 남북한의 언어 이질화 현상이 더욱 깊어졌다. 예를 들면 '노크'는 '손기척', '슬리퍼'는 '끌신', '브래지어'는 '가슴띠', '샤워'는 '물맞이', '익사'는 '빠져죽기', '분만'은 '몸풀이'로 적는 등 2만5천여 개 단어가 '문화어'의 형태로 다듬어졌다.

베이징 아시안 게임을 앞두고 당국은 전문학자들의 의견을 들어 북한 선수들의 이름에 대한 표기 지침을 발표했다. 북한에서 쓰고 있는 방식대로 표기하자는 것이었다. 즉 남북한 언어의 가장 큰 차이점인

두음법칙도 그대로 인정한 것이다. 그 후 언론사에서는 당시 지침대로 표기하게 됐고, 이것을 준거로 남북 고위급 회담 때에는 연형묵 북한 총리의 연설문까지 북한 용어대로 실었다.

이런 와중에서 당혹감을 감추지 못한 것은 국민이었다. 물론 호기심 속에 이를 지켜보기도 했으나 가감없이 그대로 언론에 소개된 북한 말을 통해 남북한의 이질감을 더욱 실감하는 모습들이었다. 결국 부모와 자녀의 성이 다르게 표기되는 비극적인 상황까지 목격하게 된 것이다.

'리' 씨 아버지와 '이' 씨 아들의 만남! 한 축구인 부자의 상봉을 보고 언론마다 대서특필하면서 이산의 비극을 소개했다. 남북한 양측이 합의를 통해 언어의 통일이 성사되기 전까지는 '리'·'이'씨 부자의 만남과 같은 묘한 상황을 앞으로도 보게 될 것이다.

1933년 조선어 철자법 통일안이 제정된 이후 해방 전까지 별 수정 없이 그대로 쓰다가 남북이 갈라진 후 남북한은 자기 나름대로 원칙을 정해 쓰면서 이처럼 엄청난 간격이 벌어지게 됐다. 그러나 말과 글이 생각과 뜻을 담는 그릇이라고 본다면, 남북한 간의 말과 글의 통일 작업은 양측의 불신을 해소할 수 있는 전제가 된다는 점에서 무엇보다 시급히 이루어져야 하리라 본다.

'거칠은', '공포스런'

글은 반드시 문법에 맞게 써야 한다. 글의 구성법인 문법에 맞지 않은 글을 대할 때면 꼭 식사를 하다 돌을 씹은 것과 같이 개운치 않기 때문이다. 역시 표준어를 골라 쓰고 맞춤법에 맞는 어휘를 선택해 쓸 때 좋은 글, 바른 글이 가능해진다.

(1) 거칠은 벌판으로 달려가자. 젊음의 태양을 마시자.
(2) 목욕 시 거칠은 타올로 피부까지 힘들여 미는 고통에서 해방….

위의 사례 (1)은 김수철의 히트곡 '젊은 그대'란 노래의 첫머리이고 사례 (2)는 신문 광고 문안이다. '젊은 그대'는 우리가 즐겨 부르는 노래이지만 처음부터 문법을 무시해 마음에 일단 거슬린다. 여기서 '거칠은'은 '거친'으로 해야 정확한 말이 된다. '거칠다'는 'ㄹ'변칙 형용사이기 때문에 마땅히 'ㄹ'이 없어진 형태의 '거친'으로 해야 한다. 이것은 작은 예지만 여러 사람의 입에 오르내리는 사이에 그대로 굳어져 (2)의 예에서 보듯 모든 광고에도 등장하고 있다.

(3) 날씨가 개인 후에 들에 나가 씨를 뿌리는 것이 좋다.

위의 글 가운데 나오는 '개인'은 '갠'으로 써야 한다. 여기서 피동사를 쓸 것이 아니라 원형인 '개다'를 살려 쓰면 된다. 마찬가지로 '설레이는 마음으로'의 '설레이는'은 '설레는', '설레임 속에서'의 '설레임'은 '설렘'으로 써야 한다. '설레다'는 자동사로만 쓰이는 말로서 굳이 타동사를 자동사로 만드는 피동 보조 어간 '-이/-히'를 붙일 필요가 없다는 것이다. 우리말의 특징은 영어처럼 피동사냐, 능동사냐를 가르지 않아도 뜻을 명확하게 전달할 수 있다.

또 '공해에 절은 몸', '헐은 위벽' 등의 표현을 자주 대할 수 있다. 여기서 '절다' '헐다'는 'ㄹ'변칙 동사이기 때문에 '절은'은 '전', '헐은'은 '헌'으로 써야 한다.

마찬가지로 '(하늘로) 날으는'은 '나는', '(핵심 주동자들이) 내걸은'은 '내건', '(바둑실력이) 늘은'은 '는', '(그 봉투에) 들은(入)'은 '든'으로 써야 한다. 'ㄹ'불규칙 용언은 어간의 받침 'ㄹ'이 어미 '-ㄴ', '-ㅅ', '-ㅂ', '-오' 위에서는 줄기 때문이다.

(4) 가난과 철거민의 대명사로 불리우던 동네가 이젠 아파트 숲으로 바뀌었다.

위의 글 가운데 '불리우던'의 '우'도 불필요하게 덧붙인 말이다. 여기서 '불리우던'의 '우'를 빼고 '불리던'으로 써야 하지만 '부르던'으로 쓰는 것이 원칙이다. 굳이 피동격 형태를 쓸 필요가 없기 때문이다.

(5) 그 마을 사람들은 그 사건에 대해 발생하면 공포스러운 일로 생각합니다.

또 '공포스러운 (일)', '(하자니) 성가스럽고', '보람스러운 (일)', '외설스러운 (농담)', '졸속스런 (처사)', '존중스러울 (뿐 아니라)' 등도 비표준어로 다루어지고 있다. 문맥에 따라 차이는 있겠지만, '공포스러운'은 '무서운'이나 '두려운', '성가스럽고'는 '성가신', '보람스러운'은 '보람있는', '외설스러운'은 '외설적인', '졸속스런'은 '졸속적인', '존중스러운'은 '존중할'로 쓰는 것이 좋다.

(6) 한국 축대 대표팀 첫승 달성

스포츠 관련 기사에서 자주 눈에 띄는 '첫승'도 어법상으로도 맞지 않는 말이다. '첫승'에서 앞 음절 '첫'은 관형사로는 처음의 뜻으로 '첫 공연', '첫 시도'와 같이 쓰이고, 접두사로는 일부 명사 앞에 붙어 그것의 처음임을 나타내는 말로 '첫걸음', '첫겨울', '첫사랑'와 같이 쓰이는 말이다.

'첫'은 고유말로서 고유말끼리 어울리고 한자말과 어울리려면 '첫' 뒤에 승리, 승부, 승패, 낙승, 대승, 백승, 신승, 우승 등 자립 명사가 와야 한다. '첫＋승'은 성립할 수 없는 말이다. 다만 첫길, 첫날, 첫눈, 첫닭, 첫돌, 첫딸, 첫삽, 첫손 따위는 끝 음절이 모두 고유말(자립명사)이므로 어울릴 수 있다.

위의 몇 가지 사례에서 보듯 습관적으로, 아무 생각 없이 쓰는 말 가운데도 따지고 보면 어딘가 모르게 잘못된 부분이 많다. 결국 기본틀을 중시할 때 바른 말, 좋은 글이 될 수 있다고 본다.

제4부

구별해서 써야 할 우리말

'하다', '시키다'

우리말 가운데 오용 사례로 자주 지적받는 것이 '시키다'란 어휘다. '하다' 대신에 '시키다'를 넣어서 사역 동사를 만들어 쓸 때 '-하다'만으로 그 뜻이 충분한데도 공연히 '-시키다'를 덧붙이는 경향이 있다. 일찍이 최현배 님도 <우리말본>에서 다음과 같이 지적했다.

"세상에는 흔히 '시키다'를 그릇 쓰는 수가 있나니, 그는 '하다'로 넉넉한 것을 공연히 '시키다'로 하는 것이다. 보기를 들면, '김 아무개가 민중을 선동시켜서…' '술이란 것은 신경을 자극시킨다'와 같은 따위니라. 제움직씨(자동사)의 '하다 따위의 움직씨'를 남움직씨(타동사) 같이 만들어 쓰는 데에는 '시키'가 필요하지마는, 본디 남움직씨를 그저 단순한 남움직씨로 쓰는 데에는 조금도 하임의 뜻을 보이는 '시키'가 필요 없는 것이어늘."

우리 언어 습관에서 광범위하게 퍼져 있는 이 '시키다'라는 말은 위의 지적처럼 대부분 '하다'로 고쳐도 아무런 무리가 없다.

(1) 환경부 권한을 … 부총리급으로 격상시킬 필요가 있다.
(2) 이에 민주당은 원외 집회를 '사회 불안'을 야기시키는 정치 공세

라고 반박했다.

위의 글에서 ‘격상시킬’, ‘야기시키는’을 ‘격상할’, ‘야기하는’으로 고칠 때 뜻이 분명해진다.

(3) 이 위원장 직무 대리는 “교직원 노조를 결성한 것은 참교육과 민주교육을 실현시키기 위한 것”이라며.

(4) ‘이온빔 지원 반응 기법’으로 명명된 이 기법은 고분자 재료 표면에 이온빔을 쏘이면서 가스를 주입시켜 재료 표면의 성질을 원하는 대로 바꿔 주는 첨단기술이다.

위의 두 사례에서 ‘실현시키기’나 ‘주입시켜’는 ‘실현하기’, ‘주입해’라고 바꾸더라도 문제가 없다. 여기서 ‘실현하다’나 ‘주입하다’란 한자말을 강조하기 위해 ‘–시키다’는 말을 덧붙이는 습관이 있으나 이 말의 본래 뜻으로 볼 때는 그럴 필요가 없다.

‘시키다’는 다른 사람에게 무슨 일을 하게 하다는 뜻이 있다. 즉 ‘하다’ 대신에 ‘시키다’를 넣으면 ‘하게 하다’는 뜻이 된다. 즉 심부름시키다, 공부시키다, 입원시키다로 할 때는 심부름하게 하다, 공부하게 하다, 입원하게 하다는 뜻을 갖게 된다.

그러나 ‘연결하다’ 따위의 타동사에서 ‘하다’를 빼고 ‘시키다’를 넣으면서 많은 문제가 나타난다. ‘A가 B를 연결하다’와 ‘A가 B를 연결시키다’는 구별해 써야 한다. 첫째 사례는 A가 주체가 되어 B를 연결하는 것이고, 나중 것은 A가 다른 제삼자를 시켜 B를 연결하는 것이다. 그런데도 A가 행위 주체가 되어 B를 연결하는 경우에 ‘A가 B를 연결시키다’라고 쓰는 데 문제가 있다. 적의 침공을 격퇴시키다, 사건을 확

대시키다, 외국 공관을 폐쇄시키다 등이 그 예다. 이 예들은 당사자가
아니라 제삼자를 동원해 적의 침공을 격퇴하고 사건을 확대하고 외국
공관을 폐쇄한다는 뜻이 된다.

(5) 이날 오후 성명을 내고 "3명의 신부를 구속시키고 7명을 불구속
입건한 현 정권에 대해 분노를 참을 수 없으며 이들의 석방을 위해 어
떤 고난도 무릅쓰고 싸워나갈 것"이라고 밝혔다.

위의 사례에서 3명의 신부를 구속한 것은 현 정권이다. 따라서 'A가
B를 연결시키다'라는 예와 같이 현 정권이 제삼자를 시켜 신부를 구속
한 것처럼 돼 있으나 실제 현정권이 신부들을 구속한 것이기 때문에
'3명의 신부를 구속하고'라고 하는 것이 정확하다.

(6) 또 전 씨의 지시 아래 허문도 권정달 이상재 씨 등 보안사 팀의
주도로 80년 2~3월께 K 공작 계획 수립(언론인 회유 및 성향 분류)-6
월 언론 건전 육성 방안(언론 통폐합 기본계획)-11월 언론 창달 계획
(전 씨 언론 통폐합 최종 결재)으로 이어지는 '언론 공작'을 단계적으
로 구체화시킨 사실도 확인했다.

신문 지상에 자주 등장하는 '구체화시키다'란 말도 문제가 있다. 위
의 사례에서 '구체화시킨'은 '구체화한'이라고 해야 한다. '-화시키다'
란 말은 반드시 피해야 한다. '구체화되다'도 마찬가지다. '-화(化)란
말에는 '되다'란 뜻이 들어 있기 때문에 '되다'나 '시키다'라는 말을
덧붙일 필요는 없다.

'한햇동안' '한 해 동안'

'바다모래 사태(沙汰)'가 확대되기 전, 부실 공사 측면에서 신문에 한두 줄 내비칠 즈음에는 바다모래에 사이시옷을 붙여야 할지 말지를 심각하게 생각하지 않았다. '바다'와 '모래'가 복합한 말인데 '바다모래'면 어떻고 '바닷모래'면 어떤가 하는 일상적인 표기 심리에 머물러 있었는지도 모른다.

그러나 사태가 심상치 않게 확대·전개되고, 신문마다 사이시옷의 첨삭이 확연히 드러나면서 언론, 특히 신문의 언어 표기 양태가 심각한 문제점으로 제기되고 있다. 어찌 보면 사이시옷의 옹호론과 무용론으로 색깔을 선명히 하면서 독자들에게는 우리 신문의 표기 방식을 따르라 강요하는 것 같다.

대형 사건이 터질 때마다 표기법까지 덩달아 혼란을 일으키는 것은 우리말의 맞춤법이 그만큼 부실하기 때문이다. 동구권에서 일어났던 세기적 변혁과 걸프전 당시에 외래어 표기에서 혼란을 빚었고, 우리의 뇌리에서 떨쳐 버리지 못하는 '수도(돗)물 파동' 때도 이런 경험을 했다. 이번 신도시 아파트 부실 공사 사건도 예외는 아니다.

신축 아파트에 바다(닷)모래(海沙) 사용 문제가 크게 부각되면서 사이시옷의 표기에 또 다시 혼란이 나타나고 있다. 중앙 8대 일간지를 조사한 결과 세계일보를 비롯한 5개 신문에서 '바다모래', 중앙일보를 비롯한 3개 신문에서 '바닷모래'로 쓰고 있었다. 사이시옷 규정의 모호성, 그 적용의 자의성이 한꺼번에 드러난 예라고 볼 수 있다.

원래 사이시옷은 합성어 또는 이에 준하는 구조에서 두 낱말 사이에 군소리가 덧남으로 인해 두 낱말 본래의 소리를 변질시키는 것을 막기 위해 첨가해 왔다. 낱말의 나열로 인정되는 단어에는 사이시옷을 붙이지 않아야 한다.

새 맞춤법, 표준어 규정이 시행된 지 수년이 지났으나 이처럼 혼란이 가중, 난맥상을 드러내는 것은 규정의 모호성에도 있으나 한편에서는 이 복잡한 규정에서 벗어나려는 언어 심리의 영향도 있음을 부인할 수 없다. 그동안 맞춤법이 개정될 때마다 이러한 언어 심리를 반영, 사이시옷 규정도 대폭 간소화했다. 이전의 언어 습관에서 벗어나지 못한 경우 규정 이상으로 이를 남발하는 것도 보게 되지만, 사이시옷을 기피하는 경향이 두드러지고 있다. 특히 신문은 글자 모양, 즉 시각적 효과를 고려, 이를 더욱 기피하는 추세다.

1990년 7월 '수도물' 파동이 처음 일어났을 때 서울에서 발행되는 14개 일간지 가운데 사이시옷을 쓰는 신문이 7개, 이를 쓰지 않는 신문이 7개로 양분된 적이 있다. 또 교과서에는 '수돗물'로 쓰고 있으나 사전에는 구구 각각이다. 이전에 문제가 된 '바다모래'는 사정이 다르다.

이 말이 사전에도 나오지 않는 것은 두 개의 단어로 보아 굳이 소개할 필요도 없었기 때문인 것 같다. '바다 모래'를 복합 명사로 보지 않는다면 사이시옷을 붙일 필요가 없으며, 이것이 언어 변화의 추세에도 맞는다고 할 수 있다.

우리 말과 글 가운데 아리송한 점이 많고 허점이 드러나 보이는 것은 모호하게 정리된 맞춤법과 이것을 적용하는 언중의 미숙함 때문이라고 볼 수 있다. 특히 사이시옷 문제가 대표적인 예이다.

1933년 제정 발표된 통일안에 이어 두 차례의 개정 과정을 거치면서 미비점을 보완해 왔으나 변개만 거듭됐을 뿐 일관성이 결여됐고, 이번 개정 역시 졸속 처리됐다는 지적을 받고 있다.

사이시옷에 대한 이번 개정안의 초점은 합성어 가운데서 앞말이 모음으로 끝난 경우 뒷말의 첫소리가 된소리로 나거나 뒷말의 첫소리 'ㄴ ㅁ'앞에서 'ㄴ'소리가 덧날 때, 또는 뒷말의 첫소리 모음 앞에서 'ㄴㄴ'소리가 덧날 때 사이시옷을 받치어 적는다는 것이다. 여기에서 합성어에 한해서만 사이시옷을 적는다고 했으나 이것이 잘 지켜지지 않고 있다.

1946년 개정안(제30항)에는 합성어나 합성어에 준하는 말에서, 두 말 사이에 경우에 따라 적용한다고 했으나 1988년에 확정 공포된 새 '한글 맞춤법'에서는 '합성어'로만 제한했다.

합성어란 '두 개 이상의 단어가 모여서 따로 한 단어를 이룬 말'이다. 예를 들면 '장국밥', '빛나다', '돌다리' 등이 합성어이다.

그러나 언론에서조차 사이시옷의 원칙을 제대로 적용하지 않고 있다. 이전의 원칙을 그대로 따르는 사람이 의외로 많다.

(1) 전국자동차노조연맹(위원장 강성천)은 14일 "당초 예정대로 하룻동안 전국적으로 총파업에 들어간다."고 밝혔다.

(2) 이 집 주인 아주머니는 김 씨 가족이 북한에서 건너왔다는 것을 알고는 자청해서 하룻밤 묵어가라고 권했다.

(3) 김영삼 대통령이 일본 방문에서 귀국, 하룻밤을 지낸 27일 오전부터 한보그룹사태를 둘러싼 정부의 대응이 급속히 빨라지고 있다.

대부분의 신문에서는 '하룻동안'이나 '하룻밤', '하룻만'으로 표기

하고 있으나 '하룻동안' '하룻밤' '하룻만'은 합성어라기보다는 '하루'
에 '동안', '밤', '만'이 이어진 구조로 파악해야 할 것이다. '이틀 만
에', '닷새 만에' 등도 같은 예라고 할 수 있다. 또 비슷한 예로 '하룻사
이에' '하룻새'도 '하루 사이에' '하루 새'로 해서 사이시옷을 붙이지
않아야 한다.

(4) 지난 한햇동안 우리 문화계는 눈부신 발전을 이룩했다.

이 사례와 같이 대부분의 신문이 '한햇동안'으로 쓰고 있다. '한햇동
안'은 합성어일 경우에만 사이시옷을 붙인다는 원칙이 변질된 대표적
인 예이다. 따라서 '한 해 동안'으로 써야 한다.

(5) 사글셋방도 구하기 힘든 상황이다.

이것 또한 잘못 쓰기 쉬운 것 중의 하나다. 한자의 경우 두 음절로 된
6개, 즉 '곳간' '셋방' '숫자' '찻간' '툇간' '횟수'의 단어에서만 사이
시옷을 쓴다는 규정에 따라 '셋방'이 여기에 포함돼 있기 때문에 '사글
셋방'으로 혼동할 수 있으나 '사글세'와 '방'을 별개의 단어로 보아
'사글세 방'으로 쓰는 것이 정확하다.

(6) 머리 속의 계획에 그치고 말 것.
(7) 가장 큰 잇점은.

사례 (6)에서 '머리속'은 순우리말로 된 합성어로 앞말이 모음으로
끝나 '머릿속'으로 적고 사례 (7)의 '잇점'은 위에서 든 여섯 개 한자어

가 아니기 때문에 '이점'으로 바로잡아야 한다.

　사이시옷의 혼란상은 결국 합성어의 혼동 현상까지 가져와 언어 생활에 불편함을 가져다 주고 있다. 특히 시각적인 면을 강조, 띄어쓰기를 소홀히 다루고 있는 신문지상에서 이러한 현상이 자주 나타나고 있다.

'3자', '제삼자'

신문 기사에서는 시각적인 효과를 고려해 아라비아 숫자를 즐겨 쓴다. 그러나 이를 남발할 경우 또 다른 문제점을 낳게 된다. 특히 기사 제목에서 유의해야 할 대목이다.

(1) 야권 3자 15인 회의
(2) '3자 명의 땅 증여세 완화'에 전경련 홀가분

위의 예는 한 일간지 기사 제목이다. 앞의 예에서 나오는 '3자(者)'는 야권 통합을 논의하고 있는 평민당, 민주당, 통추회의의 세 단체를 지칭하는 것이지만 다음 예의 '3자(者)'는 '세 사람'을 나타내는 것으로 보이나 본문 내용에 의하면 '제삼자'를 일컫고 있다. 최근 다른 신문에도 '3자(者) 전매 통해 기업에 땅 매각 땐 거래기준 양도세 중과'라는 비슷한 제목이 실렸는데, 여기서도 '3자(者)'는 '제삼자'를 뜻하고 있다.

(3) 채권 은행단은 이날 "정 총회장이 채권은행단의 최후 통첩에 응할 경우 은행 자금 관리단을 파견, 추가 시설 자금을 지원하며, 오는 5월 공장 완공 전이라도 제3자 인수선을 물색할 방침'이라고 밝혔다.

‘제삼자’ 표기 또한 대부분의 신문에서 ‘제3者(자)’, ‘제3자’ 등으로 쓰고 있으나 어딘가 모르게 어색하다. ‘제3자’가 있다면 ‘제1자’, ‘제2자’ 등의 표현도 가능해야 하나 그렇게 쓰지 않고 있으며 당사자가 아닌 사람을 지칭할 경우 이미 ‘제삼자’로 쓰는 것으로 굳어져 있다고 보아야 할 것이다. ‘제삼국’, ‘제삼세력’, ‘제삼세계’ 등도 같은 예다. 그러나 ‘야권 3자’의 경우 ‘야권 2자’ ‘야권 4자’ 등의 표기도 가능하기 때문에 아라비아 숫자를 쓰는 것이 읽는 이에게 빨리 이해할 수 있도록 한다.

위의 예에서 보듯 우리말에는 아라비아 숫자를 써야 할 경우가 있고 순수한 한글 표기를 해야 할 때가 있다.

즉, ‘수십만’ ‘수백만’ ‘수천만’을 ‘수10만’ ‘수100만’ ‘수1000만’으로 쓰는 경우 어딘지 모르게 어색하다. 또 ‘7살’ ‘30살’ ‘60살’ 등도 어울리지 않고, ‘일곱 세’ ‘서른 세’ ‘예순 세’ 등은 더더욱 어울리지 않는다. 이처럼 나이를 나타낼 때도 ‘세’를 쓸 때도 있고 ‘살’을 쓸 때도 분명히 있다. ‘세’는 한자어인 수사 아래서 쓰는 의존명사이기 때문에 한자어 수사나 이와 동일하게 읽히는 ‘1, 2, 3, 4…’ 등의 아라비아 숫자 다음에 쓸 수 있다.

마찬가지로 ‘한 사람’, ‘두 사람’, ‘1명’, ‘2명’, ‘한 명’, ‘두 명’ 식으로는 쓸 수 있으나 ‘1사람’, ‘2사람’은 어색하다.

숫자 표기에서는 일관성도 중요시되는데, 가령 ‘1990년’, ‘1991년’ 등으로 표기하다가 ‘1000년’, ‘2000년’ 을 ‘1천년’, ‘2천년’으로 쓰는 것도 잘못된 표기 방법으로 볼 수 있다.

(4) 양측은 3차 회의를 갖고도 합의점을 찾지 못했다.

위의 사례에 나오는 '3차 회의'는 세 번째 회의인지 세 차례 회의인지 분명하지 않지만 앞뒤 내용을 볼 때 세 번째 회의를 나타내고 있다. 이럴 경우 숫자 앞에 쓰이어 몇 번째임을 나타내는 '제'를 붙여야 뜻이 분명해진다. '제2차 세계 대전', '제27회 아시아 청소년 축구대회' 등이 그 예다.

아라비아 숫자도 한자 숫자와 같이 '일, 이, 삼, 사⋯'로 읽는다는 것과 일관성의 원칙을 지켜야 한다는 것을 고려하면서, 위에서 든 것 이외에 바르게 써야 할 예를 더 열거하면 다음과 같다.(다음 예는 국어연구소에서 발간한 <국어의 오용 사례집>에서 뽑은 것임)

△4가지/네 가지 △2개/두 개 △4차례/네 차례 △3골/세 골 △2군데/두 군데 △1근/한 근 △6대/여섯 대 △4시경/네시경 △3마리/세 마리 △1통/한 통 △3번/세 번 △3벌/세 벌 △2체급/두 체급 △7팀/일곱 팀 △8편/여덟 편

'비추다', '비치다', '좇다', '쫓다'

우리가 날마다 반복해서 쓰는 말과 글. 그러나 별 생각 없이 그냥 지나쳐 버리기 쉬운 곳에서 틀리게 쓰는 사례가 의외로 많이 발견된다.

(1) 청와대 회의 불참이 마치 당권 경쟁 등과 관련된 내분으로 비춰지고 있는 데 대해서는….

여기서 '비춰지고'는 물론 잘못 쓴 것이다. 내분으로 드러나 보인다는 뜻이기 때문에 '비쳐지고'로 해야 한다.

'비추다'는 타동사로서 '어떤 물체에 빛을 던지거나 무엇을 나타내다', '차이나 관계를 견주어 보다'의 뜻으로 쓰인다. 이와는 달리 '비치다'는 자동사일 때는 '빛이 나서 환하게 되거나 무엇이 드러나 보이다'의 뜻으로, 타동사일 때는 '(남의 속을 떠보기 위해) 말을 약간 꺼내다'의 뜻으로 쓰인다.

(2) 그들은 만장일치로 영수의 의견을 좇았다.
(3) 도둑을 쫓다.

'비추다', '비치다'와 마찬가지로 혼동하기 쉬운 것이 '좇다'와 '쫓다'이다. <새 우리말 큰사전>을 보면 '좇다'는 '뒤를 밟아 따르다', '남의 뜻을 따라 그대로 따르다'라는 뜻으로 쓰이며 '쫓다'는 '뒤를 따라서 급히 가다', '있던 자리에서 떠나도록 억지로 몰아내다'라는 뜻으로 풀이하고 있다. '쫓다'는 '쫓아가다', '쫓아내다', '쫓아다니다', '쫓아오다'처럼 쓰여 적극적이고 행동으로 옮기는, 즉 강력한 분위기가 풍기는 대신 '좇다'는 관념적으로 추종하는 것, 즉 그냥 따라다니는 정도의 소극적 의미로 쓰이고 있다. '좇다'와 '쫓다'는 본디 옛말에는 구별하지 않고 '좇다' 한가지로만 쓰다가 현대 국어에서 강한 의미를 지닌 '쫓다'가 추가됐다.

(4) 잇따른 행운으로 그는 부자가 됐다.
(5) 종이를 잘라서 잇달아 붙였다.

신문 기사에 자주 오르내리는 말이면서 틀리기 쉬운 것이 '잇따르다', '잇달다'이다. 양쪽을 넘나들며 쓰고 있으나 반드시 구별할 필요가 있는 단어다. 국어사전을 보면 '잇따르다'는 자동사로서 '뒤를 이어 따르다'는 뜻이고, '잇달다'는 목적어가 필요한 타동사로 '뒤를 이어 달다', '연달다'라는 의미가 있다.

또 다음 예와 같이 사투리나 비표준어를 표준어인 양 잘못 알고 사용하는 사례를 자주 보게 된다.

(6) 장마로 패인 땅.

'패이다'도 '패다'의 사투리로 잘못 쓰이고 있다. '패다' 역시 '파다'의 피동형이다. 위의 사례는 '패인'이 아니라 '팬'으로 하면 된다. 신문 기사에서 자주 틀리는 것 가운데 하나다.

　(7) 바람이 불어올 때마다 가로수의 누렇게 물든 잎들이 우수수 떨어져서 걸어가는 발길에 이리저리 채인다.

　'차다'의 피동형은 '차이다'이고 그것의 준말이 '채다'이므로 위의 글에서는 '차인다' 혹은 '챈다'로 쓰면 된다. '채인다'는 이중 피동의 형태이므로 틀린 말이다.

　(8) 더위를 치르고 나니 방학도 거의 끝났다.
　(9) 행사는 잘 치뤘느냐.

　위의 예에서 보듯 혼동해서 쓰고 있는 말이 '치르다'와 '치루다'이다. 여기서 '치르다'는 '돈이나 값을 주거나 무슨 일을 당하여 겪어내다'의 뜻으로 쓰이는 타동사이며, '치루다'는 '치르다'의 잘못된 표기다. 이 말의 기본형은 '치루다'가 아니라 '치르다'인데도 '치루다'로 발음하는 사람이 의외로 많아 혼동을 일으키고 있다.
　'치르다'는 '으 불규칙 활용'동사로서 '치르고·치르니·치르므로·치러라·치렀다' 등으로 써야 하는 말이다. 어간에 자음 어미가 붙으면 '르'가 그대로 살아 있고, 모음 어미가 붙으면 '르'가 '러' 따위로 바뀌며, 어떠한 경우에도 '루' 꼴로 바뀌지는 않는다.
　또 "액체 속에 넣다.", "술·김치·장 등을 익도록 그릇에 넣다.", "젓갈을 만들다."는 뜻의 '담그다'와 "여닫는 물건을 열지 못하게 하다.", "액체 속에 넣어 가라앉게 하다."는 뜻의 '잠그다'도 '치르다'와 같은 우를 범하기 쉬운 말이다. "김장을 담궜다.", "문을 잠궈 들어가

지 못했다.” 등으로 쓰는 것이다. 하지만 이들 말 역시 어떠한 경우에
도 ‘그’가 ‘구’ 꼴로 바뀌지 않는다. ‘치르다’와 마찬가지로 이들 말 어
간에 자음 어미가 붙으면 ‘그’가 그대로 살아 있고(담그고 · 잠그고,
담그니 · 잠그니, 담그면 · 잠그면 등) 모음 어미가 붙으면 ‘그’가 ‘가’
꼴(담가 · 잠가, 담가라 · 잠가라, 담갔다 · 잠갔다 등)로 바뀐다.

(10) 굴뚝을 메꿔 버리지 말라.

‘메꾸다’는 ‘메우다’의 사투리다. 많은 사람들이 강조한답시고 ‘메
워’로 해야 할 것을 ‘메꿔’라고 하지만 사투리란 점에서 피해야 한다.

(11) 비가 많이 왔는데도 꼭 가겠다고 나서서 무척 걱정이 됐는데,
불어난 개울을 무사히 건넜다는 소식을 듣고는 적이 안심이 됐다.

‘다소’ ‘약간’ ‘얼마간’의 의미로 쓰이는 말은 ‘적이’가 맞는다. ‘저
으기’는 비표준어다.

(12) 불량 서클에 가입하기를 강요하며 집단 폭행했던 그들을 나는
잊을래야 잊을 수 없어요.

흔히 잘못 쓰고 있는 말이 ‘…을래야’ 이다. 이는 비표준어이기 때
문에 위의 글에서는 ‘잊으려야’가 맞는 말이다. ‘-려야’는 ‘-려고 하여
야’, ‘-려도’는 ‘-려고 하여도’가 준 것이다. “아이가 약을 먹으려야 먹
이지 억지로는 안 된다.” “지금 그곳은 가려도 갈 수 없는 땅이 돼 버렸
다.” 등도 비슷한 사례다.

이처럼 우리 생활 주변에서 아무 생각 없이 쓴 말과 글도 곰곰이 생각해 보면 어딘가 모르게 잘못된 부분이 있음을 발견하게 된다. 그래서 우리가 언어생활을 하면서 늘 쓰는 말과 글이라 하더라도 곱씹어 보면서 가려 쓰고 다듬어 쓰는 자세가 필요하다.

'장이', '쟁이'

우리는 하루라도 말과 글을 떠나서는 살 수가 없다. 그러나 이 세상에서 가장 정교한 의사 전달 체계인 말과 글은 살아 숨쉬는 생명체인 까닭에 제 갈 길을 찾아 거리낌없이 흘러갈 수 있도록 해야 한다.

1933년 조선어학회에서 '조선어 철자법 통일안'을 제정한 이후 1987년 12월 '한글 맞춤법 및 표준어 규정 개정안'을 마련하는 등 '탁마'의 과정을 거쳤으나 이 규정들은 언어 자체의 생명력을 무시, 체계상의 일관성을 놓침으로써 '빛나는 보석'이 아닌, '긁어 부스럼'격이 되어 버렸다는 혹독한 비판이 제기되고 있다.

이번의 개정 가운데 '개악적' 요소가 강한 것으로 지적되어 자주 '글쟁이'들의 입방아 대상이 되고 있는 것이 '-장이'와 '-쟁이'의 표기법이다. 개정 전에는 "'-장이'는 사람에 관한 말이 아닌 경우에는 '-쟁이'(예＝골목쟁이 손목쟁이 발목쟁이 담쟁이 소금쟁이)로 하고 사람에 관한 것은 모두 '-장이'로 한다."고 못을 박았다. 그러나 다음 예에서 보듯 개정 이후 또 다른 혼란이 나타났다.

(1) 서울에서 양복점을 경영하는 '양복장이'의 모임이 개최됐는데 모두들 정장을 하고 나와 품위 있는 '양복쟁이'모임으로 비쳐졌다.

‘-장이’는 ‘장인 장’ ‘장색 장’ ‘만들 장’ 등의 의미로 쓰이고 있는 한 자어 ‘장(匠)’에 접미사 ‘이’가 결합된 말로 일부 명사에 붙어 무엇을 전문적으로 만드는 기술자, 장인 등을 홀하게 부를 때 주로 사용한다.

그러나 이 ‘-장이’가 이러한 본래의 의미에서 벗어나 사람의 직업, 성질, 특정한 습관, 행동이나 모양 등을 나타내는 말에 결합, 널리 쓰이 게 됨으로써 언중은 그 원형인 ‘장(匠)이’를 인식하지 않게 되고, 경우 에 따라서는 ‘-쟁이’를 섞어 쓰고 있다.

그래서 이번 개정에서 다시 관용을 중시, ‘-장이’의 표기법을 세분 화했다. 제조나 기술자 곧 장인(匠人), 장색(匠色)을 뜻하는 낱말은 그 대로 ‘-장이’로 하되, 그밖의 낱말의 경우에는 ‘-쟁이’형으로 바꾼 것 이다. 즉 사람을 이르는 말은 무조건 ‘-장이’로 쓰던 것에 ‘-쟁이’를 추 가함으로써 더욱 복잡해지게 된 것이다.

예를 들면, 사람이지만 기술자의 경우는 ‘놋갓장이’, ‘대장장이’, ‘도 배장이’, ‘땜장이’, ‘미장이’, ‘옹기장이’, ‘유기장이’, ‘토기장이’ 등으 로 쓰고 기술자가 아닌 그밖의 사람의 경우 ‘고집쟁이’, ‘멋쟁이’, ‘미 련쟁이’, ‘심술쟁이’, ‘안경쟁이’, ‘양복쟁이’, ‘욕쟁이’, ‘허풍쟁이’ 등 으로 쓰는 것으로 구분했다.

또 전문직업인이지만 제조 기술자가 아닌 경우 ‘관상쟁이’, ‘소리쟁 이’, ‘침쟁이’, ‘파자쟁이’, ‘해자쟁이’ 등으로 쓴다.

이렇듯 ‘-장이’로 적던 말 중에서 ‘-쟁이’로 바뀐 말이 상당히 생기 면서 큰 혼란이 일어나고 있다. 결국 규정에 어긋나더라도 관용을 존 중한다는 차원에서 ‘-장이’를 ‘-장이’와 ‘-쟁이’로 구분·개정했고 다 시 이번에 ‘-장이’ 중에서 ‘-쟁이’를 갈라내면서 ‘-장이’‘-쟁이’의 표 기법은 더욱 복잡하게 되고 말았다.

사실 국어 교육이 제대로 이루어지지 않는 상황에서 이러한 문법이 언중의 생활에 얼마나 영향력을 가질 수 있느냐 하는 것에 대해서는 의아심을 갖지 않을 수 없다. 더구나 관용을 존중한답시고 더욱 어렵게 규정을 세분화하여 복잡하게 한다는 것은 국어 정책의 부재에서만 올 수 있다. 언어도 물 흐르듯 흘러가야 할 생명체인 까닭에 난삽한 규정을 두어 그 흐름을 끊어버리는 일은 없어야 할 것이다.

‘등’, ‘등지’, ‘들’

기사 문장에서 잘못 쓰고 있는 것 중의 하나가 ‘등’ ‘등지’ ‘들’이다. ‘등’과 ‘등지’를 용처에 맞게 구별하여 쓰지 못하는 것은 물론 ‘등’과 ‘들’도 혼동하고 있다. ‘등’은 특히 ‘한정’이나 ‘생략’의 의미로 쓰면서 기사 문장에서는 확실하지 않거나 간단히 처리하고 싶은 곳에서 ‘만능 열쇠’처럼 등장한다. 그러나 이것 또한 일정한 쓰임새가 있게 마련이다.

우선 ‘등’(등지)의 용법을 다음 두 가지 측면에서 구별할 필요가 있다.

첫째, ‘등’은 ‘같은 종류의 사실들이 앞에 열거되어 있음을 나타내는 말’이기 때문에 둘 이상 열거되지 않은 상태에서 쓰는 것은 어색하다.

(1) 국민 재산에 대해 세금을 매길 때 기준으로 삼게 될 개별지가 산정이 전문성이 전혀 없는 아르바이트 학생 등을 동원, 어림짐작으로 이뤄져 조세 저항 등 반발이 예상된다.

‘아르바이트 학생 등’, ‘조세 저항 등’은 아무래도 어색하다. 만일 동원된 사람이 학생밖에 없다면 ‘학생 등’은 ‘학생들’로 고쳐야 하며 그들밖에 알지 못하는 경우라면 ‘학생 외 여러 사람을 동원…’, ‘학생을 비롯한 여러 사람을 동원…’ 정도로 문장을 바꿔 쓰는 것이 좋다. ‘조세 저항 등 반발이 예상된다.’ 또한 ‘조세 저항’ 외에 몇 가지 반발 내용을 열거하든지, 아니면 '조세 저항이 예상된다.'는 식으로 고칠 필요가 있다. 우선 '등'을 남용하는 문장은 어딘가 모르게 불확실한 구석이 있는 것 같아 신뢰성이 떨어진다.

둘째, 의존 명사 '등'은 '존경'의 의미 자질을 지닌, 둘 이상의 명사나 둘 이상의 관형절 바로 뒤에 놓여 선행 명사나 선행 관형절이 지시하는 의미를 묶어서 낮추어 일컬음을 뜻할 때 쓰인다. 또 통상적으로 선임 직급이나 선임자에서 하위 직급이나 후임자, 즉 고위직에서 하위직으로, 높은 자리에 있는 사람에서 낮은 자리에 있는 사람의 순으로 적고 있다. 그 예를 들면 다음과 같다.

(2) 이번 사정 대책 회의에는 노태우 대통령과 노재봉 국무총리, 최각규 부총리 겸 경제기획원장관, 안응모 내무장관, 서동권 안기부장, 정영구 검찰총장 등을 비롯한 관계관이 참석했다.

다음은 '등'과 '등지'를 구별할 필요가 있다는 것이다.

(3) 이들은 같은 수법으로 이 일대 술집, 식당 등을 찾아다니며 공짜술을 얻어 마시는 등 2천여 만 원 상당의 피해를 입혀온 것으로 경찰 조사 결과 밝혀졌다.

여기서 '…술집, 식당 등'은 '…술집, 식당 등지'로 바꿔야 한다. 의존 명사 '등지'는 '등'과는 달리 그 말 앞에 대등하게 연결되어 있는 처소를 뜻하는 둘 이상의 명사 바로 뒤에 위치하여 '그런 곳들'이란 뜻을 나타내고 있다. 또 한마디 곁들인다면 '공짜술을 얻어 마시는 등'도 둘 이상의 사실을 예로 들든지 아니면 '공짜술을 얻어 마셔'로 고칠 필요가 있다.

이따금 ‘등’과 ‘들’을 구별하여 적지 못하는 경우도 보게 된다. ‘들’은 “어떤 말 뒤에 붙어서 ‘여럿’ 또는 ‘여럿이 제각기’의 뜻을 나타내는 접미어”로, 같은 사실을 나열한 상태에서 쓰는 ‘등’과는 구별하여 적어야 한다.

'에', '에게', '에서'

기사 문체에서 의외로 자주 틀리는 것이 있다. 조사 '에'와 '에게', '에서' 등의 혼동이 그것이다. 이것까지 틀리겠느냐 할 만큼 간단한 것일 수도 있으나 많은 사람이 잘못 쓰고 있다. 쉬운 것이지만 신중하게 쓰지 않으면 안 된다는 생각에서 실례를 들어 정리해 본다.

(1) 데이비스에 재계약을 통보했다.
(2) 응원해 준 팬들에 영광 돌리겠다.

위의 사례에서 '데이비스에'는 '데이비스에게'로, '팬들에'는 '팬들에게'로 바꿔야 한다. 조사나 어미를 잘못 쓸 경우 글은 의미 전달이 어려워진다.

(3) 대학생 학부모들 모두 총리에 사죄해야 한다.
(4) 외대 교수 회의 "책임 통감" 교수에 사과
(5) "국민에 큰 충격…학교 명예 실추"

여러 신문에서 '총리에 사죄', '교수에 사죄', '국민에 큰 충격' 등의 제목을 단 기사들이 눈에 띈다. 본문을 살펴보면 '총리에게 사죄', '교수에게 사죄’, ‘국민에게 큰 충격’으로 표기하고 있다. 그러나 ‘에’와 ‘에게’는 이렇게 넘나들 수 있는 단어가 아니라 구별해 써야 할 단어다.

(6) ‘UIP 반대’ 이일목 씨 의문의 테러—목동 집 근처 산책 중 괴한에 몰매 맞아 중상.

이것도 신문 기사의 제목이다. 물론 ‘괴한에’는 ‘괴한에게’ ‘괴한으로부터’ ‘괴한한테’로 고쳐야 하나 글자를 줄여야 하는 사정 때문에 그런지 모르지만 잘못 썼다. 줄이더라도 용처에 맞게 줄일 필요가 있다. 유정물(有情物)에 쓰이는 여격(與格) 조사 ‘에게’는 ‘어떤 행동이 능동적인 작용을 미치는 상대, 어떤 행동을 하게 하는 대상을 나타낼 때’ 사용되기 때문에 이같이 고칠 필요가 있다. “중국에서 제작된 ‘쓸기담’ CF는 곧 TV 화면을 통해 시청자들에 소개된다.”는 기사에서도 ‘시청자들에’는 ‘시청자들에게’로 고쳐야 한다.

(7) 이밖에 전기 전자 기계 화학 컴퓨터 식품 등 15개 분야에서 모두 2천여 개나 되는 발명품을 남기고 있다.
(8) 하나의 가구가 완성될 때까지의 공정을 통해 각 부문에 일하는 제작원들의….

앞의 두 예에 나타난 ‘에서’와 ‘에’를 놓고 그 차이점을 얼른 찾아내기란 그리 쉽지 않다. 일반적으로 ‘에’는 동작의 낙착점 또는 존재의 처소를 나타내며, ‘에서’는 동작이 행해지고 있는 처소를 나타낸다. 이렇게 볼 때 사례 (7)의 ‘분야에서’는 ‘분야에’로, 사례 (8)의 ‘부문에’는 ‘부문에서’로 고칠 필요가 있다. 특히 “이처럼 일본에 한국 여성의 인기가 높은 것은 인력난 때문이기도 하지만…”의 예에서 ‘일본에’는 ‘일본에서’로 고쳐야 하듯 장소인 경우는 대부분 ‘에서’를 붙인다.

기사 문체의 특성인 간결성을 살리기 위해 글자 수를 줄이더라도 어법에 맞도록 줄여야 할 것이다. 시선이 가장 많이 머물게 되는 제목에서는 더 말할 나위가 없다.

'깡충깡충', '깡총깡총'

몸이 부한 여자를 앞에 놓고 '뚱뚱하다'는 것보다는 '똥똥하다'고 말해 줌이 당사자로서는 듣기에 좋을 것이다. 그리고 '퉁퉁하다'보다는 '통통하다'고 말해 줌이 본인이나 제삼자가 듣기에도 좋을 것이다. '토실토실하다'는 것은 '투실투실하다'는 것과는 말에 실려 있는 느낌에서 차이가 난다.

'깡총깡총' 뛰는 것과 '껑충껑충' 뛰는 것은 말만 들어도 눈에 훤하게 보이는 것같이 동작의 차이가 느껴진다. '강종거리다'는 '경중거리다'보다는 폭이 좁고 조금 경박해 보이기까지 한다. '촐랑촐랑'과 '출렁출렁'은 아예 의미가 달라져서 쓰이고 있다.

이 같은 말 무리에서 보듯 양성을 가진 말은 가볍고 위로 뜨는 듯한 의미가 강하게 풍기고 음성을 가진 말은 무겁고 가라앉고 둔중한 듯한 의미를 벗어나지 못한다. 하늘과 땅, 곧 천지의 형상이 알알이 배어 있는 우리말의 구조다.

양성 모음은 양성 모음끼리, 음성 모음은 음성 모음끼리 유유상종(類類相從)하듯 모음이 조화를 이룬 한글. 음과 양, 오행(五行)에 입각한 오음(五音), 곧 궁상각치우(宮商角徵羽) 사시(四時) 운행을 토대로 한 초·종성, 천지인 삼재(三才)를 원용하여 중성을 대입시킨 한글. 이렇듯 세종 대왕이 창제한 훈민정음은 천지와 자연의 조화를 배면(背

面)에 간 과학적이고 철학적인 글자다.

새 맞춤법·표준어 규정에는 모음조화의 현상이 많이 바뀌고 있다. '양성+양성'이 '양성+음성'으로 바뀌고 있는 것이다. 따라서 새로 개정된 표준어 규정(8항)에는 "양성 모음이 음성모음으로 바뀌어 굳어진 다음 단어는 음성 모음 형태를 표준어로 삼는다."고 규정, '깡총깡총'을 버리고 '깡충깡충', '오똑이'를 버리고 '오뚝이', '쌍동이'를 버리고 '쌍둥이'를 표준어로 선택했다.

여기서 양성 모음과 양성 모음의 결합으로 모음조화 현상을 유지하고 있는 '깡총깡총' 또한 이러한 현상을 상실, 언중들의 발음 형태는 오래 전부터 '깡충깡충'으로 굳어져 있다고 보고 '깡총깡총'을 버리고 '깡충깡충'을 표준어로 선택하게 됐다. 우리말의 특색 중의 하나였던 모음조화 현상이 '새로운 규정'이 나타나면서 인위적으로 사라지게 되는 대표적 사례다.

이러한 획일적 규정은 또 다른 무리수를 동반하게 마련이다. 이와 비슷한 신세가 된 '쌍동이'의 경우를 보자. '쌍동이'(雙童-)는 '동(童)'에 '이'가 결합하여 접미사화한 '-동이'와 둘의 뜻인 '쌍'이 결합한 합성어로서 '쌍동아', '쌍생아', '쌍반아'와 같은 뜻이다.

이렇게 한자어에서 왔고 이를 모르는 사람이 많지 않으리라는 것이 분명한데도 어원적 의미나 형태를 알지 못하고 언중들이 '쌍둥이'로 발음하고 있다고 단정, '쌍동이'를 비표준어로 취급해 언어 세계에서 미아로 만들어 버린 것이다.

개정 전에는 아이(童)라는 뜻을 지닌 낱말은 '귀동이', '막동이', '선동이', '후동이', '쌍동이' 등과 같이 '-동이'로, 아이라는 뜻을 지니고 있지 않은 '검둥이', '바람둥이', '흰둥이' 등은 '-둥이'로 구별했으나 이번에 모두 '-둥이'로 통일했다.

위와 비슷한 예로 '발가숭이', '보퉁이', '봉죽', '뻗정다리', '아서', '아서라', '주추' 등이 있다. 여기서 봉죽의 본디 형태는 봉족(奉足)이며 주추(주춧돌)의 본디 형태는 주초(柱礎)이지만, 언중의 발음 형태가 '봉죽(-꾼)', '주추(-똘)'처럼 굳어져 어원에서 멀어진 형태로 있으므로 봉죽, 주추를 표준어로 삼게 됐다는 이야기다.

그런데 이 바뀐 말을 하나하나 뜯어보면 기왕에 그렇게 써 오던 것을 '규정'해 놓은 데에 불과하다. 오히려 '발가숭이'나 '앗아라'와 같은 것은 언제 그렇게 썼던가 싶을 정도로 생소한 것으로 '규정'을 보고 새삼스럽게 안 사람들이 많을 것이다.

규정에 예시된 대로 '양성 모음이 음성 모음으로 바뀌어 굳어진 낱말'이라면 언중이 그렇게 써온 것을 현실화한 것에 불과하다.

이 끼리끼리의 조화 현상은 14~15세기에는 엄격히 지켜지다가 17세기 이후부터는 차츰 그 규칙성이 무너지면서 현대 국어에서는 상징어인 첩어 부사나 용언의 어간과 어미 사이에서 일부 나타나고 있는 것으로 조사·연구되고 있다.

그렇다면, 좀 지나친 표현이 될지 모르나 양성과 양성, 음성과 음성의 끼리끼리의 조화 현상은 본디 자연 현상의 이치로서는 좀 더 중화(中和)돼 가면서 음성과 양성이 조화를 이루는 음양조화 현상으로 우리말이 변이해 가는 것은 아닐까 생각해 본다.

'주년', '주'

개천절이 다가오면 우리 고유의 단군기원, 즉 단기에 대한 논란이 분분해진다. 우리가 5·16 이후 세계에서 통용하고 있는 서기를 채택, 단기를 거의 사용하지 않게 되면서 그 표기 방법까지 혼란을 일으키고 있다.

정부는 개천절 경축장이나 주요 장소에 '단기 ~년'이 아니라 '제~주년 개천절'이라고 표기된 현수막을 내건다. 불교에서 부처님 오신 날이 되면 '불기~년'이라고 표기하고 행사를 거행하는 것과 비교가 된다. 우리나라가 세워진 날을 이처럼 '제~주년'이라고 표기하는 데 대한 문제점을 지적하는 사람이 많다.

단군기원은 단군왕검이 즉위한 해를 원년으로 잡는, 우리나라의 기원이다. 조선조 말엽 단군을 모시는 대종교에서 사용한 이후 대한민국 정부 수립과 함께 법령으로 공포되어 모든 공문서에 이를 사용해 왔다. 그러다가 1962년부터 서력기원, 즉 서기로 바뀌게 되면서 혼란이 나타나기 시작했다. 일본이 고유의 기원과 서기를 동시에 사용하는 것과는 달리 우리는 단군기원을 없앴다는 것에 대해 아쉬움이 남는 것은 물론이다.

정부도 이런 점에서 개천절 하루만이라도 '제~주년'으로 표기하는 것보다는 단기 사용을 고려해야 할 것이다.

(1) 사단법인 한배달 회원들은 14일 상오 서울 남산 팔각정에서 건국 4326주년 천제를 봉행하고 민족 번영 및 대동 단합을 기원했다.

정부가 개천절 식장에 '건국 제~주년'이라고 써 붙이면서 '단기~년'과 큰 혼란이 나타나기 시작했다. '건국 4326주년'과 '단기4326년'은 분명히 다른데도 일부 언론에서 이를 혼동하고 있다. '주년(周年, 週年)'은 1년을 단위로 돌아오는 돌을 나타내며 숫자 아래 붙어, 어떤 일이 비롯되어 '몇 해째의 해'라는 뜻을 갖고 있다. 중요한 것은 돌과 같이 시작하는 해는 빼게 된다는 것이다. 즉 2년째가 되면 '제1주년'이 되고 3년째가 되면 '제2주년'이라고 표기한다. 따라서 단기 4326년은 '건국 4326주년'이 아니라 '건국 4325주년'이 된다.

(2) 올해는 훈민정음 반포(1446년) 5백 50돌, 내년은 세종대왕 탄신 6백 주년이 되는 해. 그러나 이 해를 맞는 국어학계는 착잡하기만 하다.

광복절, 한글날, 어린이날, 식목일과 같은 일부 기념일의 경우는 '제~돌', '제~주년'과 같이 표기해도 문제가 없다. 그러나 예수의 탄신일, 즉 크리스마스를 표기할 때 '제~주년'을 붙이지 않고 부처님 오신 날에 '제~주년'이라고 표기하지 않듯이 개천절 기념식장에서도 '제~주년'이라고 써 붙이지 않고 떳떳이 '단기 ~년'이라고 밝히는 것이 좋다고 본다. 일부 종단에서조차 자기 나름의 기원을 쓰고 있는 판에 국가에서 '제 몇 주년'이라고 표기하는 것은 애써 단기의 의미를 축소시키고 그 중요성을 희석시키려는 의도를 갖고 있다는 느낌마저 들게 한다.

(3) 내달 2일 진갑 맞아/노 전(前) 대통령은 9월2일 61회 생일을 맞는다. 이번 생일은 진갑이지만 별 다른 행사 없이 전 수석 비서관들과 오찬, 만찬을 하면서 조촐하게 보낼 예정인 것으로 알려졌다.

'회(回)'와 '주(周, 週)'는 역시 다르다. 태어난 날이 곧 1회 생일이다. 진갑은 만 61세 생일이니까 '61주 생일'이지만 만이 아닌 나이로는 62세이므로 '62회 생일'이라야 맞다. '62회'는 곧 '61돌'이나 '61주'인 것이다.

또 모차르트가 죽은 지 200년이 된다고 할 때 '서거 200주년' '200주기'라는 말을 쓰게 된다. 여기서 '주기(周忌)'라는 말은 '사람의 사후 해마다 돌아오는 그 죽은 날', 즉 '제삿날'이라는 의미를 가지고 있다. 그래서 '서거 200주기'는 '서거'라는 말이 불필요한 겹말이다.

국가의 주요 기념일은 물론 단체나 회사의 창립일, 신문사의 창간 기념일 등 중요한 행사 때 이 같은 혼란을 일으키는 일이 없어야 할 것이다.

'선동열', '선동렬'

　한글 맞춤법에 분명히 규정이 돼 있는데도 자주 혼동하는 것 중의 하나가 '열'이나 '렬', '율'이나 '률'의 표기다. 특히 사람의 이름에서 두 가지를 혼동하는 것을 자주 보게 된다. 이는 작명가들이 이름을 지을 때 돌림자인 한자에는 신경을 쓰면서도 우리말의 기본인 한글 맞춤법은 무시했기 때문이다.

　(1) 선동열이 빠져나간 공백이 너무 클 것으로 예단했기 때문이다.
　(2) 9월 20일, 주니치와 선동열에게는 중요한 날이 될 것 같다.
　(3) 대들보 선동렬과 김성한이 빠져 나가 상위권 진입조차 불투명했던 해태는….
　(4) 선동렬이 22, 23일 오사카 나루오하마 구장에서 펼쳐질 주니치-한신 2군 연습 경기에 참가할 예정.

　위의 사례에서 보듯 앞의 두 신문은 '선동열'이라고 쓰고 있고 나머지 두 신문은 '선동렬'로 표기하고 있다. 앞의 두 신문은 선수 자신이 쓰고 있는 대로 '선동열'이라고 쓴 것 같고, 나머지 두 신문은 표기 원칙에 충실하게 따르다 보니 '선동렬'이라고 쓰지 않았나 생각된다.
　결국 이 선수의 어른들이 작명할 때 한글 맞춤법을 무시하게 되면서 이렇게 한 선수를 두고 두 가지의 이름이 나오게 됐다. 이는 한글 맞춤법과 동떨어지게 쓸 때 큰 혼란을 주게 된다는 것을 잘 보여 주고 있는 사례다. 역시 '렬과 열'을 혼동해서 제대로 된 남의 이름을 잘못 쓰는 사례도 종종 보게 된다. 한글 맞춤법을 확실히 알면 이러한 실수는 저지르지 않을 것이다.

'ㄹ' 첫소리를 가진 한자 음은 '流行(류행)', '老人(로인)' 처럼 두음 법칙에 따라 첫소리가 나지 않거나 'ㄴ' 소리로 바뀌게 된다. 이러한 현상은 상황에 따라 'ㄹ' 소리가 나지 않는 것이 있는데, 바로 '렬'이다. '정렬(整列)'과 '진열(陳列)'의 사례에서 보듯 같은 '벌릴 렬(列)'이면서 '렬'과 '열'로 달리 소리 나고 있다. '진열'에서는 'ㄹ' 소리가 나지 않기 때문에 편의에 따라 실제 발음을 표준어로 삼고 있다.

즉 "모음이나 'ㄴ'받침 뒤에 이어지는 '렬'은 '열'로 적는다."고 규정하고 있다. '나열', '치열', '비열', '규율', '분열', '선열'이 바르고 '나렬', '치렬', '규률', '분렬', '선렬'은 틀리다는 것이다. '나열', '치열' 은 모음 아래서 'ㄹ' 소리가, '분열', '선열'은 'ㄴ' 아래서 'ㄹ' 소리가 떨어져 나간 것이다.

따라서 위의 예에서 보듯 '선동열'의 '열' 앞에 나오는 '동'자의 받침 'ㅇ'은 "모음이나 'ㄴ'받침"이 아니기 때문에 '동렬'이라고 표기해야 한다. 이름의 끝자가 '烈'자인 경우 이러한 규정을 잘 적용해 틀리는 사례가 없어야 할 것이다.

'렬, 열'과 마찬가지로 혼란을 일으키는 것이 '률, 율'이다. 이 역시 '비율', '이율', '백분율'과 같이 모음이나 'ㄴ' 아래서는 '률'을 '율'로 적는다. 그래서 '능률', '확률'의 경우 모음이나 'ㄴ'소리가 아닌 받침이 오기 때문에 '률'로 적게 된다.

'음률(音律)', '기율(紀律)'에서 보듯 '법칙 률(律)'도 마찬가지다.

홀소리나 ‘ㄴ’소리 앞에서 ‘률’이 ‘율’로 바뀌어 ‘ㄹ’ 초성이 탈락된다.
‘조율’, ‘기율’, ‘규율’, ‘군율’과 같은 것이 그 예다.

'수상', '외상', '국무성'

우리나라의 행정 조직은 대통령 책임제이기 때문에 대통령-국무총리-장관-청장 순으로 구성돼 있다. 그러나 각 언론에서는 나라마다 정부 조직상 약간의 차이가 있기 때문에 각국의 행정 조직이나 그 대표자를 표기할 때 일정한 규정 없이 쓰고 있어 혼란이 나타나고 있다.

(1) 리자오싱 중국 외교부장과 마치무라 노부다카 일본 외상은 칠레 산티아고에서 열린 APEC 외무장관 회담에서 따로 만나 이같이 합의했다고 이 신문은 전했습니다.

위의 예문에 나오는 인사들은 모두 한국의 외무장관과 같은 역할을 하고 있지만 '외상', '외교 부장' 등 그 명칭이 제각각이다. 이 글은 각국이 쓰고 있는 명칭을 존중, 그대로 표기하고 있기 때문에 별 문제가 없으나 우리 것이 아닌, 일본식 표기 방법을 차용해서 쓰는 경우가 많아 혼란이 가중되고 있다. '수상'과 '총리'의 명칭이 대표적인 예다.

(2) 하 교수는 또 "90년대 초반 호소카와 모리히로 일본 수상이 아시아 국가들에 전쟁책임에 대해 사과하고 96년 일본 중학교과서에 이른바 '위안부' 문제가 수록되면서 위기감을 느낀 일본 내 극우파들이 96

년 12월 '새 역사교과서를 만드는 모임'을 결성했다."며 "2001년 '새역모'가 제작한 후쇼샤(扶桑社)판 중학 교과서 파동도 이 자학사관과 직접 연계돼 있다."고 지적했다.

(3) 이 같은 현상에 대해 일본 언론들은 "'겨울연가'에 출연한 배용준이 일본 여성들의 남성관까지 바꾸게 할 정도로 큰 인기를 누리고 있고, 일본 수상이 '욘사마'를 거론할 정도로 한국드라마들이 대단한 영향력을 발휘하고 있다."면서 "이 같은 사회 현상은 한동안 계속될 것 같고 따라서 '일본 내 한국드라마 방영 붐'도 당분간 지속될 것 같다."고 진단했다.

일본의 '수상'과 우리나라의 '총리'는 행정 조직상 격이 다르나 내각의 대표라는 점에서는 공통점이 많다. 일본의 수상은 내각의 우두머리이나 우리나라의 총리는 국무회의 시 부의장이지만 행정 각부를 통괄한다는 차원에서는 내각의 대표가 된다. 거기다가 행정 조직상 나라마다 약간의 차이가 있기 때문에 일괄적으로 '수상'이니 '총리'니 하여 구별하기가 어렵다. 또 '수상(首相)'은 '외상(外相)', '법상(法相)', '문부상(文部相)' 등과 같이 쓰이는 각 '-상(相)'의 우두머리를 나타내고 있다.

일본의 언론 매체는 철저히 일본식 표기법을 지키고 있다. 예를 들면 한국은 물론 북한이나 중국의 내각도 '수상', '부수상', '재무상', '외상', '내상', '법상' 등 자기식으로 표기하고 있다. 그러나 우리는 '수상' 대신 '총리'라는 말이 있는데도 여전히 '수상'이라는 말을 부지불식간에 쓰고 있다.

(4) 그런 분위기는 노 대통령 발언 나흘 만에 나온 미 국무성 논평에

서도 감지할 수 있다. 비록 절제된 표현이지만 그 내용은 뼈 있는 반박의 뉘앙스를 담고 있지 않는가.

(5) 1차 대전 중 영국의 밸푸어 외상이 전후 유대인의 국가 건설을 돕겠다고 선언한 것이 유대인들의 팔레스타인 이주를 촉발시켰다.

또 신문이나 방송에서 '국무성', '외무성', '국방성'처럼 '-부(部)' 대신 '-성(省)'으로 표기하는 것을 자주 볼 수 있다. 일본에서 '-성(省)', '-청(廳)', '-상(相)'을 쓰는 것을 그대로 옮겨 일부에서 사용하고 있는 것이다. 위의 사례는 물론 '국무성'은 '국무부'로, '외상'은 '외무장관'으로 바꿔 써야 한다.

이처림 각 국의 행정 조직의 책임자를 어떻게 표기하느냐 하는 문제는 매우 복잡하지만 일본이 자기식대로 쓰듯이 우리도 우리나라 행정 조직에 맞춰 쓰든지 뭔가 통일된 안이 나와야 하리라고 본다.

각 언론사는 우리 것을 살린다는 차원에서 그 나름대로 규정을 마련해 쓰고 있다. 서로 간 통일이 돼 있지 않고 미비한 점이 많지만 대체로 다음과 같은 규정을 두고 사용하고 있다.

첫째, 우리나라와 같이 한자권(일본, 중국, 북한 등)은 각 국의 행정 조직이나 책임자의 명칭을 그대로 살려 쓴다(일본의 외상, 방위청 장관, 중국의 주석, 총리, 외교 부장, 북한의 주석, 총리, 외교 부장 등). 단 '수상'은 '총리'로 통일해 쓴다.

둘째, 우리말로 번역해서 써야 할 그 외의 국가는 우리나라 행정 조직이나 책임자의 명칭에 준하여 쓴다(총리, 장관, 차관 등).

'그', '그녀'

남녀 차별 문제가 등장할 때마다 제기되는 것은 불평등을 조장하는 언어의 추방 문제다. 남녀 불평등을 조장하는 언어 가운데 하나가 '그', '그녀'라는 단어다. 남자에게는 '그'라는 인칭 대명사를 붙이면서 왜 여자에게는 '그녀'라고 하느냐는 것이다. 남녀 모두 '그'라고 해도 무방하지 않느냐는 것이다.

(1) 공무원 킴 레이트(41.여)의 가장 큰 고민은 '풍만한 가슴'이다. 그의 가슴 사이즈는 16D(가슴둘레 165㎝에 D컵)로 한국 여성들과 비교할 때 상당히 큰 편이다.

(2) 최아영(29)씨는 서울시립 은평병원에서 일하는 간호사다. 그녀는 대금을 배운 지 이제 5개월밖에 안됐지만 "할머니가 될 때까지 대금을 불겠다."고 기염을 토한다.

여성을 나타내는 대명사는 위의 사례에서 보듯 '그', '그녀', '씨' 등 크게 세 가지로 나눌 수 있다. 여기서 '그'와 '씨'는 남성에게도 붙이지만 여기서 '그녀'라는 대명사는 특별히 여성에게 붙이면서 논란이 되고 있다. 사례 (2)는 취재 대상이 연예인인데다가 내용 역시 사실 보도보다는 여성의 특징적인 면을 부각하는 것에 초점을 맞추면서 '그녀'

라는 제3인칭 대명사를 사용한 점이 눈에 띈다.

'그녀'는 조어법상으로 문제가 있지 않느냐 하는 논란은 차치하고라도 일부 여성계에서 거부감을 나타내는 단어다. 또 광복 후에 많이 쓰이고 있는 이 단어는 우선 왜색어란 점에서도 문제가 있다. 즉 영어의 'she'를 우리말로 번역할 때 마땅한 단어가 없자 일본어의 '가노조'(彼女・かのじょ)를 그대로 옮겨와 썼다. 이전까지는 '그' 대신에 궐자(厥者), '그녀' 대신에 궐녀(厥女)라는 말을 쓰다가 신문학 초기에 이광수와 김동인 등이 작품 가운데서 '그녀'라는 말을 쓰기 시작했다고 주장하는 이도 있다.

이후 서양말을 우리말로 번역하는 과정에서 '그녀'라는 단어가 많이 등장했다. 영어에서도 성을 구별하여 만든 3인칭 단수 인칭 대명사는 유일하게 'he, she'뿐이다. 'I, you, they' 등에는 성의 구별이 없다. 그렇지만 우리가 'she'를 굳이 '그녀'라고 번역할 필요가 있느냐는 것이다. 서양의 말씨가 우리 말씨와 똑같을 수 없고 서양말로 번역될 수 없는 우리말이 많기 때문이다.

실제 언어생활에서 '그녀'라는 말을 쓰면 아무래도 이상하다. 예를 들어 어떤 사람이 "오늘 그녀를 만나기로 했습니다."라는 말을 했다고 하자. 여기서 '그녀' 대신에 '그 사람'이라든지 '그 여자분'이라는 말을 쓴다면 훨씬 자연스럽게 들린다. 특히 '그녀는'이라는 말을 할 때 '그년은'이라고 들려 어색하기 짝이 없다.

(3) 약 25분동안 의식이 진행되는 동안 아라파트의 미망인 수하 여사는 수잔 여사와 파타흐 대변인 옆에서 간간이 눈물을 흘렸다.

또 우리들의 언어생활에서 피해야 할 말로 '미망인'이라는 것이 있다. '남편을 여의고 홀로 살아 남아 있음'을 뜻하는 이 말은, 옛날 가부장제도 아래서 남편이 죽으면 아내가 남편을 따라 목숨을 끊는 것을 미덕으로 여겼던 사회에서 쓰였다. 즉 남편이 타계했음에도 남편을 따라 죽지 못한 여인네라는 뜻이다. 미망인은 고인의 아내가 스스로 쓸 수 있는 말일지언정 남이 감히 '남편 뒤를 따라 죽지 않은 사람'이라고 할 수 있겠는가.

본래는 과부를 낮춰 부르던 이 말이 요즘은 높임말처럼 사용되고 있다. 여성의 정절과 희생만을 강요하는 이 말에는 여성에 대한 차별 의식을 그대로 깔고 있기 때문에 되도록이면 쓰지 않아야 한다. '아무개의 부인'이라고 쓰면 무리가 없을 것이다.

칠칠맞다고?

우리의 언어생활, 특히 방송 매체에서 뉴스 진행자나 극중 인물들의 말을 유심히 들어보면 언어 구사에 많은 문제가 있는 것을 발견하게 된다. 기사문장도 예외는 아니다. 그 단어가 갖고 있는 의미를 제대로 파악하지 못해 실제의 뜻과 반대되는 표현을 쓰는 사례를 종종 보게 된다.

(1) 경찰은 결국 협박자의 신원을 확인하지 못해 3시간 가까이 안절부절하다 경찰청과 서울청에 있는 정보과 형사들까지 동원, LG텔레콤 간부의 연락처를 알아내 직접 협조를 구한 끝에서야 협박 휴대폰 번호 가입자에 대한 정보를 얻을 수 있었다.

(2) 바쁜 직장생활을 하고 있는 아내는 주부로서 제 역할을 다하지 못할 것입니다. 그런 아내가 당신 눈에는 칠칠맞은 여자로 보일 수밖에 없겠지요.

첫 번째 사례에 나오는 '안절부절'은 "마음이 썩 초조하여 어쩔 줄 모르는 모양"을 뜻하는 부사다. "'도둑이야!' 소리에 철수는 안절부절 어찌할 바를 몰랐다."라고 할 때는 '안절부절'을 쓰지만 "마음이 몹시 초조하여 어쩔 줄을 모른다."고 할 때는 '안절부절못하다'라고 써야 한다.

　이와 유사한 사례가 위에서 볼 수 있는 ‘칠칠맞다’란 말이다. 본래 ‘칠칠하다’는 말은 ‘푸성귀 따위가 길차다(예, 칠칠하게 자란 배추)’, ‘(하는 품이) 막힘이 없이 민첩하다(예, 솜씨가 칠칠하다)’, ‘주접이 들지 않고 깨끗하다(예, 칠칠찮은 사람)’란 내용의 형용사이며 부사로 쓰일 때는 ‘칠칠히’라고 한다. 따라서 “참, 일을 칠칠맞게 한다.”는 말은 나쁜 뜻이 아니라 칭찬의 의미를 담고 있다. 결국 남에게 빈정거리거나 남의 잘못을 야단칠 때에는 ‘칠칠하지 못하다’ ‘칠칠찮다(칠칠하지 않다)’ 따위로 표현하는 게 정확하다.

　(3) 나이가 지긋할 때까지 밴드활동을 계속하는 것이 최종 목표죠. 40살, 50살 나이를 먹을수록 실력과 깊이는 더 나아질 겁니다. ‘아저씨들이 주책이야’ 놀리지 않게 계속 발전하는 모습을 보여주어야죠.

　표준어규정 제25항은 또 ‘일정한 주견이나 줏대 없이 이랬다저랬다 하여 몹시 실없다’의 뜻을 지닌 말로는 ‘주책없다’만 표준어로 삼고, ‘주책이다’는 버리도록 했다. 따라서 “‘아저씨들이 주책이야’ 놀리지 않게”는 “‘아저씨들이 주책없어’ 하고 놀리지 않게”로 써야 한다.

　언론에서 자주 틀리는 것으로 ‘반증’이란 말을 들 수 있다. 이 말은 본래의 뜻과 달리 쓰고 있는 대표적 예라고 할 수 있다.

　(4) 첫 자녀 성별에 따른 둘째 자녀 출산 여부에 대해서는 남아인 경우 출산하지 않겠다고 응답한 비율은 70.5%인 반면 여아인 경우는 61.4%로 남아선호 태도가 둘째 자녀 출산을 막는 원인이 되고 있음이 반증됐다.

(5) 10월 조사 때 경영애로 사항으로 환율문제를 꼽은 기업이 1.4%
에 그쳤으나 11월 조사에서는 8.5%로 급등, 최근의 환율급락이 기업
들에게 큰 부담을 주고 있음을 반증했다.

위의 사례에서 나오는 반증(反證)은 △상대방과 반대되는 논거를
들어 증명함, 또는 그 증거, 반대 증거 △소송법상, 입증 책임이 없는
당사자가 상대방이 입증 책임을 지는 사실을 부정할 목적으로, 그와
양립할 수 없는 사실을 증명하기 위해 제출하는 증거(새우리말 큰 사
전)를 나타낼 때 사용한다. 이와 같은 논리로 볼 때 '…너무 억울하다'
는 것을 증거하는 것이 아니라 '…너무 억울하다'는 것과는 '반대의
증거', 즉 '너무 억울하지 않다'는 것을 의미한다. 이처럼 반증이란 상
대방의 증명에 대한 방어적, 대항적인 성격을 띠며 어디까지나 상대방
의 주장에 대한 부정의 성격을 갖는다.
　　<법률학사전>(법문사 간행)에도 다음과 같이 예를 들어 자세히 설
명하고 있다.

"반증이란 소송법에서 입증 책임이 없는 당사자가 상대방이 입증
책임을 지는 사실을 부정할 목적으로, 그와 양립할 수 없는 사실을 증
명하기 위하여 제출하는 증거이다. 예컨대 원고가 청구원인 사실을 증
명하고자 증거 방법(본증)을 제출함에 대하여, 이에 대해 법원이 진실
하다는 확신을 품는 것을 방해하거나 또는 이미 얻은 확신을 동요시킬
목적으로 반증이 제출된다. 추정 사실의 적용을 배제하기 위하여 추정
과 반대되는 사실을 증명하는 것도 반증이라고 할 수 있다."

따라서 위의 사례에서 '반증' 대신에 증명이나 입증, 증거, 방증 등

을 쓰는 것이 적절하다.

(6) 한국인 유족과 일부 생존자 80여명은 92년 8월 교토 지방법원에 당시 침몰 사건 진상 규명과 일본정부의 사죄, 보상 등을 요구하는 소송을 제기했다. 일본 재판부는 2001년의 1심 판결에서 "국가(일본)의 안전배려 의무 위반이 인정된다."며 생존자 15명에게 4천5백만엔의 배상명령을 내렸다.

이와 함께 자주 혼동하는 것이 '배상(賠償)'과 '보상(補償)'이다. 법률 용어 사전을 보면 범법 행위로 인해 발생한 손해를 보충해 주는 것이 배상이고 적법 행위로 인해 생기는 손실을 보충해주는 것을 보상이다. 보상은 적법한 공권력의 행사로 말미암아 타인에게 손해를 끼쳤을 때 그 손해를 물어주는 것이다.

예를 들어 국가가 도로를 건설한다든지 하는 경우 불가피하게 일반인의 토지를 수용하는 경우 그 대가로 지급하는 금전을 수용보상금이라고 하는 것이 그것이다. 배상과 보상은 이처럼 손해·손실의 발생 요인이 된 어떤 행위가 위법이냐, 아니면 적법이냐에 따라 그 의미가 달라지는 셈이다. 일본은 식민 통치 기간에 불법으로 우리 국민을 수탈해왔기 때문에 '보상'이 아니라 '배상'이 정확한 표기라고 할 수 있다.

한동안 5.18 광주 항쟁의 희생자 유족들에 대한 정부의 '보상' 방침과 유족의 '배상'요구가 첨예하게 대립된 것도 이런 법률적인 문제가 깔려 있었기 때문이다. 그래서 언론에서도 용어 선택에 신중을 기하지 않으면 안 될 것으로 보인다.

'일절', '일체'

개화기의 선각자 유길준(兪吉濬)은 "글자로 말씀하면 우리나라 글이 천하에 제일이오. 한문도 쓸데없고 일본 글도, 영국 글은 더군다나 쓸데없으니, 우리나라 사람에게는 우리 국문이어야 하지요."라고 말했다. 한글만으로도 우리의 뜻과 사상을 전달하기에 부족함이 없을 뿐만 아니라 한자나 일본어, 영어 등 외래어가 침투할 경우 언어생활의 혼란을 예견했음직한 이야기이다.

이러한 혼란은 한글 창제 이전에는 엄연히 국자(國字)로 대접 받았던 한자에서부터 나타나고 있다. '一切'라는 한자어를 예로 들어보자. '일절'과 '일체'를 혼동해 쓰는 것에서 보듯 한자 '切'를 '체'로 읽을 것이냐, '절'로 읽을 것이냐 하는 경우가 한글과 한자 사이에서 나타나는 대표적인 혼란의 사례다. 대부분의 사전은 일체(一切)란 한자말은 명사(전체, 모든 것) 부사(죄다, 모두) 관형사(모든, 온갖)로 쓰인다고 했다. 이희승 감수 <국어사전>에 '일절'은 사물을 부인하거나 금할 때 부사(아주, 도무지)로, 한글학회 <새한글사전>에도 부사(전혀, 도무지)로 쓰인다고 했다.

다시 말하면 학교 교육에서는 '온통, 전체, 전부'를 뜻하는 말은 '일체'로 쓰도록 가르치고 있다. 문법적으로는 명사와 관형사로 쓰일 때는 '일체'로, '전혀, 아주' 등 사물을 부인하거나 금지하는 부정의 뜻이 담길 때는 부사어로 '일절'을 쓰도록 가르치고 있다.

"이 사실은 부모 이외에는 누구에게도 一切 알리지 않은 것 같다."
고 말할 경우 부사 '一切'를(을) 사전에 나오는 대로 '모두'란 의미로
도, '전혀'란 의미로 쓰더라도 뜻이 통하기 때문에 '일절', '일체' 둘 다
사용할 수 있다는 이야기가 된다.

요즘 사전에는 거의 명사와 관형사로 쓰이던 '일체'에도 슬그머니
부사어의 용례가 실려 있는 것을 볼 때 '일체', '일절'이 서로 넘나들면
서 폭넓게 쓰이고 있음을 인정한 셈이다.

결국 앞에서 보듯 '일체'란 말은 명사, 부사, 관형사 등에 모두 쓸 수
있기 때문에 일부 사전(신기철 신용철편저 <새 우리말 큰사전>) 등
에서는 언급조차 하지 않은 것을 굳이 구별해서 써야 하는가 하는 의
아심이 생기게 된다.

<대한한사전(大漢韓辭典)>을 보면 이런 의문에 대한 해답이 나온
다. 한자 '切'은(는) '온통 체', '대강 체', '급할 체'와 '끊을 절', '급할
절', '정성스러울 절' 등으로 설명하고 있다. 그래서 이 풀이를 적용할
경우 '一切'의 뜻은 '전부', '전혀'의 뜻을 갖고 있는 '일체'라고 통일
해 쓰더라도 무리가 없다고 본다.

광복과 함께 불기 시작한 자주 독립의 바람 속에 가장 먼저 시작된
작업의 하나가 우리 말과 글을 찾는 운동이었다. 일제에 의해 잃어버
렸던 우리 언어를 찾자는 운동은 한글 전용법의 제정으로 형식적이나
마 공문서나 교과서에 한글 전용이 시작되면서 활기를 띠었다. 그 후
국한문 혼용론자들의 주장에 밀려 한자 교육이 부활되면서 또 다시 한
글 전용 문제는 우여곡절을 겪었다. 지금도 양측의 주장이 팽팽히 맞
서 우리 언어 행정은 난맥상을 보이고 있다.

그러나 현실은 한자를 모르고서는 학문 연구는 물론 사회생활을 할

수 없을 만큼 한자는 우리 생활 전반에 큰 영향력을 발휘하고 있다. 이른바 '한글 세대'에게도 사실상 '한자문맹'이 용인되지는 않는다. 아직도 한자가 이 사회의 일부를 지배하고 있다는 엄연한 사실 때문에 한글 세대도 한자를 배워야 할 부담을 안고 있다.

우리 말과 글이 혼란을 겪고 있는 상황에서 우리 사회가 잘 돌아가기를 기대한다는 것은 생각할 수도 없는 일이다. '일체'로 읽을 것이냐, '일절'로 읽을 것이냐 하는 혼란만큼 우리의 언어 생활이 미로를 헤매고 있는 느낌이다.

'및', '내지', '와', '과'

접속을 나타낼 때 쓰이는 '및'과 '와(과)'는 어떤 차이가 있는가. 그 쓰임새 면에서 볼 때 별로 다른 것이 없지만 '입말'과 '글말'의 일치 문제를 놓고 한번쯤 짚고 나갈 필요가 있다.

'및'의 경우 '그밖에 또' '-와 함께 또'를 뜻하는 말이나 이미 옛말처럼 되어 요즘은 입말에서는 잘 쓰이지 않고 있다. 그러나 공문서나 신문 기사에서는 이를 남발하고 있다.

'및'과 '와'(과)의 쓰임새를 굳이 따지자면 '및'은 접속 부사로 대등한 다른 덩어리를 연결할 때 쓰이고(예; 개와 소 및 꽃과 잎) '와(과)'는 접속 조사로 둘 이상의 사물을 같은 자격으로 이어줄 때 쓰인다(예; 하늘과 땅). 그러나 '및'은 입말에서 잘 쓰이지 않기 때문에 특별한 경우가 아니고서는 피하는 것이 좋다.

(1) 정호용 의원의 처리 문제로 심각한 진통을 겪고 있는 여권은 당내 입장정리작업 및 대야 협상을 계속 벌인 뒤….

(2) 그러나 '작계 5027' 등 정규 작전 관련 정보 판단 및 작전 계획과 방위력 개선 사업(율곡 사업)과 국방 중장기계획은 오히려 등급이 강화됐다.

사례 (1)의 '및'은 '과'로 바꾼다면 훨씬 부드러운 글이 될 수 있다. 사례 (2)는 '…및…과…과…'로 연결되면서 문장이 어색하게 되고 말았다. 이 사례는 "그러나 '작계 5027' 등 정규 작전 관련 정보 판단과 작전 계획, 방위력 개선 사업(율곡 사업), 중장기 계획은…"으로 고치는 것이 좋다.

(3) 수도 베이징을 비롯한 주요 도시를 뒤흔들고 있는 소요의 물결은 표현 및 언론의 자유 획득은 물론 점차 덩샤오핑(84) 개인의 계속된 집권과 관료들의 부패를 집중 공략하고 있다.

이 사례도 '및'을 '과'로 바꾸게 되면 글이 한껏 부드럽게 느껴진다. 이 '및'과 비슷한 역할을 하는 것으로 한자말 '내지'(乃至)가 있는데, 이 역시 공문서에서 자주 쓰는 말이다. 이것은 '~에서 ~까지', '이나', '혹은' 등의 뜻을 나타내는 접속 부사이지만 이를 쓸 경우 어색한 문장이 되고 만다.

(4) 권투에서 미들급은 71kg 내지 75kg을 말한다. (새 우리말 큰사전 예문)

위의 사례는 사전에서 뽑은 것이지만 이것 역시 '71kg에서 75kg까지'로 하면 순수한 우리말을 써서 좋고 이해에도 도움이 된다.

(5) 노동부 출입 기자단 채 아무개 간사의 촌지 수수 사건을 계기로 언론계 자정 운동이 단순한 도덕운동 내지 의식 개혁 운동 차원에서 벗어나 강제력과 구속력이 있는 제도·장치를 마련하는 쪽으로 강화

되어야 한다는 여론이 언론계 내부에서 높아지고 있다.

위의 사례에서 '내지'를 '이나'로 쓴지, 아니면 '또는'으로 바꾼다면 뜻 전달이 더욱 명료해진다. 여기서도 굳이 어려운 한자말을 쓸 필요가 없다고 본다. 앞에서 든 예들은 혼란스러운 우리 말글살이의 한 단면을 나타내는 것이다. 일부 지식인층이 외래어를 남발하고 외국어 말투를 즐겨 쓰면서 우리 말과 글은 이러한 혼란을 겪고 있다.

'빌어', '빌려', '아니예요', '끼여들어'

신문 기사에는 자주 틀리는 어휘들이 있다. 물론 일반인들의 글에서도 자주 발견되는 것이다. 조금만 조심하면 틀리지 않을 수 있는 말이다.

(1) 한국일보는 2일 '정치적 이산 가족'이 된 서동만·서은경 남매의 이야기를 다뤘다. 한국일보는 기사에서 한나라당 관계자의 말을 빌어 "서은경 씨가 요즘 동생 때문에 정치적 피해를 보고 있다."고 보도했다.

(2) 또한 회동, 입당 여부 등 자신의 행보를 둘러싸고 각종 설이 난무한다 하더라도 공식적인 자리를 빌어 입장 표명에 나설 처지도 못된다는 게 이전 총리의 소신이었다.

'빌어', '빌려'는 분명히 다른 어휘지만 많은 사람이 혼동하고 있다. '빌어'의 원형은 '빌다'이고 '빌려'의 원형은 '빌리다'이다. 따라서 '빌다'는 신이나 부처에게 소원이 이뤄지도록 바라며 청한다는 것이고, '빌리다'는 나중에 돌려주기로 하고 남의 물건을 얻어다가 쓴다는 뜻이다. 따라서 위의 사례에서 '빌어'는 소원을 빌다는 의미가 있지만 실제는 그와 다른, 즉 공식적인 자리를 빌려서 쓴다는 것이기 때문에 '빌려'로 써야 한다.

(3) 마쓰자카 별거 아니예요.

(4) 무조건 가볍지만은 않은 신세대들의 생활 양식을 보여줘야 한다니 걱정반 기대반이예요.

'-에요'는 '이다' '아니다'의 어간 뒤에 붙어 '-어요'의 형태로 쓰인다. (3)의 '아니예요'는 '아니에요'가 맞다. '이어요'는 자음으로 끝난 체언 밑에서 쓰여, 친근한 느낌을 담아 사물을 긍정적으로 단정하여 말하거나 지정하여 묻는 뜻을 나타내는 종결 어미다. '이에요', '예요' 등으로도 쓰이지만 (4)의 사례처럼 '이예요'는 맞춤법에 어긋난다.

(5) 일을 바로 하려는 것이요, 아니면 망치려는 것이오?

(6) 마음 놓고 찍어 보시고 결정하십시요.

(7) 그는 "이 상태로 조금만 더 가면 당에서 김대통령에게 '당을 위한다면 미안하지만 탈당해 주십시요'라는 요구가 터져나올 것"이라고 덧붙였다.

어미 '-오'와 '요'를 구별하지 못하느냐 하고 의아심을 가질 수도 있지만 초보자의 글이나 광고 문구에서 가장 많이 틀리는 것이 이 두 가지다. '-오'는 종결형 어미이며 '-요'는 연결형 어미다. '하십시오'라고 글을 끝맺을 때는 종결형 어미, "이것은 책이요, 저것은 붓이다."할 때는 연결형 어미를 붙이게 된다. 다만 '-해요' 체의 경우도 '미세요', '읽어요', '좋지요'처럼 '-요'가 붙는다. 따라서 위의 사례 (5)의 '것이요'는 종결형이므로 '것이오', 사례 (6), (7)의 '결정하십시요', '주십시요'도 마찬가지로 종결형으로 '결정하십시오', '주십시오'로 고쳐야 한다.

(8) 장갑을 끼어 손이 따뜻하다.

(9) 장갑을 끼여 학교에 보낸다.

장갑이나 토시, 가락지를 착용한다는 뜻의 '끼다'가 있다. 이 말 역시 '끼어', '끼여', '끼워' 등 용법에 따라 달리 쓰이고 있으나 서로를 혼동하는 사례가 자주 발견된다. '끼다'가 연결형으로 쓰일 때는 원칙적으로 '끼어'가 바른말이다.

그러나 이 말이 피동형으로 쓰일 때는 '끼이다'가 되고, 줄임말로는 '끼여'가 된다. 물론 피동의 자동사 '끼이다'의 줄임말로 '끼다'도 인정돼 부사형은 '끼어'로 쓸 수 있다. 이때 발음은 장음인 '끼:어'로 해야 한다.

또 '끼다'의 사동형은 '끼우다'이다. '끼이다'는 '표준말 모음'에서 버리기로 했다. 따라서 위의 사례 "장갑을 끼여 학교에 보내다."에서 '끼여'는 '끼워'로 바로잡아야 한다.

결국 '끼다'의 연결형은 '끼어', 피동사 '끼이다'의 연결형은 '끼이어'이고 그 준말은 '끼여'가 되며, 사동사는 '끼워'가 된다.

(10) 사건 브로커가 끼여들어….

'틈에 몸이 끼다'란 뜻으로는 '끼이다'가 있고 '끼다'는 '끼이다'의 준말이다. 따라서 위의 글에 나오는 '끼여들어'는 피동형이 불필요하기 때문에 '끼어들어'가 맞다. 이처럼 일반적인 언어 습관에서 잘못된 사례들이 많이 나타날 수 있기 때문에 꼼꼼히 살펴볼 필요가 있다.

뭐, 내가 장본인?

글은 적절한 단어를 선택해 상대방에게 자기의 의사를 정확히 전달하는데 목적이 있다. 따라서 단어 선택이 올바르지 않을 경우 상대방이 이해할 수 없게 된다. 특히 한자는 뜻글자이기 때문에 반드시 그 뜻을 따라서 적어야 한다. 그러나 한글 세대들이 뜻을 생각하며 구별해 쓰는 습관에 익숙하지 않아 종종 실수하는 것을 보게 된다.

(1) 광주발 수능 부정행위 망령이 온 나라로 번지고 있다. 이 사건을 지역사건에서 전국사건으로 '환골탈태'시킨 장본인은 경찰이다.

(2) 우크라이나 출신의 득점기계 셰브첸코는 지난 시즌 AC 밀란의 이탈리아 세리에A 우승을 이끈 장본인.

장본인(張本人)은 '못된 일을 저지르거나 물의를 일으킨 바로 그 사람'을 일컫는 말이므로 함부로 써서는 안 된다. 위의 사례와 같이 수능 부정 행위 망령을 파헤치는 데 기여한 경찰이나 우승을 이끌어 팀에 공헌한 사람을 '장본인'이라고 할 수는 없다. 미담이나 화제의 중심인물에게는 '주인공'이란 말을 쓸 수 있다.

(3) 대통령이 동일한 정책 사안에 대해 여러 참모에게서 자문을 구

하다 보니 똑같은 일에 여러 사람이 매달리는 경우도 없지 않다는 것
이다.

　본래의 말뜻과는 달리 사용되는 것이 있다. ‘아랫사람에게 묻는다’
또는 ‘하급 관청에게 묻는다’는 뜻을 가진 ‘자문(諮問)’이 그 예다. 법
률 용어로 이 말은 관공서와 같은 국가 기관이나 또는 그 책임자가 집
무상 필요한 사항에 관하여 하급 관청 또는 공무원의 의견을 묻는다는
뜻을 갖고 있다. 그러나 오늘날에 와서는 전문가나 또는 그런 사람들로
구성된 권위 있는 기관이나 단체에 의견을 묻는 것으로 알려져 있다.
　‘자문 위원’이란 말도 따지고 보면 반대 의미로 쓰이고 있다. ‘심사
위원’, ‘운영 위원’ 하면 ‘심사하는 사람’ ‘운영하는 사람’을 뜻한다. 마
찬가지로 ‘자문 위원’은 ‘자문하는 사람’, 즉 누구에게 의견을 묻는 사
람이란 뜻인데 실제는 반대로 ‘자문을 받을 사람’으로 쓰이고 있다.
　이처럼 한자를 잘못 쓰면 뜻은 엉뚱한 방향으로 바뀌고 만다. 특히
신문에서 독자들의 이해를 돕기 위해 한자를 섞어 쓰면서 이러한 사례
가 자주 일어나게 되는데, 한자를 쓸 때는 세심한 주의를 기울일 필요
가 있다.

　(4) 부산아시안게임 때 현 체급에서 우승했으나 근력이 달리는 데다
그 동안 워낙 유명세를 타다 보니 옆 굴리기 등 장기가 노출된 것도 마
음에 걸리는 부분이다.

　높은 인기를 얻고 있는 연예인이나 스포츠 선수, 즉 스타들에게는
그들의 인기만큼 취재기자나 열성 팬들이 따라붙게 마련이다. 스타라
는 이유로 행동이 제약되고 사생활을 제대로 보호받지 못하는 등 불편

한 점이 한두 가지가 아니다. 이런 것들이 소위 '유명세(有名稅)'다. '유명세'는 이름이 널리 알려져 있는 탓에 당하는 불편이나 곤욕을 속되게 이르는 말로, 스타가 치러야 하는 어려움을 세금에 비유한 것이다.

그러나 '유명세'의 한자가 세금을 뜻하는 '稅'가 아니라 기세를 뜻하는 '勢'인 줄 착각하고 '인기' '이름값' 등의 의미로 잘못 사용하는 경우가 많다. 특히 신문·방송에서도 이렇게 쓰는 예가 흔하다. 위의 사례의 '유명세를 타다보니'는 '유명세를 치르다보니'나 '유명세가 따르다 보니'로 고쳐야 한다.

요즘은 한자를 쓰지 않기 때문에 헷갈리는 일이 없지만 한 동안 많은 언론이 '수업'의 한자 표기 때문에 혼란을 겪은 적이 있다. "학생들의 授業 거부 움직임에 따라 교수들도 受業 준비를 소홀히 하고 있음이 드러났다."고 하는 사례에서 보듯이 가르침을 받는 것은 '受業'이고 가르쳐 주는 입장에 서는 것은 '授業'이기 때문에 예문의 '수업'은 앞뒤가 뒤바뀐 것이다.

이와 비슷한 예로 '被難'과 '被亂', '難局'과 '亂局', '難民'과 '亂民' 등을 들 수 있다. 여기서 '亂'(어지러울 란)은 난리(亂離)의 뜻으로 쓰여 '전란이나 전쟁', '분쟁 사고 재해 등으로 정상적인 상태를 벗어나 세상이 소란하고 모든 질서가 어지러워진 현상'을 일컫는다. '難'(어려울 난)은 접두사나 접미사로 쓰여 '어려운(하기 힘든) 형편이나 처지'를 나타낸다. 그래서 전란의 경우가 아닌 평상시에 일어난 재해로 인한 사건에는 '難-' '-難'을 써야 한다. 예를 들면 전쟁 중에 발생한 '난민'의 경우라면 '亂民'이 적합하며 경제적 어려움이나 정치적 이유 때문에 발생한 '난민'은 '難民'으로 쓰는 것이 옳다.

또 자주 틀리는 것으로는 '被爆'과 '被曝'을 들 수 있다. 소련의 체

르노빌 원전 사고와 고리(古里) 원전 사고의 경우는 방사능이 새어 나와 피해를 당한 것이기 때문에 '별쬘 폭'의 뜻이 있는 '被曝'이 적합하며 폭격을 받아 피해를 당하게 되는 경우는 '被爆'이 옳다. 그래서 '고리 등 원전 직원 70명 과다 被爆 확인'이란 기사 가운데 나오는 '被爆'은 잘못된 표기다. 제2차 세계 대전 중 일본 히로시마에 투하된 원폭의 피해자의 경우는 대개 폭탄에 의해 피해를 당했기 때문에 '被爆 피해자'로 쓰고 있다.

'하나님', '하느님'

기독교의 신앙 대상인 신(神)의 이름을 가톨릭에서는 하느님, 개신교에서는 하나님이라고 한다. 그러나 비신앙인의 경우 어떤 것을 써야 할지 당황할 때가 많다. 그래서 애국가에 나오는 '하느님이 보우하사 우리나라 만세'라는 구절을 두고도 의견이 분분하다.

일반적으로 인간을 초월해 절대자로서 우주를 창조하며 화복을 내린다는 범신론적인 신이란 의미로 우리 민족의 정서에 와 닿는 것은 '하느님'이다. '하느님'은 개신교 일부 교파를 제외한 모든 사람들이 쓰고 있는 신에 대한 표준어라고 보아야 한다. 이 말은 하늘(天)과 존칭 접사 '님'이 결합되어 '하늘님'으로, 여기서 다시 'ㄹ'받침이 떨어져 나가 '하느님'이 된 것으로 보는 것이다.

'하느님'이란 '하늘에 계신 님' 곧 '천신(天神)', '천제(天帝)'를 뜻한다. 가톨릭에서는 1964년 주교 회의에서 이왕에 써 오던 '천주'라는 말 대신 '하느님'으로 쓰도록 결정한 바 있다. 1971년에 나온 신구교 공동 번역 성경에는 '하느님'으로 통일해 썼다.

우리나라에서 처음으로 성경 번역이 진행될 때인 1882년부터 1936년까지 교회에서는 '하ᄂᆞ님', '신(神)', '상제', '하나님', '하느님'을 섞어 쓴 것으로 조사됐다. 특히 1900년 개신교에서 '신약전서' 결정판을 찍어낼 때 '하ᄂᆞ님'으로 통일했다. 그 후 1933년 철자법 개정으로

<・>표기가 폐지되자 '하ᄂ님'은 '하나님'과 '하느님'으로 갈라졌으나 공문서와 교과서는 '하느님'으로 통일하여 표기했다.

개신교 일부에서 성경에 '하느님' 대신 '하나님'으로 쓰게 된 것은 이스라엘의 신(神) 여호와는 한 분뿐이라는 유일신관에 기인, '하나' + '님'으로 이해했기 때문이다. 그러나 '하나'라는 수사에 '님'이라는 존칭 명사를 붙인다는 것은 문법적으로 무리라는 지적이 제기되고 있다. 'one' + '님'을 표기하려면 '하나님'이 아니라 '하나'의 관형사형 '한'을 붙여 '한님'이라고 해야 하는 것이 원칙이라는 것이다.

개신교 일부 학자들은 '하나님'은 어원적으로나 문법상으로는 부당하지만 유일신관을 나타내는 말로서는 이 이상 좋은 말이 없다고 보고 있다. 반대로 '하느님'은 어원적으로나 문법상으로는 정당하지만 개념상으로는 범신론적 신개념을 갖고 있다.

최현배 님은 '하느님'으로 써야 하는 이유로 △하늘은 중세어의 '하늘'이 변한 것으로 제2음절의 고어 <・>는 <ㅡ>로 바뀌는 것이 우리말의 일반적인 음운 현상이며 △하느님은 '하늘에 계신 님'을 줄여 부르는 말로 보아야 하고 △기독교의 신이 유일신임을 강조하기 위하여 '하나+님'으로 생각했다면 잘못이며 기독교에서나 한국의 전통 사상에서나 '하늘에 계신 아버지'의 사상을 벗어날 수 없다는 것 등을 들었다.

우리의 전통적 의미의 하느님은 이 밖에도 '한울님'(천도교) '한얼님'(대종교) 등으로 달리 표현되기도 한다. 종단마다 '신론(神論)'의 차이가 있음은 물론이다.

다만 기독교의 경우 신에 대한 이름이 언어마다 달리 표현되는 상황에서 무엇이 옳고 무엇이 그르다고 주장하기 이전에 기독교 전 교단이 한 가지로 통일해 쓸 수 있는 길을 찾는다면 화해와 일치에 도움이 되리라고 본다.

제5부

쓰지 말아야 할 외래어, 일본식 조어들

KT, KB, KT&G, POSCO

우리말과 글을 오염시키는 주범은 첫째가 외래어임은 두말할 나위가 없다. 외래어가 우리말과 글 사이에 잘못 자리잡을 경우 잡초와 같이 언어생활 전체를 어지럽힐 수 있다. 기사를 쓰면서 가장 난감한 것은 외래어 표기법을 무시한 책이나 이름을 바로잡은 일이다.

(1) '맑스 엥겔스 평전'(시아출판사) '맑스주의의 향연'(이후), '칼 맑스 프리드리히 엥겔스 저작 선집'(박종철출판사)

(2) '권지예의 빠리 빠리 빠리'(이가서), '빠리 산으로 가자'(서해문집), '빠리의 나비부인'(띠앗)

책 제목은 물론 출판사가 정한다. 그들이 정한 제목까지 외래어표기법에 따라 바꾼다는 것은 참으로 용기가 필요하다. 책 제목까지 엉터리라면 솔직히 책을 소개할 마음마저 사라진다. 독자들에게는 '칼 맑스'나 '빠리'가 익숙하다고 해도 외래어표기법을 무시하는 것은 문제가 있다고 본다. 파리를 '빠리'로, 카를 마르크스를 '칼 맑스'로 못쓰게 하는 것에 대해 '무식한' 처사라고 어문 정책을 비판할 수는 있을지 모르지만 국민 언어교육에 큰 영향을 끼치는 출판사나 학자들이 이를 무시한다면 누가 따를까. 이런 현상은 영화 제목과 광고 등에 두드러진다.

(3) 까를로스, 카르로스

  프로축구 용병의 이름 표기를 놓고도 구단 마다 달리 표기하면서 한
동안 여론의 질타를 받았다. 모두 브라질 출신인 울산 현대의 '카르로
스'와 포항 스틸러스의 '까를로스'의 현지 표기는 똑같이 'Carlos'다.
그런데 포항에서는 '까를로스', 울산에서는 '카르로스'로 쓰고 있다.
울산 구단 관계자는 "포항의 까를로스와 혼동될 염려가 있고 또 코칭
스태프가 부르기 편한 이름을 선택한 결과"라면서 '카르로스'로 부르
게 됐다는 것이다. 물론 외래어 표기법에 따르면 두 사람 모두 '카를로
스(Carlos)'로 써야 한다.

  (4) KT, KB, KT&G, POSCO….

  특히 '세계화' 추세 속에 상품명, 심지어 회사나 단체의 이름까지 외
국어로 짓는 사례가 늘어나고 있다. 여기서 특히 문제가 되는 것은 외래
어 표기법조차 지키지 않은 채 나름대로 작명해 쓰고 있다는 사실이다.
  자고로 이름은 그 주인공의 성격과 이미지를 나타내는 척도라고 할
수 있다. 위의 사례들은 소위 세계화를 내세우며 최근에 바뀐, 우리나
라의 대표적인 기업 이름들이다. 바뀌기 전 이름은 '한국통신' '국민은
행' '한국담배인삼공사' '포항제철' 등으로 이름만 들어도 무엇을 하
는 회사인지 쉽게 알 수 있었다. 오랫동안 눈과 귀에 익었던 이름을 하
루아침에 무슨 뜻인지 모를 알파벳 약자로 바꿔 놓았으니, 소비자로서
는 그 기업들이 낯설게만 여겨진다.

  (5) 메가박스, CGV, MMC, 스타식스, 씨네큐브, 판타지움, M파크9,

키노, 씨네씨마8, 메가씨네마, 키넥스5, 메가라인, 티파니시네마, 매직
시네마, Club E0E4, 씨넥스, 팝콘하우스, AC21, 아트레온, 씨네유….

새로 생겨나는 회사들도 알기 쉽게 이름을 짓기보다는 CGV(복합영
화상영관), KTX(한국고속철도) 등 약자 표기를 주로 하고 있다. 영문
약자로 이름을 지은 기업들은 하나같이 세계화 시대에 맞춰 한국인만
이 아니라, 외국인들이 보고도 쉽게 알 수 있도록 알파벳으로 이름을
지었다고 설명한다.

기업의 이름은 인지도를 높여 상품 판매를 늘리는 것을 목적으로 한
다. 따라서 우선 소비자들이 기억하기 쉽고, 그 성격을 잘 드러낼 수 있
는 것이어야 한다. 그러나 알파벳으로 부호화한 이름들은 소비자들에
게는 도무지 해독할 수 없는 암호일 뿐이다. 이 같은 이름은 서로 비슷
해서 소비자들에게 선뜻 다가오지 않는다. 결국 소비자에게 불친절하
고 무성의하기 짝이 없는 이름들이다. 결국 외국 것을 선호하는 소비
자들의 허영심에 호소하려는 얄팍한 상술로밖에는 보이지 않는다.

사실 그동안 '삼성'이나 '현대'라는 이름은 세계의 소비자에게 이미
각인됐다. 큰 성공을 거둔 것이다. '도요타' '미쓰비시' '혼다' '히타
치' '닛산' 등도 일본식 이름을 가지고도 세계적으로 큰 성공을 거두었
다. 너무나 당연한 이야기지만 기업의 성공 여부는 이름보다는 상품의
질에 달려 있다.

우리말 표기법을 무시한 기업의 이름도 눈에 거슬린다. 우리나라 중
형 승용차를 대표하는 모델인 현대자동차의 '아반떼(Avante)'나 '현대
자동차써비스', '한일써키트', '써니텐' 등도 우리말 표기법을 지키지
않고 있다. 파열음 표기에는 ㄲ, ㄸ, ㅃ, ㅆ, ㅉ 따위와 같은 된소리를
쓰지 않기로 한 규정을 무시한 것이다.

(6) 요셉, 요지프, 조셉, 조제프, 요제프, 조지프….

　　우리 외래어 표기법이 사실 너무 복잡한 측면이 있다. 인명이나 지명은 고유의 발음을 반영하여 원지음을 따르는 것을 원칙으로 하면서 'Joseph'란 이름을 가진 사람이 출신국의 언어에 따라 이처럼 여러 가지로 표기되고 있다. 최근 개방화 바람 따라 전 세계 구석구석까지 뉴스의 앞마당이 되면서 새로운 사람이 전면에 부상하는 것을 보게 된다. 이럴 때 분명 사람은 하나지만 매체마다 표기법이 달라 큰 혼란을 일으키는 경우가 종종 있다.

　　현재 언론사에 외신을 제공하는 통신사는 대부분 영어를 사용하고 있기 때문에 외신 텔렉스에 의존하는 우리 언론계도 영어식 표기를 따르고 있다. 영어, 독일어, 불어 등 우리와 밀접한 일부 언어를 제외한 언어권의 경우 별 다른 규정 없이 원지음을 따른다는 외래어 표기법도 문제이다. 거기다가 비영어권 출신 인사를 영어식으로 표기하는 습관 때문에 큰 혼란이 나타나고 있다.

　　국어 순화 차원에서는 될 수 있는 한 우리말과 글을 써야 하지만 꼭 외래어를 써야 할 상황이라면 정확히 쓰는 것이 좋다. 그것은 잘못된 표기법에서 올 수 있는 혼란을 막고, 특히 회사나 상품 등의 이름의 경우라면 그것을 대하는 사람에게 좋은 이미지를 심어줘야 하기 때문이다.

'스킨십', '원샷', '쿨하다'

어떤 나라이든 토박이말과 외국에서 들어온 말이 함께 쓰인다. 새로운 문물이 들어오면서 새로운 말도 같이 들어오기 때문이다. 그래서 외래어는 어쩔 수 없이 토박이말과 공존하게 된다. 그러나 언어생활에서 문제가 되는 것은 외래어 존재 자체가 아니라, 무분별하게 그리고 불필요하게 외래어를 마구 쓰는 일이다. 이는 우리말을 어지럽게 할 뿐만 아니라 의사소통도 방해한다. 외국 문물과 함께 새로 들어오는 말을 쉬운 우리말로 고쳐 다듬어 쓰는 노력을 아끼지 않아야 하는 이유가 여기에 있다.

그런데 우리말에는 자생적인 외래어가 적지 않다. 이러한 자생적인 외래어를 한국식 외래어(대부분은 한국식 영어) 또는 국적 불명의 외래어라 한다.

(1) 지난 8일 경기도 강화도에서 원내대표단 회의를 열어 '스킨십'을 강화했던 우리당 원내지도부는 상임위 간사들에게 상황에 따른 대처를 주문한 것으로 알려졌다.

(2) 노감독은 인상을 찌푸리며 "얘기하지 않으면 안 되겠느냐"고 말하면서 앞에 놓여 있는 술 한 잔을 '원샷'했다. 그 원샷이 야멸차다기보다 오히려 따뜻하게 느껴졌던 건 친구 이상의 친구(허우는 장의 '홍

등’ 프로듀서로 참가했고, 장은 허우의 ‘희몽인생’ 프로듀서로 나서기도 했다)를 향한 말 못할 아쉬움이 배어나왔기 때문이었다.

사례에 나오는 스킨십(skin+ship)은 원래 육아용어로, 킨십(kinship : 혈족 관계)에서 ‘피부 관계’의 뜻으로 만들어진 일종의 조어이다. 즉 피부의 상호 접촉에 의한 애정의 교류를 뜻한다. 주로 육아 과정에서 어버이와 자식 사이, 또는 보육이나 교육 과정에서 교사와 어린이 사이에서 그 중요성이 강조되고 있다. ‘원샷(One-shot)’은 술좌석에서 사용하는 말로, 술잔을 들고 한 번에 남김없이 마시는 경우를 말한다. 영어에서는 ‘건배, 쭉 들이켜요’란 의미로 ‘bottoms up!’이란 말을 쓰고 있다. ‘원샷’ 역시 피해야 말이다.

오래전부터 널리 쓰이고 있는 한국식 영어의 대표적인 예로, ‘골인(goal in)’, ‘더치페이(Dutch pay)’, ‘러브호텔(love hotel)’, ‘마이카(may car)’, ‘모닝커피(morning coffee)’, ‘백넘버(back number)’, ‘백미러(back miror)’, ‘아이쇼핑(eye shopping)’, ‘원샷(one shot)’, ‘엠티(M.T.←Membership Training)’, ‘올백(all back)’, ‘카센터(car center)’, ‘펀데이(fun day)’, ‘하이틴(high teen)’, ‘홈뱅킹(home banking)’ 따위를 들 수 있다.

물론 한국식 영어에는 일본에서 독자적으로 만들어 쓴 일본식 영어도 몇몇 포함돼 있다. 그러나 현재로선 한국식 영어인지 일본식 영어인지 구분하기가 쉽지 않다. ‘리어카(rear car)’, ‘올드미스(old miss)’, ‘백미러(back mirror)’, ‘오토바이(←auto bicycle)’ 따위가 널리 알려진 일본식 영어에 속한다.

최근 들어 정보 통신 분야에서 한국식 영어를 자주 볼 수 있다. 우리 나라가 이 분야에서 외국을 선도하게 됨에 따라 한국식 영어 또는 국적 불명의 외래어가 새로이 만들어져 쓰이고 있는 것이다. 그러나 우리가 새 이름을 만드는 상황이라면 한국식 영어 또는 국적 불명의 외래어보다는 아예 우리말을 적절히 활용하여 새로운 말을 만들 필요가 있다고 본다.

우리나라에서 만들어 쓰고 있는 영어로 '핸드폰(hand phone)', '폰카메라(phone camera)/카메라폰(camera phone)', '모바일 오피스(mobile office)', '모바일 비즈니스(mobile business)', '모바일 코머스(mobile commerce)', '모바일 뱅킹(mobile banking)', '폰빌(phone bill)', '폰 뱅킹(phone banking)', '콜센터(call phone)' '핸즈프리(hands free)' 따위를 들 수 있다.

전문가들은 이러한 한국식 영어나 일본식 영어도 우리말 오용의 사례로 보고 순화의 대상으로 삼고 있다. 그런데 얼마 전부터 영어의 형용사까지도 그대로 가져다 쓰는 일이 잦아지고 있다. 형용사는 사물의 성질이나 상태를 나타내는 단어의 부류로서 어느 언어에서나 기본 어휘에 속한다. 따라서 사물이나 개념을 가리키는 명사와 달리 외국어에서 빌려다 쓰는 것은 부자연스럽다.

(3) 2페이지로 된 이 보고서는 청년실업 문제를 일목요연하게 정리해 노 대통령이 "정말 엑설런트하다."고 평가했다고 한 관계자는 전했다.

(4) 원작소설이 현대인의 나르시시즘과 비루한 일상을 그렸다면 영화 는 인간의 욕망과 이로 인한 파멸이라는 전혀 다른 주제를 풀어냈고, 소설이 쿨하다면 영화는 뜨겁다.

이러한 사례로 '컬러풀(colorful)하다', '스마트(smart)하다', '와일드(wild)하다', '로맨틱(romantic)하다', '타이트(tight)하다', '다이내믹

(dynamic)하다’ 따위를 들 수 있다.

그러나 요즘 그 수도 크게 늘어나고 있다. ‘슬림(slim)하다’, ‘프레시(fresh)하다’, ‘모던(modern)하다’, ‘미니멀(minimal)하다’, ‘샤프(sharp)하다’, ‘스타일리시(stylish)하다’, ‘앤티크(antique)하다’, ‘터프(tough)하다’, ‘트렌디(trendy)하다’, ‘빈티지(vintage)하다’, ‘원더풀(wonderful)하다’, ‘프로페셔널(professional)하다’, ‘드라마틱(dramatic)하다’, ‘글래머러스(glamorous)하다’, ‘글로벌(global)하다’, ‘내추럴(natural)하다’, ‘보이시(boyish)하다’, ‘비비드(vivid)하다’, ‘센세이셔널(sensational)하다’ 따위가 그 예다.

영어 형용사가 이처럼 특별한 제약 없이 우리말에 들여와 폭넓고도 빈번하게 쓰이고 있는 것이다. 대개 영어 형용사에 ‘-하다’를 덧붙이기만 하면 우리말로 둔갑을 해 버린다.

(5) 싸이버뱅크의 ‘포즈 X501’은 PDA와 휴대폰의 기능을 결합한 스마트폰이다.

(6) 이 사장은 이어 U3코리아 실현을 위한 전략으로 유비쿼터스 컴퓨팅 인프라 구축과 시장가치 창출을 위한 콘텐츠 및 솔루션 개발, 정보격차 해소를 통한 사회통합, 스마트 라이프 실현을 위한 임베디드(embedded) IT구현 등을 내놓았다.

문제는 위의 사례에서 보듯이 영어단어를 의미나 용도에 맞지 않게 마구잡이식으로 적용한다는 것이다. ‘스마트’의 예를 들어보자. 이 말은 “몸가짐이 단정하고 맵시가 있다.”라는 뜻의 ‘스마트하다’ 뿐만 아니라 ‘스마트카드(smart card)’, ‘스마트 폭탄(smart爆彈)’, ‘스마트 빌딩(smart building)’ 따위에서처럼 단어나 구의 일부로도 그대로 들여와 쓰이고 있다. 이젠 '스마트 머니(smart money)', '스마트유리(smart 琉璃)', '스마트폰(smart phone)', '스마트 소비(smart消費)', '스마트 라이프(smart life)', '스마트 모브(smart mob)', '스마트 내비게이션(smart navigation)', '스마트 도로(smart道路)', '스마트 스트리밍(smart streaming)' 따위와 같은 말도 널리 쓰이고 있다. 의도적으로 '스마트'를 이용하여 새로운 말을 만들어 내고 있는 것이다.

이러한 현상은 분명 도를 넘어선 것이라 아니할 수 없다. 이는 외국어를 중시하고 우리말을 경시하는 언어습관 때문이다. 이제 지식인, 특히 언론인들이 우리말 사랑에 앞장서야 할 때가 됐다고 본다.

'새터민', '참살이'

우리말이 외래어에 오염돼 중병을 앓고 있다는 것은 어제오늘의 이야기가 아니다. 이러한 가운데 한 민간단체가 이미 대중에게 익숙해진 '콘돔'의 대체용어를 공모, '애필(愛必)'로 쓰기로 했다고 해서 화제를 모은 적이 있다.

한국에이즈퇴치연맹은 "콘돔이라는 말에 대한 소비자의 거부감이 강하고 사용할 때도 부끄러움을 느끼는 점을 개선할 필요가 있어 대체용어를 공개모집했다."면서 "1만9000여명이 7000여개의 이름을 제시했다."고 말했다. 연맹은 이 중 다섯 개를 추려 전국 성인남녀 450명을 대상으로 선호도를 조사해 '애필'을 선정했다. '애필'은 '사랑할 때(愛) 꼭 필요한 것(必)'이라는 뜻이다. 발음하기 쉽고 뜻이 분명하며 세련되고 참신한 느낌을 준다는 평을 받았다.

콘돔(condom)은 16세기께 영국 왕 찰스2세의 엽색행각을 보다 못한 주치의 콘돔경(卿)이 고귀한 혈통의 남용을 방지한다는 명목으로 만들었다는 이야기도 있지만 요즘 피임기구로, 또 에이즈(AIDS · 후천성면역결핍증)나 성병 예방 등 건강한 성생활을 담보하는 수단으로 애용되고 있다.

통일부도 인터넷 홈페이지를 통해 '탈북자'를 대신할 용어를 공모한 결과 1300여명이 각종 의견을 내놓았다고 한다. 통일부는 그중에

서 '이향민'(고향을 떠난 사람)과 '새터민'(새로운 터전에서 사는 사람)
2개를 최종 후보로 선정해 전문가 검토와 여론 수렴 과정을 거친 뒤
'새터민'으로 쓰기로 했다.

'탈북자'라는 말은 본래 시베리아 벌목장에서 탈출해 나온 북한 노
동자에게 처음 사용했다. 그 당시 중국에도 북한 국경을 넘어 숨어 지
내는 사람들이 적지 않았다. 북한을 탈출한 이들에게 붙여진 이름이
'탈북자'이지만 요즘 그 수가 늘어나면서 이 용어가 주는 부정적 이미
지를 불식시키고자 통일부가 부드러우면서도 뜻이 분명한 다른 용어
를 찾게 된 것이다.

국립국어원은 외래어 순화 작업의 주무 기관이라고 할 수 있다. 특
히 '모두가 함께하는 우리말 다듬기(www.malteo.net)' 사이트를 개설,
일반 국민을 대상으로 외래어, 외국어를 대신할 우리말을 매주 하나씩
공모해 왔다. 이 가운데는 언론에서 자주 볼 수 있는 '웰빙'을 '참살
이', '올인'을 '다걸기'로 바꾸는 등 순화작업을 계속하고 있다.

국어원이 그 동안 대체용어로 선정한 말을 보면, △'코드프리'→
'빗장풀기' △'포스트잇'→ '붙임쪽지' △'컬러링'→'멋울림' △'로
밍'→ '어울통신' △'퀵서비스'→ '늘찬배달' △'유비쿼터스'→ '두
루누리' △'미션'→ '중요임무' △'방카슈랑스'→ '은행연계보험' △
'슬로푸드(slow food)'→'여유식' △'무빙 워크'→ '자동길' △'네티
즌'→ '누리꾼' △'파이팅'→ '아자' △'콘텐츠'→'꾸림정보' △'올인'
→ '다걸기' △'이모티콘'→'그림말' △'스팸 메일' →'쓰레기편지'
△'스크린 도어'→ '안전문' △'웰빙'→ '참살이' △'리플'→ '댓글'
등이다.

국어원이나 민간단체의 이 같은 우리말 쓰기 노력이 성공을 거두기
위해서는 국민의 적극적 참여와 정부의 의지가 중요하다. 그런데 최근

국어 순화에 앞장서야 할 정부 기관이 우리말을 푸대접하고 있다는 지적을 받고 있다.

참여정부가 들어선 이후 '어젠다' '로드맵' '태스크포스' '클러스트' '국정 브리핑' 등 외래어가 정부가 발표한 국정 과제 속에 많이 등장했다. 모두 우리말로 바꿀 수 있는 것들이다. '어젠다'는 '의제, 과제'로, '로드맵'은 '단계별 이행안, 청사진'으로, '태스크포스'는 '기획팀, 전략팀, 혁신팀'으로, '클러스트'는 '산업단지, 공업단지'로, '국정 브리핑'은 '국정 소식, 국정 보고'로 충분히 바꿀 수 있다.

일찍이 외솔 최현배 선생은 "말은 민족의 상징이며 민족 문화의 근원이요, 기초가 되며 민족적 생활의 힘이 된다."고 말했다. 우리가 우리말의 정체성을 지키는 일은 무분별하게 외국어를 남용하는 것이 아니라 가능한 한 우리말을 살려 쓰는 일이다.

공자도 "언어가 순조롭지 못한 사회는 되는 일이 없다(言不順 則事不成)."고 경고했다. 언어는 생각과 느낌을 전달하는 수단이지만 이를 바탕으로 하여 그 민족 문화를 창조하는 힘이 되기도 한다. 우리말은 반만년의 역사 속에서 우리 민족 문화를 창조하는 중추적 역할을 해왔다. 우리가 우리말에 대해 긍지를 가지고 높이 받들어야 하는 까닭이 바로 여기에 있다.

이제 우리는 새로운 개념을 받아들일 때, 새말을 어떻게 만들 것인지 민족문화라는 관점에서 진지하게 생각해야 할 것이다. 특히 우리는 우리말 체계에 맞는 새말을 만들어내는 슬기와 노력을 게을리 해서는 안 될 것이다.

'세대', '문민', '민초'

우리의 언어생활을 자세히 들여다보면 우리말을 밀어내고 버젓이 상전 노릇을 하는 일본말을 자주 보게 된다. 이러한 현상은 무분별하게 일본말을 그대로 들여오면서 우리 문화가 침식당하는 중요한 사례라고 볼 수 있다. '가구(家口)'라는 말의 운명을 보면서 더더욱 그러한 생각을 하게 된다.

'가구'와 '세대'라는 말은 같은 뜻을 지니고 있으면서 국적이 다르다. 다음 기사처럼 일본말인 '세대'가 우리말인 '가구'를 밀어내고 버젓이 주인 노릇을 하고 있다.

(1) 건립규모는 아파트 13~20층에 6개동 408세대의 단지규모로 조성되며, 또한 단지 내에는 전용 60제곱미터이하의 소규모주택 108세대도 계획하여 무주택 서민들을 위한 주거공간도 마련하였다고 말했다.

'가구'는 명사로 쓸 때는 '집안 식구' '집안의 사람 수효' '한 집을 차린 독립적 생계' 등을 뜻하며, 요즘 언론에 주로 등장하는 것은 '한 집 안이나 한 골목 안에서 각 살림하는 집의 수효'를 뜻하고 있다. 한 울타리, 전세 등을 살면서 주민 등록법에 따라 가구주로 올린 경우라면 한 가구가 되는 것이다.

'가구'란 본래 '집 가(家)'와 '입 구(口)'의 조어로서 '집의 입', 즉 '가족 수'를 이르는 말이다. 인구(人口), 식구(食口)도 마찬가지다. 사람의 수를 셀 때 입의 수로 센 것은 먹는 것이 중요했기 때문일 것이다.

이 '가구'와 같은 뜻으로 쓰고 있는 '세대'는 일본말이다. 최근에는 국어 순화 탓에 많이 사라졌지만 공문서나 언론에 자주 등장함으로써 혼란을 일으키고 있다. 특히 위의 사례에서는 '가구'와 '세대'를 한 문장에 함께 쓰면서 더욱 어색해지고 말았다. 아마 '가구'와 '세대'가 서로 다른 말인 줄 착각하고 있는 것 같다.

(2) 부동산에서는 주민등록상 기재를 함께하는 세대주와 세대원을 모두 합산해 주택의 소유 여부와 보유수를 합산하는 게 보통이다.

'세대주' 역시 언론에 자주 등장한다. 이것이 우리말인 것처럼 <동아 새국어사전>을 비롯한 유명 국어사전에도 버젓이 올라와 있다.

(3) 제10조의 규정에 의한 신고는 세대주가 그 신고 사유가 발생한 날로부터 14일 이내에 이를 하여야 한다. 다만, 세대주가 이를 할 수 없을 때에는 그를 갈음하여 세대를 관리하는 자 또는 본인이 하여야 한다.(주민등록법 제11조 신고의무자 조항)

1962년 정부는 주민등록법을 제정하면서 '가구' 대신에 '세대'라는 말을 채택, 가구를 밀어냈다. 이와 함께 '가구별' 대신에 '세대별', '가구주' 대신에 '세대주'가 자리잡고 말았다. 이는 일본법을 그대로 베껴 쓰는 과정에서 나타난 결과라고 보면 된다. 그동안 다섯 차례의 개정 과정에서도 이를 고치지 않고 있다.

(4) 다세대주택을 지어 임대할까 하는데 종합 소득세가 어떻게 부과되는지. 다세대주택을 지어 임대할 경우….

좁은 땅을 활용하기 위해 도입된 '다세대주택'도 '다가구주택'이라는 말보다 더 광범위하게 쓰이고 있다. 여기서 '다세대(多世帶)'는 여러 대가 어울려 사는 '다세대(多世代)'라는 말과는 다르다.
다행히 정부는 국어 순화 차원에서 '세대' 대신에 '가구'를 쓰기로 했으나 아직도 우리 주위에서는 일본말 '세대'를 자주 볼 수 있다.

(5) 문병호 의원 등 11명이 서명한 이 법안에 따르면 진상규명위원회는 자료제출 요구권과 압수수색검증 영장청구권, 통신자료 요구권, 동행명령권, 고발 및 수사 의뢰권 등을 통해 문민정부 이후 군 의문사 사건을 규명하게 된다.

'문민(文民)'이란 말도 이른바 '문민정부'가 등장하기 전까지는 생소한 단어다. 신기철·신용철 편저 <새우리말 큰사전>(1979년판)에도 실리지 않을 정도다. 우리는 '군(軍)'의 반대 개념으로 '민(民)'을 사용, '문민' 대신에 '민간'이라는 말을 즐겨 썼다. 그래서 '군사정부'에 대응해 '문민정부'가 아닌 '민간 정부'라는 말이 통용됐다. '민간'은 '일반 백성들 사이', '공적인 기관에 속하지 않는 것'을 뜻하는, 보다 포괄적인 개념을 갖고 있다.
직업 군인들이 정권을 내놓고 오랜만에 민간인이 대통령이 되면서 모든 언론이 일제히 쓰기 시작한 '문민'은 제2차 세계 대전 이후 일본이 만든 말이다. 일본 사전에는 "현역 군인 이외의 일반인. 직업 군인이 아닌 사람. 영어 '시빌리언(civilian)'의 역어로 일본국 헌법에 쓰이기 시작했다."고 설명돼 있다. 이렇게 '문민'은 일본에서 만들어 일본 헌법에서 최초로 쓰게 됐다. 1946년 공포된 일본 헌법에는 "내각 총리 대신, 그밖의 국무대신은 문민이 아니면 안 된다."고 규정하고 있다. 연합군이 일본 군국주의의 부활을 막기 위해 이를 헌법에 못 박았던 것이다.

일본 사전을 그대로 베낀 우리나라의 <한한사전>에는 1964년부터 '문민'이라는 말을 실었다. 그러나 '시빌리언(civilian)'을 번역한 우리나라 한영사전에는 대부분 '문민' 대신 '일반인', '민간인', '문관' 등으로 쓰고 있다.

특히 1993년, 32년 만에 민간인인 김영삼 대통령이 취임하면서, 각 언론이 "오늘, 문민정부 출범" "32년 만에 문민 시대로…" 등의 제목을 나열해 '문민'이란 말을 본격적으로 쓰기 시작했다.

(6) 독립기념관(관장 김삼웅)은 10월 매주 일요일 하루에 두 번(오전 11시, 오후 2시)씩 독립기념관 겨레의집에서 창작 예술 마당극인 '해방 비나리' 공연을 열고 있다. 일제 강점기 민초들의 불굴의 독립정신을 두 남녀의 애틋한 사랑과 함께 그린 이 공연은 놀이패 신바람이 주최하며 관람은 무료이다.

1980년대 소위 운동권에서 즐겨 쓰던 '민초(民草)' 역시 일본말이다. 그러기에 우리 사전에는 거의 등장하지 않고 있다. 일본 사전에는 "인민, 사람을 풀에 비유한 말, 민서(民庶), 창생(蒼生)"이라고 풀이하고 있다.

우리에겐 '백성', '국민', '민중', '인민' 등 비슷한 말이 있다. 이광수가 일본 왕에게 충성을 맹세할 때 일본의 전통시(和歌)를 빌려 "조선

반도 2천만 민초와 함께 천황, 우리 천황을 우러러 모시리(東洋之光 39. 2)"라고 자신의 심경을 적으면서 '민초'라는 말을 쓰기도 했다. 요즘 언론에도 자주 '민초'라는 말이 등장, 이맛살을 찌푸리게 한다.

'민비', '한일합방'

우리말과 글이 가장 큰 변화를 겪은 것은 일본 제국주의 통치 36년 동안이라고 할 수 있다. 일제는 이 당시 언어 말살 정책을 펴는 과정에서 우리 민족의 자존심이 걸린 용어들에 대해 고의로 격하시키는 작업을 단행했다. 광복 반세기가 지난 지금까지도 그 영향 아래서 벗어나지 못하고 있다. 아직까지도 '언어 광복'은 제대로 이뤄지지 않은 것이다.

(1) 역사의 회오리 속에 비극적으로 생을 마감한 명성황후 (明成皇后·민비) 의 진짜 모습은 아직도 확인되지 않은 채 논란을 빚고 있다. 이런 가운데 그녀가 시해 (弑害·1895년 10월 8일) 되기 석달 전 발간된 미국 신문에서 새로운 초상화가 발견돼 학계의 관심을 끌고 있다.

(2) 황 사장은 구한말 사군자중 매화분야에서 일가를 이루고 민비 시해사건 이후 고종 곁을 지켜서 더욱 유명했던 화원화가(조선시대 도화서에서 일하던 직업화가) 황매산 선생의 친 손자다.

명성황후 시해 100 주년을 계기로 각 언론은 황후의 생전 모습을 소개하는 데 열을 올렸다. 아직 공인된 사진이 없기 때문이다. 그러나 보다 중요한 것은 '명성황후'에 대한 표기를 바로잡는 것이다. 그 후에도 '민비'라는 호칭이 그대로 남아 있거나 '민비'와 '명성황후'를 섞어 쓰고 있다.

명성황후의 올바른 호칭 표기를 위해 우선 당시의 역사적 사실을 돌아보는 것이 중요하다. 일본 공사 미우라(三浦梧樓)는 일본의 한반도 침략 정책에 정면 대결하는 명성황후와 그 척족, 친러 세력을 일소하고자 일부 친일 정객과 짜고 명성황후를 시해한 뒤 정권을 탈취하는 을미사변을 일으킨다. 이때 친일 정부는 '폐비' 조칙까지 내렸으나 2년 후 대한제국으로 국체가 바뀌면서 명성황후로 추책된다. 결국 일제와 친일파에 의해 '폐비'의 수모를 겪은 명성황후는 그 후 복권이 됐음에도 아직도 '민비'라는 이름이 등장하고 있다.

국모를 시해하고 호칭까지 강등(降等)시킨 일제는 나라 이름은 물론 '황제', '황태자' 등의 용어까지 격하시킨 것으로 밝혀지고 있다. 데라우치 마사다케 통감과 가쓰라 다로 총리대신이 주고받은 전문에는 △황제는 이왕 △황태자는 왕세자 등으로 바꾸는 등 황실 격하에 나선 것으로 드러났다.

특히 '일본 황실'과 대등해지는 것을 싫어한 그들은 조선 황실을 '이왕가'로 불렀고, 국호를 '이씨 조선' '이조'라고 쓰게 했다. 일제는 고을 군주를 부를 때 성(姓)을 붙여 부르는 방식대로 결국 조선도 자신들의 고을 정도로 낮추어 '이씨 조선'으로 불렀던 것이다. 결국 우리는 일본인들이 격하시킨 명칭을 지금까지 아무런 생각 없이 그대로 사용하고 있는 꼴이 됐다.

(3) 아키히토 일본 천황의 큰 딸인 노리노미야 공주가 평범한 공무원과 결혼하기로 하면서 일본 열도가 들썩이고 있습니다.

(4) 일본 천황의 궁성이 있고 말썽 많은 야스쿠니 신사가 자리 잡은 도쿄에는 한국인이 어떻게 번질나게 드나들 수 있는지도 궁금하다.

(5) 의열단은 일본 천황과 조선 총독, 친일파와 적의 일체 시설물 등
에 대한 암살, 파괴, 폭동과 같은 테러전술을 공공연하게 표방하며 독
립운동을 펼쳤다.

국내 언론은 한동안 일본의 '천황' 대신 '일왕'으로 썼다. 물론 일본
의 극우 논객들은 한국 언론이 '천황', '황제' 대신에 '일왕'이라고 부
르는 것에 대해 불만이 적지 않다. 정부도 2001년 7월 일본 중학교 역
사 교과서 왜곡에 대한 우리의 재수정 요구를 일본 측이 거부하자 그
대책의 하나로 일본 천황 표기를 일왕으로 변경하는 문제를 검토하는
등 이 문제에 민감한 반응을 보이기도 했다.

그러나 요즘 또다시 '일본 천황'이라는 표기가 부쩍 늘어나고 있다.
일본이 자국의 왕을 '천황'이라 하고 조선의 '황제'는 왕으로 격하시
킨 것인데 우리는 그것을 그대로 따라 부르고 있는 셈이다. 원래는 중
국에서 쓰던 말로, 만물을 지배하는 황제라는 뜻이다. 일본 이외의 국
가에서는 중국에서 당나라 고종(高宗)이 천황이라 칭한 외에는 예가
없다.

(6) 1910년 한일합방 후 100년에 다가서는 요즘 국제 권력질서가 요
동치고 있다.

(7) 한일합방 후 36년의 지배는 대일 청구권 3억 달러로 일단락되었으
나, 과거 임진왜란 7년 전쟁의 피해보상 청구를 생각해 본 적이 있을까.

'한일합방'도 따지고 보면 주체성을 망각한 용어라고 볼 수 있다.
1910년 8월 29일, 무력으로 국권을 탈취한 일본은 '일한합방'이란 말
을 쓰기 시작했다. 자기들이 강제로 우리나라를 먹은 것이 아니라 '병

합조약'에 의해 '합방시켰다'는 이야기다. 이는 일본이 이 나라를 지배하는 동안 보편적으로 사용됐고 광복 후에도 교과서에 오르면서 거리낌없이 쓰고 있다.

최근에는 교과서에 '경술 국치', '국권 침탈' 등으로 바꿨지만, 신문 기사에는 사라지지 않고 있다. '합방'이란 두 나라가 합쳐지는 것을 뜻하지만 결국 강한 나라가 약한 나라를 굴복시켜 식민지화한다는 것이다. 그래서 일본측이 합법성을 가장하기 위해 '일한합방'이라고 쓴다고 해서 우리까지 '한일합방'이란 말을 그대로 사용할 수 있는지 다시 한번 곰곰이 생각해 보아야 할 것이다.

결국 일제가 만든 용어들이 버젓이 사용되고 있는 것은 언어에서 일제 청산이 제대로 이루어지지 않았기 때문이다. 이는 광복 반세기가 지나갔음에도 일제가 남긴 흔적이 그만큼 크다는 것을 나타내 주는 증거이기도 하다. 과거사 청산은 우리의 정신을 지배하고 있는 일본 잔재가 온존된 언어 청산에서부터 시작돼야 할 것이다.

'파칭코', '파친코', '빠찡꼬'

격변기를 맞아 날마다 우리는 '인물'들의 부침과 '사건'의 의외성을 경험하게 된다. 자고 일어나면 우리는 다른 세계에 살고 있는 듯한 착각에 사로잡힌다. 세상이 복잡한 것 이상 24시간 언론들도 새로운 사건들을 쏟아내고 있다. 그러다 보니 언론들이 가장 중시해야 할 표기 문제에서 큰 혼란을 일으키며 정신을 차리지 못하고 우왕좌왕할 때가 많다.

일본에서 일어난 '빠찡꼬 사건'이 국내 신문에 한동안 등장된 적이 있다. 이는 정치인들이 '빠찡꼬' 업계로부터 로비성 정치 자금을 받아 문제가 된 사건이다. 각 신문이 이 사건을 다루면서 가장 중시해야 할 'ぱちんこ'의 표기에서부터 큰 혼란을 일으켰다. ㄱ 신문은 '파칭코', ㄴ 신문은 '파친코', ㄷ 신문은 '빠찡꼬', ㄹ 신문은 '빠찐꼬'로 표기하는 등 제멋대로다. 국어원은 외래어 표기법에 따라 '파친코'가 옳으나 이미 대중이 '빠찡꼬'로 쓰고 있기 때문에 관용을 존중, '빠찡꼬'로 쓰는 것이 정확할 것 같다는 견해였다.

'히로뽕'도 마찬가지다. 언론 매체에서 일본식 발음인 '히로뽕' 대신 '필로폰'으로 쓰고 있지만 오랫동안 '히로뽕'으로 사용돼 국민 상당수가 '히로뽕'으로 알고 있다. 염산 메탄페타민의 상품 이름인 '필로폰'은 공식 학명이 필로폰(philopon)이다. 무색 결정체 또는 흰 가루로서 냄새가 없다. 뇌를 흥분시키는 작용도 있어 각성제로 쓰이나 중독성이 있어 만성 중독, 전신 쇠약, 불면, 식용 부진, 정신 분열의 원인이 된다. 마약에는 양귀비에서 추출한 아편과 아편에서 추출된 모르핀, 코카나무에서 추출한 코카인 등이 있는데, 가장 강력한 것이 바로 필로폰으로 마약의 대명사처럼으로 사용되고 있다.

또 버마의 국호와 수도의 이름이 바뀐 적이 있다. 그러자 국내의 신문들은 변경된 국호를 '미안마르' '미얀마르' '미안마' '미얀마' 등 몇 가지 형태로 표기하고 있다. 이 경우 교육부 편수 담당자는 'Myanmar'의 현지음을 참조, '미얀마'로 정해 편수 작업에 적용하고 있다고 밝혔다.

한편 헝가리에서 공산당이 간판을 내리는 등 정치 개혁이 일어나면서 국내의 언론들은 떠들썩하게 이 사건을 다뤘다. 여기서는 두 사람의 '인물'이 크게 부상했는데, 사회당 총재와 개혁 주도 세력인 정치국원 중의 한 사람이다. 총재가 된 사람은 분명 한 사람인데, 각 신문은 다르게 표기하고 있었다. 즉 '레지에 니에르스', '레즈소 니에르시', '레조니 니에르스', '레조외 니에르스' 등으로 표기한 것이다.

우리나라 외래어 표기법에 문제가 많다는 것을 단적으로 나타내주는 예다. 그동안 교육부에서는 표기법을 제시하고 편수 자료를 통해 용례를 들고 있지만, 그러한 기준으로서는 날마다 새롭게 등장하는 인물들을 제대로 표기하지 못하고 있다. 거기다가 교육부의 편수 자료는 영어에만 치중하고 있어 이외 지역에서 일어난 사건의 표기에는 문제가 많다.

외래어 문제는 대중에게 늘 회자되는 내용이다. 외래어의 무분별한 유입과 혼란스러운 사용은 민족 자존과 연결되어 국민들이 가장 민감하게 반응하게 되는 것이다. 외래어의 올바른 사용에 대해 정책 당국은 물론 국민 모두가 큰 관심을 기울여야 할 때이다.

'낭만', '레미콘', '바겐세일'

말과 글은 그 민족의 자존심이다. 그래서 고유한 말과 글에 대해 애정을 갖게 된다. 그러나 새로운 문물의 유입과 국가 간의 교류에 따라 새로운 말이 생겨나게 마련이다. 우리나라는 가장 가까운 나라인 일본, 중국과의 교류가 잦아 말과 글도 영향을 많이 받았다. 일본이나 중국도 역시 서구의 문물을 받아들이면서 새로운 명칭을 많이 만들었다. 그러나 이들 나라가 만든 명칭을 그대로 차용하는 것은 어쩔 수 없다고 하더라도 우리들이 알지 못하는 사이에 우리말인 것처럼 버젓이 사용되는 것은 문제가 아닐 수 없다. 대표적인 것이 '낭만'이다.

(1) 도심에서도 얼마든지 공짜로 낙엽을 밟으며 낭만을 즐길 수 있다.

낭만(浪漫)이란 말은 프랑스어 '로망(roman)'에서 나온 말이다. 본래 '대중적인 말로 쓰여진 설화'라는 뜻의 속어였다. 그래서 '로망'은 '소설'이라는 뜻을 가지기도 한다. 그 말이 17세기 중엽에 영국으로 건너가서 오늘날과 같이 '기이하고 공상적이며 감성적'이라는 뜻을 가진 말로 쓰이기 시작했다.

낭만이란 '로망'의 일본식 표기다. 낭만은 단지 일본 발음으로 '로망'과 비슷한 소리를 내는 말일 뿐이지 한자에 뜻이 있는 것이 아니다.

그래서 글자 자체로 볼 때 아무 뜻도 없는 '낭만'을 '로망' 대신 쓴다는 것은 상당한 문제가 있다.

이처럼 중국이나 일본에서 차용해서 쓰는 한자어 중에 표기만 들어와 쓰이는 말들이 많다. 대표적인 것이 '구라파(歐羅巴)'다.

(2) 그는 이어 "백미러를 보면서 운전할 수는 없다."며 미래를 바라보면서 지금 한국에 무엇이 필요한지를 되새겨볼 것을 권고했다.

'백미러'는 자동차의 운전대 앞에 달려 뒤쪽을 보는 데 쓰는 거울이다. 이 역시 일본식 조어다. 본고장 미국에서는 'real-view-mirror' 또는 'rear-vision-mirror'라 한다. 이렇듯 본고장의 말을 무시하고 일본에서 만든 말을 우리가 따라 쓸 필요가 없지 않나 생각된다.

(3) 특히 파크랜드의 이번 결정이 부산 금정구 금사공단에 입주한 레미콘 회사의 분진유발 때문인 것으로 알려져 부산시의 기업체 관리에 허점을 드러냈다는 지적이 제기되고 있다.

신도시 아파트 부실공사의 주원인이 불량 레미콘의 사용으로 밝혀지면서 레미콘이 화제가 된 적이 있다. 건축 공사에서 없어서는 안될 레미콘이 일본 사람들이 만든 일본식 영어라는 것을 아는 사람은 그리 많지 않은 것 같다. 레미콘(remicon)은 'ready mixed concrete'의 머리 부분만 따서 만든 일본의 상품명으로, 영어 사전에는 나오지 않는 말이다.

레미콘은 시멘트와 모래 자갈을 물과 함께 적당한 비율로 뒤섞어 즉시 사용할 수 있도록 한 콘크리트, 혹은 콘크리트 믹서를 회전시켜 콘크리트가 굳지 않도록 하면서 운반하는 차량이다.

그런데 대부분 기사에는 불량 레미콘을 공급하거나 사용해서 문제가 되었다는 식으로 다루고 있었다. 따지고 보면 그 기구가 문제가 된 것이 아니라 바다모래, 잡석 등을 섞어 만든 불량 제품이 문제가 된 것이기 때문에 불량 레미콘은 불량 콘크리트 제품으로 봐야 할 것이다.

기구와 제품을 구별하지 않고 넘나들며 쓰는 것도 불분명한 어휘 사용에서 오는 문제라고 볼 수 있다. 일본식 조어를 빌려 쓰는 판에 좀 더 확실하게 썼으면 좋겠다는 이야기다. 노가다, 데모도, 덴조, 나라시 등 공사 현장에 일본말이 판을 치는 상황에서 레미콘이라는 일본식 조어의 수입은 어쩌면 당연한 것인지도 모른다.

(4) 또 OK캐쉬백 포인트를 적립하는 고객에게는 인터넷 응모권을 제공, 에어콘(1명) 세탁기(2명) 세븐라이너(15명)를 추첨해 증정한다.

요즘 여름 겨울 가리지 않고 에어컨 판촉 이야기가 나오고 있다. 이것도 영어에서 직수입한 말이 아니라 일본식 조어를 빌려온 것이다. 에어컨디셔너(airconditioner)가 원형이다.

(5) LG이숍도 17일까지 가을 정기 바겐세일을 마련했다. 추동의류, 잡화, 가구 등 9개 상품군 5000여 품목을 10~30% 할인판매하며, 가을의류는 최고 80%까지 할인해 판매한다.

'바겐세일'도 마찬가지다. 우리말로 굳어지다시피 한 바겐세일은 일본인들이 만들어낸 엉터리 영어다. 미국에서 사용하는 '바긴(bargain)'은 일반적으로 '싸게 산 물건'을 뜻한다. 따라서 이미 '특매'

또는 '염가 매출'의 뜻을 담고 있는 까닭에 '판매', '거래'의 의미를 가진 '세일(sale)'과 함께 쓸 수 없다. 굳이 쓴다면 국적이 분명한 '세일' 한 가지만 표기해야 할 것이다.

이외에도 우리 일상 생활 가운데 쓰이는 것으로 일본식 영어가 의외로 많다. 공동 집합 주택인 아파트(apartment house), 먼 곳에서 신호를 보내 기계장치를 조장하는 리모컨(remote control), 체적 눈금이 있는 실린더인 메스실린더(measuring cylinder), 봉급 생활자인 샐러리맨(salaried man) 등이 그 예다.

말의 주체성. 우리가 남의 말을 빌려 쓰더라도 우리의 주체 의식은 잃지 말아야 한다는 이야기다. 그동안 우리가 일본어, 서구어 등으로부터 빌려 쓴 말을 제외하면 의사소통 자체가 이루어질 수 없을 정도다. 그렇다고 무분별하게 외국어와 일본식 용어까지 차용한다면 우리말은 살아남을 수가 없다. 이제 국어순화 차원에서 정신차리고 고쳐야 할 것은 고쳐야 한다는 것이다.

'-에 다름아니다'

요즘 기사 문장에 자주 등장하는 것이 '-에 다름아니다'라는 말이다. 그러나 이것이 '다름없다'는 형용사와 '다름아니라'는 부사를 잘못 쓰고 있다는 사실은 많은 사람이 모르고 있다.

(1) 즉 이런 식이라면 을사조약에 서명한 '을사오적' 5명과 신문이나 잡지에 친일성향의 글(혹은 작품)을 남긴 춘원 이광수, 육당 최남선 등 친일문인이나 친일 지식인 몇 명만을 조사하자는 주장에 다름 아니다.

본래 '다름아니라'는 "자네를 부른 것은 다름아니라"에서처럼 어떤 이유를 설명하기에 앞서 쓰는 부사이며, '다름아니다'라는 단어는 사전에도 올라와 있지 않다. '다름아니다'라는 것보다는 사전에 올라와 있는 '다름없다'라는 단어를 쓴다면 무리가 없을 것이다. 즉 위의 사례도 "저급해지고 있다는 증거와 다름없다."라고 하면 된다.

위의 사례 '-에 다름아니다'에서 문제가 되는 것은 부사격조사 '에'를 쓸 수 있느냐 하는 것이다. 현대어에서는 '-임에 틀림없다'라는 경우를 제외하고는 동이(同異)의 뜻을 가진 비교격조사로 쓰지 않는다. '에 다름아니다'는 '와(과) 다름없다'로 하는 것이 좋다.

이 '-에 다름아니다'는 바로 일본말 '니호가나라나이(にほかなら

ない)'를 그대로 옮겨 놓았다는 데 문제가 있다. 일본 사람들이 쓰는 것을 그대로 번역하여 쓰고 있으면서도 이것이 우리말인 것처럼 아무런 의심을 갖지 않고 있다는 것이다. 말법에 어긋나는 데도 말이다.

(2) 민주노총 이수봉 교선실장은 "정부가 법외노조인 공무원노조의 실체를 인정하고 타협점을 찾으려는 노력이 매우 미흡했다."며 "노력했다고 강변하더라도, 공무원노조로 하여금 결국 파업을 선택하게끔 한 것은 정부의 정치력 부재를 고백하는 것에 다름아니다."고 주장했다.

(3) 투자·대출규제만으로는 과열경기를 잡는 데 한계가 있었다는 것에 다름아니다.

(4) 여유돈이 있더라도 신규투자를 하거나 설비를 늘리기 보다는 빚을 갚는데 사용 하고 있다는 뜻에 다름아니다.

(5) 두 장관의 발언은 국가보안법을 폐지하려는 정부·여당의 움직임과도 궤를 같이하는 '대북 추파'에 다름 아니다.

이 '-에 다름아니다'라는 말은 얼마 전까지 일본의 신문을 그대로 베껴서 보도하는 신문 기사나 일본 번역서에만 볼 수 있었으나 지금은 많은 사람이 거리낌없이 쓰고 있다. 위의 글에 나오는 '-에 다름아니다'도 '-과 다름없다'나 '-이다'로 고치더라도 문제가 없다.

(6) 박 의원은 또 "검찰은 저에 대해 7개월이 넘도록 기소조차 않음으로써 신속한 재판을 받을 권리조차 박탈했다."면서 "또다시 영장을 청구하는 것은 법의 집행이 아닌 두 얼굴을 지닌 정치검찰의 보복적 감정의 집행이며 폭력에 다름 아니다."라고 주장했다.

위의 사례는 '~가 아닌 ~에 다름아니다'라는 형식을 취하고 있으나 문장 구성이 어색하고 내용 전달에도 문제가 있다. 간결하고 명료하게, 특히 독자들이 이해하기 쉽도록 글 쓰는 습관을 갖는 것이 필요하다.

'자(者)', '역(曆)'

일본의 잔재가 고스란히 간직돼 있는 것이 법률이다. 우리 법조문에 일본어투의 용어와 문체가 남아 있는 것은 법 제정 당시 일본의 법조문을 토대로 만들었기 때문이다. 다시 말하면 법률 용어와 기술에 대한 깊은 검토 없이 일본의 법을 그대로 직수입했고, 일본어로 된 번역식의 법률 용어를 우리 법조문에 차용하여 정착시켰던 것이다.

더구나 한국어와 일본어가 서로 구조적인 동질성이 있다는 것 때문에 일본의 법령문을 직역해 무리하게 우리 법에 수용한 데 문제의 심각성이 있다. 결국 일본 법령의 모방적 수용은 우리 법령문에 일본식 용어와 표현이 그대로 유입되게 한 직접적 원인이 된 것이다.

일제는 1910년 8월 29일 '한일합병'이란 '조약'을 공포하고 '조선에 시행할 법령에 관한 건'이란 '칙령'을 발표, 일제 통치의 도구로 삼으면서 조선에도 일본 법률을 적용했다. 이에 따라 식민 통치 기간 법령 문장의 표기 형식, 용어 등을 그대로 옮겨온 셈이다. 광복 직후 미군정에 의해 종전의 법률이 대부분 존속됐고 '한글 전용에 관한 법률'(1948. 10. 9)이 공포된 후에도 별 다른 진전이 없었다.

(1) 종래의 주소나 거소를 떠난 자(者)가 재산관리인을 정하지 아니한 때에는 법원은 이해관계인이나 검사의 청구에 의하여 재산 관리에

관하여 필요한 처분을 명하여야 한다. (민법 제22조)

(2) 기간을 주, 월 또는 연(年)로 정한 때에는 역(曆)에 의하여 계산한다.(민법 160조)

(3) 수류지(水流地)의 소유자가 언(堰)을 설치할 때 필요가 있는 때에는 그 언을 대안(對岸)에 접촉하게 할 수 있다. 그러나 이로 인한 손해를 보상하여야 한다.(민법 230조)

일본어에서 음독하지 않고 훈독하는 낱말이 우리말 속에 들어와 어형 그대로 쓰이는 것이 있다. 그것이 한자어로 표기됐기 때문에 우리 표음식의 한자음으로 읽고 있을 뿐, 이는 한자어가 아니라 일본의 고유어들이다. 그 대표적 사례로 위의 예문에 나오는 '자(者)' '역(曆)' '언(堰)' 을 들 수 있다. 법령문에서 사람을 지칭하는 경우에 단독으로 '자'를 쓰고 있다. 일본어에서 '者'는 'もの'라고 훈독하는 고유어로, 우리말에서 '者'는 자립명사 구실을 하지 못하는 의존명사나 때로는 접미사로 쓰이고 있다(과학자 여행자 등).

일본어에서 '曆'은 'こよみ'로 훈독해 읽히는 고유어이지만 법령문과 공적 문서에서는 음독하여 'れき'로 읽힌다. '曆'은 단음절 한자로 자립할 수 있는 단어가 되기 위해선 또 다른 한자 어근과 결합해야 한다(역서 역학 등). 물론 '曆'은 '달력'으로 바꿔야 한다.

'堰'도 'せき'로 훈독하는 일본어이다. 이를 그대로 받아들여 우리말의 한자음대로 '언'으로 쓰는 것은 잘못된 것이다. 우리말인 '둑'으로 써야 한다.

(4) 과실은 먼전 채권의 이자에 충당하고 그 잉여가 있으면 원본(元本)에 충당한다.(민법 제323조)

‘元本(がんぼん)’은 일본어에서 ‘원금’, ‘밑천’, ‘이익이나 수입의 기초가 되는 재산 또는 권리’, ‘근원’, ‘근본’ 등을 가리킨다. 이 말을 우리 민법에 받아 들여 어형 그대로 쓴 것은 무리가 있다. ‘원본’은 우리말에는 없는 일본어이다. 이는 ‘원금’이나 ‘밑돈’으로 쓰더라도 아무런 문제가 없다.

(5) 불가분채권자 중의 1인과 채무자간에 경개(更改)나 면제있는 경우에 채무 전부의 이행을 받은 다른 채권자는 그 1인이 권리를 잃지 아니하였으면 그에게 분급할 이익을 채무자에게 상환하여야 한다.(민법 410조)

일본어에서 ‘更改(こうかい)’는 본디 ‘다시 바꾸다’의 의미로 쓰였는데, 이것이 법률 용어가 됨으로써 “구채무와 요소가 다른 신채무를 성립시켜, 구채무를 소멸시키는 계약”을 가리키게 됐다. 우리 민법에서도 같은 의미로 쓰인다.

법률 용어 사전을 보면, ‘更改’에서 ‘更’을 ‘고칠 경’으로 읽고 ‘고침’으로 해석하는 경우도 있고, ‘다시 경’으로 읽어 ‘다시 고침’으로 해석한 사례도 있다. 물론 여기서는 두 번 째 고치는 것이 아니기 때문에 ‘갱개’가 아닌 ‘경개’로 읽는 것이 합당하다.

(6) 법인이 목적 이외의 사업을 하거나 설립 허가의 조건에 위반하거나 기타 공익을 해하는 행위를 한 때에는 주무관청은 그 허가를 취소할 수 있다. (민법 제38조)

(7) 채무자의 변경으로 인한 경개는 채권자와 신채무간의 계약으로 이를 할 수 있다. 그러나 구채무자의 의사에 반하여 이를 하지 못한다.

일본어에서는 '反(はん)する'와 '違反(いはん)する'는 반드시 '-
に'격을 취한다. 우리말로는 대체로 '반하다' '위반하다'로 옮길 수 있
지만, 양자 사이에는 엄격한 의미상의 구별이 없다. 어법상 '위반하다'
는 타동사로서 그 앞에 오는 대상물에는 반드시 목적격 조사 '-을/-를'
을 붙여야 하고, '반하다'는 자동사로서 그 앞에 오는 대상어에 '-에'를
붙여야 하는 격 관계의 차이가 있다. 위의 사례에서는 일본어를 그대로
옮겨 적으면서 '규정에 위반하다'로 쓰는 식의 오류를 낳고 말았다.

우리 법령문에는 이같이 일본어식 격조사를 그대로 옮겨오면서 오
류를 범한 사례가 많다. 일본어 조사 '-に'에 대응하는 국어 조사로는
'-에'를 중심으로 '-을/-를', '-에서', '-에게', '-로', '-와/-과', '-보다',
'-로서' 등 다양하다. 위의 사례와 유사한 오류로 '-에 좇아'('-를 좇
아'), '-에 가공한'('-을 가공한'), '-에 갈음하다'('-을 대신하다'), '-에
유사한'('-과 유사한'), '-에 관계없는'('-과 관계없는'), '-에 소급하
여'('-로 소급하여') 등이 있다.

법조계는 일본식 법령이 문제가 되자 법을 개정하는 과정에서 될 수
있는 한 순화한 법률 용어를 쓰려고 노력하고 있다. 법제처는 '법령 용
어 순화 편람'을 펴내고 일본식 용어 정비에 나서고 있다. 대표적인 사
례는 다음과 같다.

△'가교(假橋)', '가식(假植)', '가처분(假處分)', '가납(假納)', '가
수금(假受金)', '가사용(假使用)' 등에서 보는 것처럼 '가(假)'는 '임
시', '거짓' 등으로 바꿔 '임시 다리', '임시 심기', '임시 처분', '임시
납부', '임시 받은 돈', '임시 사용' 등으로 바꾼다.

△'보다'란 뜻의 '간(看)'으로 시작되는 단어, 즉 '간주(看做)하다',
'간과(看過)', '간병(看病)'은 '…로 보다, 여기다', '보아 넘김', '병간

호, 병구완' 등으로 정비한다.

　△'보다' '살피다'란 뜻의 '견(見)'으로 시작되는 단어, 즉 '견본(見本)', '견양(見樣)', '견지(見地)'는 '본, 본보기', '서식, 보기, 본보기', '관점, 살피는 처지'로 바꾼다.

　△'내걸다', '게양하다', '싣다'는 의미의 '게(揭)'로 시작되는 단어, 즉 '게기(揭記)', '게양(揭揚)'은 '적어 놓다, 규정하다, 적다', '달다, 올리다' 등으로 바꾼다.

　△이밖에 '경(經)하다', '경(經)하여'는 '거치다', '거치어', '공(供)하다' '공(供)하여'는 '제공하다', '제공한', '과(課)하다', '과(課)하여'는 '매기다', '매기는', '교합(校合)'은 '대조, 확인', '기(基)하다', '기(基)한'은 '의하다', '따른, 바탕으로 한' 등으로 정비한다.

　법제처는 △한자로 표기하지 않아도 누구나 이해할 수 있는 용어는 한글로 적고 △상용한자가 아니거나 보통 쓰이지 않는 단어는 제외하며 △동사, 형용사, 부사로 쓰이는 용어 가운데 한자 표기가 적절하지 않은 용어는 한글로 적고 △헌법이나 다른 법률에서 이미 한글로 표기한 용어는 한글로 적는다는 원칙 아래 한글화 작업을 시행하고 있다.

'부락', '명수대', '한반도'

우리나라는 일제가 만든 지명이 상당수 그대로 남아 있다. 일제가 민족 정기를 말살하기 위해 만든 이들 지명은 아직도 광복을 맞이하지 못하고 있는 셈이다.

우선 '부락'이란 용어를 보자. 일본에서 '부락'은 천민들이 모여 사는 마을이나 동네를 일컫는다. 일제 시대에 일본인들이 우리나라 사람들이 사는 마을을 부락이라는 이름으로 낮춰 불렀는데, 그것이 관청 용어처럼 굳어졌다. 이후로 '부락'이 '마을'이나 '동네'라는 아름다운 우리말을 제쳐놓고 널리 쓰이기 시작했다. 그 본래의 뜻을 안다면 더 이상 써서는 안 될 말이다.

한글 이름 펴기 운동을 전개해 온 배우리 씨(한국 땅이름학회장)는 1993년 6월 한 모임에서 서울시의 행정·법정 동명 중 31.1%인 1백 46개 동이 일본식 이름이라고 지적했다.

배 씨에 따르면, 서울 종로구는 87개 동 가운데 무려 60.9%인 53개 동이 일본식 이름이다. 서대문구는 20개 동 중 8개(40%), 마포구는 27개 동 중 9개(33.3%), 중구는 74개 동 중 22개(29.7%), 성동구는 25개 동 중 7개(28.0%) 등 아직은 서울에는 일제가 바꾼 동 이름이 그대로 남아 있다.

일제가 남겨 놓은 이러한 지명을 살펴보면 그야말로 부끄러운 내용이 많다. 그래서 배 씨는 "광복 50년이 되도록 일본인이 남겨 놓은 땅 이름을 그대로 쓴다면 후세들에게 주체성 잃은 조상이라는 창피스러운 평가를 받게 될 것"이라고 강조했다. 그는 자신이 살고 있는 동네가 일본식 이름을 갖고 있다는 사실조차 모르고 있는 국민이 많아 더욱 안타깝다고 말했다.

서울 흑석동 한강가에는 '명수대(明水臺)'라는 일본인의 별장이 있었다. 이곳은 별장 이름을 따서 학교와 성당, 아파트까지도 명수대란 이름을 붙였다.

'태평로'는 중국 사신을 접대한 태평관이 있었다고 해서 일제가 태평통이라고 불렀던 것을 '통' 대신에 '로'로 바꾼 뒤 지금까지 사용하고 있다.

쌀 창고가 있었다 해서 일제가 북미창정(北米倉町), 남미창정(南米倉町)이라고 불렀던 남대문 근처는 광복 후에 왜식 동명을 없앤다고 해서 '쌀미(米)'자만 빼버린 채 북창동, 남창동이라고 바꿔 불렀으나 역시 개운찮은 느낌을 지울 수 없다.

서울의 구(區) 가운데도 일본식 지명이 그대로 남아 있는 곳이 많다. 은평구(恩平區)는 일제가 1941년 경기도령으로 경성부의 성외 8면을 정할 때 지은 연은방(延恩坊)과 상평방(常平坊)에서 한 글자씩 따서 지은 것이다.

서울의 제1한강교 중앙에 있는 섬을 중지도(中之島)로 부르는 것 역시 일제가 만든 것. 이는 지명이라기보다는 '가운뎃 섬'이라는 뜻의 일본말이다. 우리 정부가 여의도 개발 이후 붙인 '윤중제'도 뚝방길의 일본식 이름이다.

일제는 지금의 종로와 을지로는 일본의 큰 도시처럼 '정목(町目)'을 붙였고, 거리 이름도 자기 마음대로 바꿨다. '황금정(을지로)', '서대문정(신문로)’, ‘죽첨정(충정로)’, ‘원정(원효로)’, ‘남대문통(남대문로)’, ‘한강통(한강로)’, ‘태평통(태평로)’ 식이다.

일제는 지역을 통폐합해서 기존의 땅이름을 없애고 일본식으로 바꾸기도 했다. 당시 마을이 많았던 종로 일대가 특히 심했다. 관수동(觀水洞)은 원래 ‘너더리(板橋)’라는 고유 이름이 있었으나 일제는 청계천의 흐름을 살핀다는 뜻에서 개명했고, 동숭동(東崇洞) 역시 ‘잣골(柏洞)’이란 고유 지명이 있었지만 숭교방(崇敎坊)의 동쪽에 있다고 동 이름을 그렇게 바꾸었다.

또 기존의 땅 이름을 다른 글자로 바꿔 놓거나 줄이고 덧붙이기도 했다. 여러 동이 합쳐진 경우 두 동의 이름에서 한 글자씩 따서 원래 땅 이름을 알 수 없게 만들기도 했다.

일제가 우리 땅 이름을 강제로 바꾸기 시작한 것은 1910년 국권 침탈 직후부터다. 합병 조약이 발효되자 일제는 조선총독부를 두고 서울의 당시 이름인 ‘한성’을 없앤 뒤 ‘경성부(京城府)’로 고쳐 경기도에 붙여 버린 것을 비롯해 대대적인 개명 작업을 시작했다. 1914년 4월 1일 일제는 부제(府制) 실시라는 허울좋은 구실 아래 땅이름에 대한 일대 개혁을 단행했다.

“대한민국의 영토는 한반도와 그 부속 도서로 한다.”

대한민국 헌법 제1장 제3조에 나오는 ‘반도(半島)’는 명치유신(明治維新) 이후 일본이 침략의 의도 아래 만든 신조어로서 헌법에서 삭제해야 한다는 주장이 학계에서 제기되고 있다.

일본은 자기들이 사는 섬을 ‘본도(本島)’, ‘본주(本州)’, ‘전도(全島)’, ‘내지(內地)’ 따위로 부르고 우리가 살고 있는 곳은 차별과 멸시의 의미를 담고 있는 '반도'라고 했다. 노르웨이나 스웨덴, 핀란드를 스칸디나비아반도라고 하지 않고 포르투갈이나 스페인을 이베리아반도라고 부르지 않는 것처럼 한국을 호칭할 때도 '한반도'라고 해서는 안 된다는 것이다.

반도는 지리학상의 용어요 명칭이기 때문에 한 나라를 말할 때 써서는 안 된다는 것이 상식이다. 일본만이 지금까지도 '반도인', '반도 근성' 등으로 불러왔다. 그들은 우리나라가 대륙으로 웅비하고 동해를 박차고 일어나는 맹호의 지세를 갖고 있는데도 토끼 새끼로 비하해 왔다. 일본인들은 우리나라가 온전하지 못한 반쪽 사람들의 나라로 생각했던 것이다.

김정권 씨(한배달 학술 이사)는 "반도라는 말은 일본이 조선 침략론을 전개하던 명치유신 이후에 등장한 신조어"라며 "우리의 영역을 반도로 국한시키는 한 우리의 역사는 반도 사관으로 절름발이가 되고 일본이 과거에 의도했던 대로 본도나 대륙에 예속되는 정치적 올무를 피해 가기 어렵게 될 것"이라고 주장한다. 그는 "대한민국의 영토는 한반도와 그 부속 도서로 한다."는 조문을 "대한민국의 영역은 역사적 합법적 권리에 의한 그 고유의 영역으로 한다."고 바꿔야 한다고 말한다.

정재도 씨(한말글연구회장)는 "반도라는 말은 일본말 '한토(半島)'라는 풀이 중에서 '뭍이 바다로 길게 내민 곳'에만 한하여 쓰는 왜말"이라며 "땅모양 이름으로 버젓이 '한반도'라고 왜말을 쓰는 것은 거룩한 나라 땅에 대한 모독"이라고 주장한다. 그는 "우리나라는 '한'이고 '반도'는 '한곳'이나 '반섬'이니까 우리나라 땅모양의 이름은 '한한곳'이나 '한반섬'이 된다."는 것이다.

'한'은 '하늘, 크다, 바르다, 하나(같다)' 등의 뜻을 갖고 있다. 큰 길이란 뜻을 가진 '한길'의 '한'은 크다는 뜻이다. 어느 한 곳에 치우치지 않는, 중앙을 뜻하는 '한가운데'나 '한복판'의 '한'은 바르다는 뜻이다. '한 사람', '한동아리'의 '한'은 하나(같다)라는 뜻이다. 이렇게 고유한 뜻을 가진 '한'은 우리나라 이름에서 사실상 없어지고 한자말 '한(韓)'만이 남아 있다. 8·15 광복 뒤 '경성'을 '서울'이라는 우리말로 바꿨듯이 '한나라'나 '한국(國)'으로 정착시켜야 한다는 것이다.

그러면 '한반도'라는 말 대신에 쓸 수 있는 말은 없는가. 정재도 씨는 '반도' 대신 '반섬', '한곳'을 써서 '한반섬', '한한곳'으로 쓰자고 주장한다. 그러나 이 문제는 남북한의 이해 관계가 얽혀 있기 때문에 결국 남북한 통일 차원에서 하나의 이름을 갖게 될 때 해결되지 않을까 생각된다.

'간발의 차이', '중차대하다'

우리말 속에 뒤섞여 꼭 우리 것처럼 사용되고 있는 일본말들이 수없이 많다. 그 중에 순수 일본말이나 일본식 한자어 등은 어느 정도 알 수 있지만 우리 말과 어울려 사용되는 관용구들은 찾아내기가 어렵다. 지식인들이 일본말을 그대로 옮겨오면서 우리말 속에 꼭꼭 숨어 있다고 보면 된다.

(1) 이번에 내가 찍은 후보가 간발의 차이로 떨어지고 말았다.

우리는 무심코 아주 작은 차이를 이를 때 '간발의 차이'라고 하지만 '간발'이 일본말 '간하쓰(間髮)'에서 왔다는 것을 아는 사람은 많지 않다. '간발의 차이'는 글자 그대로 '머리카락 하나만큼의 차이'라는 뜻이다. 같은 의미를 가진 우리말로는 '종이 한 장 차이', '터럭 하나 차이' 등이 있다.

(2) 이런 중차대한 시기에 넋 놓고 있다니 너도 참 못 말리겠다.

'중차대'는 우리 국어사전에도 "'중대하다'를 강조하여 이르는 말"이라고 풀이하고 있다. 이 말은 일본말 '주가쓰다이(重且大)'에서 온 말이

다. 중요하다는 것을 무게와 부피를 나타내는 글자를 써서 강조한 말이
다. 요즘 언론에서 제법 무게가 있고 중요하다는 것을 강조하기 위해 이
말을 쓰고 있는데, '중대하다', '심각하다'는 말로 바꿔 쓰는 것이 좋다.

(3) 그 여자는 애교가 넘친다.

우리가 쓰는 말을 살펴보면 일본어의 관용적 표현, 즉 일본 책을 그
대로 번역하면서 일본 관용구까지 스스럼없이 그대로 옮겨 왔기 때문
이다. 문법 구조나 의미가 거의 우리 말과 합치하는 일본어 관용구가 1
백90여 개가 된다는 주장도 제기되고 있다. '애교가 넘친다(愛嬌が溢
れる)'도 일본어 관용구로 우리말인 양 사용되고 있다.

(4) 여러분들의 경제 사정을 감안해 이번 추석에는 상여금을 두툼하
게 줄 생각입니다.

'감안(勘案)하다'는 어떤 것에 대해 '생각한다'는 뜻의 일본식 한자
어다. 이 말은 살피다, 생각하다, 고려하다, 참작하다 등의 말로 바꿔
쓸 수 있다. 남의 말이나 행동 따위를 잘 알아 이해하는 것을 가리키는
'납득(納得)하다'도 일본식 한자어다.

(5) 당신의 애매한 태도에 나는 신물이 났다.

일본어 애매(曖昧)는 우리말 모호(模糊)와 같은 뜻을 지니고 있다.
두 단어가 합하여 '애매모호하다'라는 말이 쓰이고 있는데, '모호하
다'만 써도 뜻이 충분하다. 이와 같은 사례의 일본식 한자어들을 들면

다음과 같다.

△개죽음을 하다(犬死にをする)

△달콤한 말(甘い言葉)

△숨을 죽이다(息を殺す)

△종말을 고하다(終りを告げる)

△어깨를 나란히 하다(肩を竝べる)

△기억이 되살아나다(記憶が蘇る)

△기가 막히다(氣が詰まる)

△희망에 불타다(希望に燃える)

△혀를 깨물다(舌をかむ)

△패색이 짙다(敗色が濃い)

△타의 추종을 불허하다(他の追隨を許さない)

△눈을 의심하다(目を疑う)

△귀를 기울이다(耳を傾ける)

△빈축을 사다(頻蹙を買う)

이처럼 일본어는 단순히 단어 차원에 머무르는 것이 아니라 숙어나 관용 표현에 이르기까지 다양하게 우리말 속에 뿌리내리고 있다. 이는 일본말의 영향이 상당 수준에 이르렀다는 것을 나타내고 있다.

이러한 표현은 일본에서 오래 전부터 내려오는 것이거나 작가들에 의해 창작된 것으로 볼 수 있다. 이를 우리 번역자들이 하나 둘씩 직역해 사용한 것이다. 따라서 일제 숙어 표현들도 앞으로 확인되는 대로 정화 작업을 펼쳐야 할 것이다. 일본 숙어까지 수입해서 쓴다면 후손들에게 부끄러운 일이 아닐 수 없다.

'십팔번', '혜존'

요즘 사람들은 노래방이 생겨 노래 부르는 기회를 자주 갖는다. 물론 전통적으로 놀이나 주연이 있을 때는 노래가 뒤따랐다. 이럴 때면 대부분 돌아가면서 노래를 부르게 되고, 흥이 나면 대부분 '십팔번'을 부르게 된다.

'십팔번'이란 사전에 의하면 '가장 자랑으로 여기는 것이나 일'을 뜻한다. 그러나 지금은 자신이 가장 잘 부르는 노래를 '십팔번'이라고 하고 있다. 다른 말로 표현하면 '애창곡'이나 '장기'를 뜻한다.

그러나 이 '십팔번'은 일본에서 들어온 말이다. 이 말은 일본 언어대사전에 "배우 이치카와 단쥬로가(市川團十郎家)에 전하는 18종의 예(藝)가 있는 데서, 무릇 자랑으로 하는 일을 이름"이라고 적혀 있다. 이치카와 단쥬로(1660~1704)는 이치카와 집안의 7대 손으로, 17세기 에도(江戸) 전기에 가부키(歌舞伎)의 대표적 배우였다. 그는 이치카와 집안 7대에 성공한 열여덟 가지의 예에 대해 정리했다. 이것이 가부키 쥬하치방(歌舞伎十八番)이라고 한다. 이는 일본 사람들이 가장 높이 평가하는 희극이다. 여기서 일본 사람들이 '쥬하치방'이란 말을 쓰게 되었고 우리에게도 전해져 아무런 거리낌 없이 '십팔번'을 외치고 있는 것이다.

노래방이 생기기 전에는 '가라오케(カラオケ)'가 잘 알려져 있었

다. '가라오케'는 빈 것을 가리키는 일본어 '가라(空)'와 영어 '오케스트라(orchestra)'의 합성어다. 그러므로 '가라오케'란 악단 없이 가짜 오케스트라, 즉 무인 오케스트라라는 뜻이다. 노래 반주만을 녹음하여 그것에 맞춰 노래하기 위한 테이프나 디스크, 또는 그 연주 장치를 가리킨다. 원래는 녹음과 관련된 용어로 동시 녹음의 반대말로 사용됐다. 우리나라에는 1980년대 이후 급속하게 보급됐으며 오늘날에는 노래방에 자리를 내주고 말았다.

'곤로' 역시 일본에서 들어온 말이다. 그러나 곤로는 본래 '불빛 혼(焜)'자와 '화로 로(爐)'자를 쓰는 한자어다. 이 '혼로'를 일본 발음으로는 '곤로'라고 한다. 그런데 우리는 한자를 그대로 받아들이지 않고 기계와 함께 발음까지 받아들여 '곤로'라고 쓰고 있다.

따라서 우리 국어학계는 이 곤로의 순화한 말로 '풍로'나 '화로'를 제시했다. 그러나 곤로는 숯불을 피우듯 바람을 불어넣어야 할 필요가 없는 기계이기 때문에 풍로보다는 화로라고 하는 것이 좋을 듯싶다. 그래야만 '석유 화로', '전기 화로', '가스 화로' 등으로 쓸 수 있다. 풍로는 구멍을 통해 바람을 불어넣어 불을 피우는 화로를 가리키기 때문이다.

'가마니'도 일본에서 들어온 말이다. 대부분 순우리말로 생각하고 있지만 '가마니'는 일본어 '가마스(かます)'에서 비롯된 말이다. 곡식이나 소금을 담기 위해 짚으로 만든 자루를 가리키는 '가마니'는 1970년대 이전 시골에서 흔히 볼 수 있었다.

요즘 패션 용어로 자주 등장하는 '소데나시(そでなし)'도 일본말이 말이다. 일본어 '소데(そで)'는 우리말의 '소매'에 해당하고 '나시(なし)'는 '없다'는 말이다. 그러므로 '소데나시'라고 하면 '소매 없는'이란 뜻이 된다. 특히 여성들이 '나시'라는 말을 흔하게 쓰는데, 과연 그

것이 무슨 뜻인가 알고 쓰는지 의아스럽다. '소데나시'라는 말 대신에 '민소매'라는 우리말로 바꿔 쓰는 것도 생각해 봄직하다.

주부들이 즐겨 쓰는 '다시 국물'이란 말도 문제가 있기는 마찬가지다. '다시(だし)'는 일본어로 멸치나 다시마를 삶아서 우려낸 국물을 일컫는 말이다. 우리나라에서 '다시다'라는 조미료가 시판되면서 이 말이 상용어처럼 자리잡게 됐다. '다시'라는 말의 본뜻을 모르고 사용하면서 '국물'이라는 겹말을 덧붙인 결과가 되고 말았다. 따라서 국이나 찌개의 맛을 내는 '맛국물'이란 말을 두고 '다시 국물'이니 '다싯물'이니 하는 말을 사용하는 것은 문제가 있다.

'혜존(惠存)'이라는 말도 한번쯤 생각해 볼 필요가 있다. 자신의 저서나 작품을 남에게 전할 때 '받아 간직해 주십시오.'라는 뜻으로 이 말을 쓰고 있다. 그러나 이 말은 일본에서 들어온 한자말이기 때문에 '○○님께 삼가 드립니다.'와 같은 순수 우리말로 쓰는 것이 어떨까.

공해(公害)라는 말도 일본식 한자어다. '공해'는 글자 그대로 대중에게 해로운 행위란 뜻을 지니고 있다. 그래서 '오염(汚染)'이라는 우리 한자어에 비해 그 뜻이 정확하지 않고 비과학적인 말이다. 본래 1970년대 우리나라에서 자연 보호 운동이 전개되면서 일본에서 들어온 말이다. '더러움에 물든다.'는 뜻을 가진 '오염'이란 말로 바꿔 쓰는 것이 좋다.

'구좌'라는 말도 일본식 한자어다. 이것을 우리식 한자어로 바꾸면 '계좌'라고 할 수 있다.

'철학'이나 '경제', '명제' 등과 굳어진 용어는 다른 말로 바꾸기 어렵지만 일본식 한자어라는 거부감이 강하게 들거나 충분히 고쳐 쓸 여지가 있는 말들은 가능하면 우리식으로 고쳐 쓸 필요가 있다. 예를 들면 '수입선'은 '수입처', '공급원'은 '공급처', '판매고'는 '판매액', '가

접수’는 ‘임시 접수’, ‘선착장’은 ‘나루’, ‘공란’은 ‘빈칸’으로 고쳐 쓸
필요가 있다는 것이다.

'수순', '절하', '신병'

몰아내야 할 일본말이 아직 우리 주위에서 극성을 부리고 있다. 특히 우리들이 늘 사용하는 말 가운데 상당수가 일본말에서 왔다는 것을 생각할 때 부끄러운 일이 아닐 수 없다.

(1) 이 같은 '부정속 긍정'의 평가는 등원의 수순으로 이해되는 분위기다.

(2) 프로야구 삼성이 자유계약선수(FA) 임창용과의 결별 수순에 들어갔다.

(3) 이에 따라 온전한 노동 3권을 요구하는 전공노와 정부의 파견 법안에 반발하는 민노총의 향후 수순에 관심이 쏠리고 있다.

국어 순화 차원에서 문제가 되는 일본말은 주로 일본말에서 본뜬 말, 일본식 외래어이다. 요즘 언론에 '수순(手順)'이란 말이 부쩍 많이 등장하고 있다. 그러나 이 말 대신에 '차례', '순서', '절차' 등 순수한 우리말을 살려 쓰는 것이 좋다.

(4) 경찰은 김씨가 범행에 가담한 것으로 지목한 홍씨와 배씨의 신병을 확보하기 위해 연고지에 수사진을 급파했다.

검찰 조사나 사회적·법률적 사건 등에 종종 등장하는 '신병(身柄)'은 일본식 한자어다. '신병'은 보호나 구금의 대상이 되는 사람의 몸을 가리킨다. '신병 확보'라는 말은 범인 등이 달아나지 못하도록 보호조치를 취하는 것이다.

현재 이 말이 널리 쓰이고 있고, 별다른 대체어가 없다는 점에서 논란은 있을 수 있지만 순화 차원에서 다른 말을 찾아 쓰는 것이 좋을 것이다. '신병'이란 말도 그렇지만 사람의 몸을 '확보'한다는 것도 우스운 표현이다.

예를 들면 위의 사례에서 '홍씨와 배씨의 신병을 확보하기 위해'는 '홍씨와 배씨를 잡기 위해'('범인을 잡는다'는 말이 있듯이), '홍씨와 배씨의 체포를 위해' 등으로 바꿔 써도 별 무리가 없지 않나 생각된다.

'신병'이란 말을 써야 유식한 것처럼 보이는 것은 그동안의 잘못된 언어습관 때문이다. 국립국어원 관계자도 '신병 확보'라는 말은 맞지 않으며 문맥이나 상황에 따라 '신병' 대신에 '신분'이나 '몸체' '몸' 등을 쓰도록 권장하고 있다고 말했다.

(5) 미국 달러화에 대한 원화 가치의 계속적인 하락을 막기 위해 한국은행이 외환 시장에 개입하고 있으나 경상 적자 확대 등 원화 절하 요인이 계속 누적되고 있어 하락 추세를 반전시키지는 못하고 있는 것으로 나타났다.

위의 사례에서 '절하'라는 어휘를 살펴보자. 경제 기사를 보면 가격의 '인하(引下)', 원화의 '절하(切下)' 등의 내용이 자주 나온다. 다같이 값의 상하(上·下)를 표시하는데도 이렇게 인(引)과 절(切)로 구별해 적는 것은 우리식이 아니라 일본말의 영향 때문이다. '원화 절하'는

'원값 내림'으로 써도 무리가 없다. 여기서 '절상(切上)'은 본래 '어느 선에서 끊어 올린다'의 의미로, 소수에서 '4사 5입'때 쓰이며 그 대응어는 '절하'가 아닌 '절사(切捨)'이다.

(6) 이 결의안은 남북한간의 긴장완화를 위해 △남북한 정상회담 개최 △남북한간 핵시설 상호사찰 도입 △남북한간 상호 연락사무소 설치 △남북한 긴장 완화 조치를 논의하기 위한 남북한 공동 군사 협의 재개 △남북한간 무역 확대 △남북한간 상호여행 자유의 촉진 등이 필요하다고 촉구했다.

북·미 핵 협상에서 '상호 사찰' 문제가 언론에 자주 등장한 적이 있다. 여기서 온갖 명사에 들어가는 '상호'가 일본말이고 우리말은 '호상'이라는 것을 아는 이들은 그렇게 많지 않은 듯하다. 남북 적십자 회담에서 북한 대표들이 '호상'이라는 말을 사용, 북한에서 이 말을 쓰는 것이 확인됐다. 우리말 가운데는 일본 영향으로 이와 같이 거꾸로 쓰고 있는 단어들이 의외로 많다. '문견'을 '견문', '복심'을 '심복', '당해'를 '해당'으로 쓰고 있는 것이 그 예다.

'결혼 상담'처럼 '상담'도 일본말이다. 굳이 풀이한다면 상담은 '상업상의 담화'로 볼 수 있기 때문에 결혼 문제를 놓고 생각을 나누는 일은 '결혼상담소'가 아니라 '혼인 중매소'로 해야 한다.

(7) 26일 오후 1시부터 서울 여의도 광장에서 열린 전국 노동자 대회는 서울과 중부권 지역 노동자 8만여 명이 참석한 가운데 시종 축제 분위기 속에서 진행됐다.

해마다 봄가을에 대학가에서 열리는 축제, 각 지방에서 열리는 문화제나 예술제 또한 일본식 용어를 빌려 쓰고 있다. 제사의 뜻을 가진 '제(祭)'자를 이런 문화 행사에 붙이는 것은 우리 문화 전통이 아니라 일본에서 쓰이는 행사를 그대로 모방했기 때문이다. 우리의 제사 방식은 조용하고 엄숙하나 일본에서는 주악을 울리며 시끄러운 분위기에서 제사를 지내는 경우가 많다. 대규모 예술 행사 등은 '예술제'와 같이 '제'자를 붙일 것이 아니라 '예술 잔치'로 표현하는 것이 좋을 것이다.

(8) 지금까지 두 초등학교 학생들에게 영어를 가르친 미군과 미군가족, 카투사의 연인원은 1400여명. 이들 미군 자원봉사자들은 매주 20～30명씩 돌아가며 토요 휴무를 반납하고 영어교육 봉사를 했다.

신문 방송에 자주 등장하는 '연면적', '연인원'이란 것이 있다. 이는 전체 넓이, 전체 사람 수를 나타내는 말이다. 이것 역시 '총면적', '총인원' 등 우리말로 바꿔 써야 할 것이다.

직장에서 발령 날짜에 붙여 쓰는 '일부(日附)'도 마찬가지다. 우리말 '날' 또는 '날짜'로 바꿔 써도 무리가 없다. 군대에서 신고할 때마다 이 말을 쓰는데 역시 삼갔으면 좋겠다.

요즘 광고를 보면 '선택 사양'이라는 말이 자주 등장한다. 자동차의 '에어컨'이나 '에어백', 아파트의 '벽지'나 '부엌 시설' 같은 것을 '선택 사양'이라고 적어 놓고 있다. 이와 같이 선택할 수도 있고 안할 수도 있는 품목을 가리킬 때 자주 쓰이는데, '사양'이라는 말은 일본에서 만들어 쓰는 한자어인 '시요(仕樣)'를 우리식 발음인 '사양'으로 읽은 것에 불과하다. '옵션(option)'이라는 말도 같은 뜻으로 사용되고 있다. 그러므로 단순히 주문품의 내용이나 모형을 제시한 것이라면 그냥 우리말 표현으로 '선택 내용'이라든가 '선택 사항'이라고 하면 된다.

이밖에 우리 주위에서 볼 수 있는 일본말은 수없이 많다. 견적(見積), 납득(納得), 담합(談合), 매절(賣切), 미소(微笑), 불입(拂入), 산보(散步), 세면(洗面), 수속(手續), 악재(惡材), 역할(役割), 입장(立場), 조기(早起), 조립(組立), 조퇴(早退), 지분(持分), 화물(貨物), 호재(好材), 할증료(割增料), 할인(割引), 흡입(吸入), 촌지(寸志) 등이 모두 일본말이다.

일본은 유입된 외국 문화를 자기 식으로 고쳐 사용하는 데 익숙하다. 우리가 이러한 일본식 한자, 일본식 영어 등 일본의 말과 글을 무분별하게 도입하는 것은 잘못된 일이 아닐 수 없다.

'-적', '-화'

우리 말과 글이 한자말과 뒤섞이면서 고유의 아름다움을 잃어버린 사례들을 자주 볼 수 있다. 그 예중에 하나가 한자말 접미사 '-적(的)', '-화(化)', '-하(下)'와 접두사 '재(再)-', '제(諸)-', '대(對)-', '가(假)-'의 남발 현상이다.

(1) 우선 1988년은 전쟁 이후 40년 가까이 계속되어 온 반국(半國)적인 분단적 문학사 인식이 일국적인 통일 지향적 문학사 인식으로 극적인 변화를 겪은, 통일 민족 문학사의 원년으로 기억될 것이다.

이 글은 짧지만 다섯 번이나 '-적'자를 남발, 아주 모양새 없는 글이 되고 말았다. 여기서 '-적'자를 빼버리고 "우선 1988년은 전쟁 이후 40년 가까이 계속되어온 분단의 문학사 인식이 통일을 지향하는 문학사 인식으로 연극 같은 변화를 겪은…"으로 쓰더라도 별 문제가 없다고 본다.

(2) 가장 합리적인 통일 방안에 대해 응답자의 절반이 정치·군사적 부문과 비정치적 부문에서 동시적으로 대화와 교류의 추진이라고 답했고….

이 글 가운데서 '합리적인'이란 부분 외에 접미사 '-적'을 모두 없애
고 "…응답자의 절반이 정치 · 군사 부문과 비정치 부문에서 대화와
교류를 동시에 추진하는 것이라고 답했고…"라고 고치는 것이 훨씬
매끄러운 글이 된다.

같은 날 이 신문에는 외래어와 한자 접미사 '-적(的)'자가 뒤섞여 국
적을 알 수 없는 다음과 같은 글이 있었다.

(3) 문화를 소프트웨어적인 것과 하드웨어적인 것, 다시 말하면 프
로그램적인 것과 기계설비적인 것으로 정의하면….

이 글은 어색하게 '-적(的)'자를 남발하면서 문화에 대해 애써 정의
하고자 했으나 첨단과학의 용어, 컴퓨터 용어에 대해 잘 알지 못하는
사람에게는 이해할 수 없는 글이 되고 말았다.

비슷한 예 몇 가지만 들어보면, '역사적 대전환점'은 '역사의 대전환
점', '대체적으로'는 '대체로', '이론적 배경'은 '이론의 배경', '상식적
으로 말해서'는 '상식으로 말해서'로 고쳐 '-적(的)'자를 빼버리는 것
이 훨씬 부드럽게 된다.

'적(的)'은 한자 사전에는 '의적', '것적'의 뜻으로 풀이하고 있으며
국어사전에는 일부 한자어 명사밑에 붙어 '그 명사의 상태로 된', '그
런 성질을 띤' 등으로 설명하고 있다.

'-적(的)'과 비슷한 예로, 명사 뒤에 쓰어 그렇게 만들거나 됨을 나
타내는 말인 접미사 '-화(化)'가 있다. 이 역시 아무 말에나 붙여 씀으
로써 어색한 말과 글을 만들고 있다.

(4) 전 씨의 증언이 파행으로 얼룩졌지만 12 · 15 청와대 합의가 완

전히 백지화됐다고 볼 수는 없다.

여기서 '-화(化)'가 들어 있는 '백지화됐다'는 '화(化)'를 빼버리고 '백지가 됐다'로 고치는 것이 군더더기 말이 붙지 않아서 좋고, 굳이 '화(化)'자를 넣으려면 '백지화했다'로 쓰는 것이 정확하리라 본다. 그 이유는 접미사 '화(化)'에는 '그렇게 만들거나 됨'의 뜻이 내포됐기 때문에 여기에 '됐다'란 말을 쓰면 겹말투가 되고 만다.

이와 비슷한 예로 '과격화해지는'은 '과격해지는', 폐허화된'은 '폐허화한'이나 '폐허가 된'으로 고치는 것이 좋다.

'-었었다', '-았었다'

요즘 학생과 직장인은 물론 어린이들까지 외국어 바람에 휩싸여 있다. 우리말도 제대로 하지 못하는 어린이에게 외국 강사를 붙여 영어 조기교육을 하고 있는 것이다. 그래서 일찍 서양 말을 배운 세대들은 서양 말법을 그대로 받아들이면서 국어는 뼈대까지 오염시키고 있다.

(1) 지난번 지하철2호선 입찰에서는 서류심사에서 탈락한 디자인리미트 측이 조달청 측의 공장실사와 부실한 서류심사 등을 문제삼아 '불공정 입찰' 논란을 제기해 상당한 갈등이 있었었다.

(2) 현대상선은 유동성 문제를 해소하기 위해 자동차운송부문 매각 등 구조조정을 2002년말 끝낸 뒤 지난해 5월 추가 자구계획을 세워 채권금융기관과 약정을 맺었었다.

우리글 가운데 가장 눈에 거슬리는 표현이 위의 예에 나오는 '었었다'이다. 유식하게 보이려고 영어 흉내를 내고 싶은 것일까. 이러한 말투는 서양 말에 오염된 대표적 사례라고 할 수 있다.

(3) 당시 8강전에서 마이어 주심은 1-1로 맞서던 후반 막판 터진 솔캠벨(잉글랜드) 의 골을 인정하지 않았고 결국 승부차기 끝에 잉글랜

드가 패하자 살해 위협까지 받았었다.

(4) 지난해에는 김주미가 대상과 상금왕, 신인상을 독식했고, 지난 2002년에는 이미나(23)가 역시 같은 상들을 탔었다.

위의 예에서 '받았었다'는 '받았다', '탔었다'는 '탔다'라고 고치는 것이 부드럽다. 우리말의 시제는 현재, 과거, 미래에다 진행을 나타내는 것만 있을 뿐이지 영어처럼 과거 완료형은 없다. '탔었다'는 영문법의 과거 완료형을 떠올리게 한다.

(5) 월드컵이라면 '골든골'이었겠지만 이번 대회에는 '실버골' 제도가 채택돼 경기는 계속됐고, 잉글랜드는 연장 후반 10분 프랭크 램퍼드가 다시 동점골을 터뜨려 승부차기에 들어갔다.

위의 사례에서 '이었겠지만'도 꼭 돌을 씹은 느낌을 들게 한다. '이지만'으로 고치는 것이 좋다.

(6) 우리는 올 봄에 국민이 직접 선출한 대통령의 '목숨'을 결정할 윤영철 헌법재판소장의 입을 초조하게 바라보았었다.

(7) 그가 당시 연간 매출의 두 배가 넘는 430억원을 MEMS에 투자하기로 하면서 전화는 투자자들의 확인전화로 불통이 났고, 그 전에 이미 지인들은 물론 임원들까지 나서서 그를 말렸었다.

위의 사례도 마찬가지다. '바라보았었다', '말렸었다'에서 '었'이라는 군더더기 말을 빼버리는 것이 좋다. 우리말을 살려 쓰는데 가장 중요한 것은 우리말의 뼈대를 흐트러뜨리지 않는 것이다. 일상생활에서 이런 말법은 찾아볼 수가 없다. 그러나 대개 글만 쓰면 이러한 서양 말법을 따라 쓰고 있는 것이다.

서양말투는 우리말을 제대로 익히지 못한 젊은이들의 글에서 많이 나타난다. 작가 등용문으로 인기 있는 신춘문예를 읽다 보면 우리 글이 얼마나 서양 말법에 오염됐는가를 확인할 수 있다.

(8) 술에 취하면 전화를 걸어왔던 김 기자는 매번 비총이라는 곳이 있는데 그 곳에 꼭 가봐야 한다고 졸랐었다.

신춘문예는 작가 지망생들의 꿈 밭이다. 수백 대 일의 경쟁을 거친, 그것도 수차례의 도전 끝에 행운을 잡을 수 있다. 그러한 행운을 얻기 위해서는 어려운 과정의 문장 수업을 거치게 마련이다. 그러나 예비 작가인 점을 감안하면 역시 덜 다듬어진 문장이 나타날 수 있다. 위의 사례도 그 한 가지라고 볼 수 있다. 서술부의 '졸랐었다'를 '졸랐다', '걸어왔던'도 '걸었던'으로 바꿀 경우 한결 산뜻한 글이 될 수 있다.

우리말은 과거 보조 어간 '었(았)'을 겹쳐 쓰지 않는다. 그것을 쓰면 오히려 우리말의 자연스러움과 아름다움을 깨뜨려 버리게 된다.

'깡통', '담배 한 보루'

외래어는 우리나라에 전래되면서 많은 변질의 과정을 거친다. 본래의 뜻이 달라지거나 우리 말과 합해지면서 이상한 말로 바뀌기도 한다. 어떤 말은 이미 굳어져 우리말처럼 쓰이기도 하지만 그 과정을 알고 보면 재미있는 내용도 엿볼 수 있다.

우리가 언어생활을 하면서 그 말의 본뜻을 살피는 것도 뜻있는 일이라고 아니할 수 없다. 몇 가지 사례를 들면서 우리말이 어떻게 변천해왔는가 살펴보자.

△기네스북＝ 기네스는 본래 맥주 및 증류주 회사의 이름이다. 창업자인 '아서 기네스'의 이름을 따왔다. 1886년에 창립된 이 회사는 양조업에서 시작해 지금은 여러 사업에 뛰어들고 있다. 기네스사는 1955년부터 '기네스북'을 펴내고 있는데, 처음에는 술집에서의 사소한 내기나 논쟁을 돕기 위해 고안됐다. 그러나 지금은 세계적인 기록을 등록하는 유명한 책이 됐다.

△깡통＝ 알루미늄이나 쇠붙이 등으로 만든 속이 빈 밀폐 용기 캔(can)과 캔에 해당하는 한자어인 통(筒)이 합쳐진 말이다. 음식이나 음료수 등을 담아 오래 보관할 수 있게 만들어진 깡통은 '아는 것이 없고 머리가 텅 빈 사람'을 가리키는 속어로도 쓰인다.

'깡패'란 말도 이와 비슷한 조어의 과정을 거친 말이다. 미국 영화에서 흔히 볼 수 있는 범죄 조직 갱(gang)과 행동을 같이하는 무리를 뜻하는 패(牌)가 합쳐진 말이다. '깡패'는 원래 패거리를 지칭하는 말로 사용됐으나 지금은 나쁜 짓을 일삼는 사람들을 지칭한다.

△나일론= 나일론은 '최신'이란 뜻을 가진 말이다. 이 화학 섬유를 처음 개발한 미국 듀폰사의 상표 이름이었지만 시판되자마자 전 세계적으로 인기를 끌면서 상표 이름이 곧 섬유 이름이 된 것이다. 석탄산, 수소, 암모니아 등을 원료로 한 합성 섬유의 한 가지로서 종래의 합성 섬유보다 훨씬 더 질겨서 옷감과 공업용으로 널리 사용되고 있다.

△다크호스= 경마에서 아직 실력이 알려지지 않은 말을 가리키는 이 말은 뜻하지 않는 유력한 경쟁자나 후보자, 유망주를 뜻하는 말로 폭넓게 사용되고 있다. 경마에서 암흑, 어둠이라는 뜻의 다크(dark)를 쓴 것은 그 말에 대해 알려진 정보가 하나도 없어 실력을 가늠할 수 없기 때문이다.

△담배 한 보루= 담배는 타바코(tabacco)라는 포루투갈어에서 온 말이고, 보루는 영어 보드(board)에서 나온 말이다. 원래 보드는 판자나 마분지를 가리키는 말이다. 담배 열 갑을 마분지로 만든 사각 상자에 담아 판매하기 시작하면서 '담배 한 보드'라는 말이 생겼고, 그것이 결국 '담배 한 보루'가 된 셈이다.

△레지= 영어의 레지스터(register)에서 온 말로, 찻집에서 손님을 접대하며 차를 나르는 여자를 비하해 이르는 말로 바뀌었다. 레지스터는 기록, 등록 또는 금전 등록기를 뜻한다. '레지'는 결국 손님을 모시고 주문을 기록하는 일이 주업무이기 때문에 금전 등록기에 비유해서 부르는 것이다.

프랑스에서 유래된 마담(madame) 또한 결혼한 여자를 일컫는 '부인'이란 뜻이지만 오늘날 술집이나 다방, 또는 여관 등의 접객업소에서 일하는 안주인을 가리키는 말로 격하되어 쓰인다.

△로비= 대합실, 복도, 응접실 따위를 겸한 넓은 방, 또는 국회 의사당 같은 곳에 있는 의원휴게실을 가리키는 말이다. 이제는 미국 의회의 로비에 출입하면서 의원들에게 진정과 탄원 등을 통해 자신들의 의사를 전달하는 압력 단체를 가리키고 있다.

△린치= 미국 버지니아 주의 지방 판사 윌리엄 린치가 약탈과 강도짓을 일삼는 도적떼들을 겨냥하여 만든 버지니아의 사형법에서 유래된 말이다. 그 법을 제정한 린치 판사의 이름을 딴 것이다. 미국에서 주로 백인들이 흑인에게 가하는 사적 형벌로 많이 이용됐다. 지금은 힘있는 사람이나 무리가 힘없는 사람이나 무리에게 폭력을 가하는 일을 말한다. 법에 의해 가하는 체형이 아니라 주로 사적인 감정이나 이해 때문에 발생되는 폭력을 두고 린치라고 일컫고 있다.

△마지노선= 마지노는 대독 강경론자인 육군 장성 마지노(A. Maginot)의 이름을 딴 것으로, 1930년 이후 프랑스가 라인강을 따라 동부 국경지역에 쌓은 강고한 요세선을 두고 한 말이다. 그러나 제2차 세계 대전 중인 1940년 6월 14일 독일 공군이 이 요세를 격파함으로써 마지노선은 무너지고 말았다. 오늘날에는 버틸 수 있는 마지막 한계점이라는 뜻으로 사용되고 있다.

△빨치산= 비정규 유격대를 가리키는 러시아어 파르티잔(partizan)에서 온 말이다. 넓게는 어떤 정당이나 단체의 열렬한 지지자를 가리키는 말로도 쓰인다. 우리나라에서는 공산주의 이념을 추종하며 주로 산악 지대에서 전투 활동을 벌이는 민간인으로 조직된 비정규 유격 대원으로 한정돼 쓰였다.

△삐라= 전단, 광고, 포스터 등을 가리키는 영어 빌(bill)에서 나온 말이다. 벽에 붙이거나 길거리에서 돌리는 선전광고지를 뜻하는 말인

데, 우리나라에서는 북한에서 날려보내는 대남 선전용 인쇄물이나 반 정부 모임에서 몰래 돌려보는 격문 등의 불온 문서만을 가리키는 말로 쓰이고 있다.

△아킬레스건= 고대 그리스의 전설적인 영웅 아킬레스(Achilles)의 고사에서 유래한 말로 발뒤꿈치 위에 있는 힘줄을 가리킨다. 아킬레스 가 트로이 전쟁 중에 적장 파리스가 쏜 화살을 발뒤꿈치에 맞고 죽은 데서 비롯됐다. 오늘날 이 말은 반드시 발뒤꿈치 힘줄만을 가리키는 것이 아니라 사람마다 각각 다르게 가지고 있는 어떤 '치명적 약점'을 가리키는 말로 널리 통용되고 있다.

△엑기스= 이 말은 네덜란드의 'extract'에서 왔다. 'extract'는 라틴 어 'extractus(뽑아내다)'에 그 어원을 두고 있다. 일본인들이 'extract' 에서 '-tract'를 제외한 'ex-'만을 취하여 '에키스'(エキス: 越幾斯)라 고 했다. 국어에서는 '진액'이라는 말이 있다.

△연필 한 다스= 물건의 개수를 나타내는 단위 중에 12개 묶음을 다스라고 하는데, 이 말은 본래 영어 더즌(dozen)의 일본식 발음이다.

이와 같은 무국적 말로 농축액, 추출액을 뜻하는 '엑기스'도 있다. 원래 영어 엑스트랙(extract)에서 나온 이 말은 일본식 표기이다. '생약 엑기스', '인삼 엑기스' 등으로 쓰이고 있다.

△프로테지= 프로테지는 포르투갈어인 '프로센토'와 영어 '퍼센티 지'가 뒤섞여서 된 말이다. 전체 수량을 백으로 나누었을 때 어느 정도 인가를 나타내는 단위인 퍼센트(%)로 백분율을 말하는데, 정확한 말 은 '퍼센티지'이다. 또 퍼센트는 퍼센티지를 나타내는 기호이고, 퍼센 티지는 '%'로 표시되는 백분율을 가리키는 말이므로 구별해서 쓸 줄 알아야 한다.

제6부

겹말 모음

우리 주위에는 문법에 맞지 않은 겹말들이 의외로 많이 눈에 띈다. 즉 우리말이나 글에는 뜻이 같은데도 전혀 다른 말로 인식되어 겹쳐서 쓰이는 것들이 있다. '역전 앞'이나 '초가 집', '축구를 찬다' 따위가 그 예다. 말과 글을 간결하게 써야 한다는 점에서 반드시 피해야 할 것들이다.

겹말은 순수한 우리말보다는 한자말을 쓰는 경우에 많이 나타난다. 특히 한자말과 우리말을 섞어 쓰면서 이러한 혼란이 드러나고 있다. 따라서 순수 우리말을 찾아 쓴다는 점에서도 겹말은 피해야 할 것이다.

다음은 우리 주위에서 흔히 볼 수 있는 겹말들이다.

△가까운 측근 = '측근'이란 말에는 '가깝다'는 뜻이 들어 있다. 따라서 '측근'이라고 쓰든지 뜻을 분명하게 하기 위해 '측근자', '가까운 사람'이라고 하면 된다.

△가까이 접근시키다 = '접근'이라는 말에도 역시 '가까이 붙다'는 뜻이 있으므로 '가까이'는 군더더기 말이다. '가까이'를 빼든지 '가까이 가게 하다'라고 하면 한결 간결해진다.

△간단히 요약하다 = 시험 시간이나 일상 생활에서 흔히 들을 수 있는 말이다. '요약'이란 말에 '간단히'라는 말이 포함돼 있기 때문에 여기서 '간단히'는 군더더기 말이라고 할 수 있다. 따라서 '간단히 정리하다'나 '요약하다'라고 하면 된다.

△간략히 개관하다 = '간단히 요약하다'라는 말과 비슷한 유형으로, '간략히 하다'나 '개관하다'로 바꾸는 것이 좋다. '개관'이란 뜻에는 '간략히'라는 의미가 들어 있기 때문이다.

△같은 동포 = 일상 대화나 연설에서 흔히 들을 수 있는 말이다. 그러나 '동포'가 '같은 민족'이라는 말이라고 볼 때 '같은'을 굳이 덧붙여 쓸 필요가 없다.

△감흥으로 느끼다 = '감흥으로 느끼다'라는 유형의 말 역시 대표적인 겹말 형태라 할 수 있다. '느낌을 느낀다'는 뜻이기 때문이다. 예를 들어 '통쾌감을 느끼다'라고 할 때 '통쾌한 느낌을 느끼다'라는 말로 볼 수 있다. 따라서 '통쾌함을 느끼다', '통쾌감을 갖다'라고 고치는 것이 좋다. '쾌감을 느끼다', '승리감을 느끼다', '만족감을 느끼다' 등도 마찬가지다. '감흥으로 느낄 수 있는'도 '감흥을 가질 수 있는' '감흥으로 다가설 수 있는' 등으로 고치는 것이 좋다. '감명을 느낀다'도 '감명을 받다', '감명했다'고 하면 족하다.

△거센 격랑 = '격랑'은 '거센 파도'라는 말이기 때문에 '거센'이란 말을 빼더라도 아무런 문제가 없다.

△견지에서 본다면 = '견지'라는 말에 '본다'라는 뜻이 들어 있다. 따라서 '나의 견지로는', '내가 보건대'라고 고치는 것이 좋다.

△결실을 맺다 = 자주 볼 수 있는 겹말 형태다. '결실'은 '열매를 맺는다'는 뜻이 들어 있기 때문에 '결실하다', '열매를 맺다'로 고쳐야 한다.

△결연을 맺다 = '결실을 맺다'와 같은 형태로, '결연하다', '인연을 맺다'로 바꾸는 것이 좋다.

△계속 속개하다 = '속개하다'라고 해도 충분한데도 '계속'이라는 군더더기 말이 들어간 형태다.

△계속 이어지다 = 이 말도 '계속되다'나 '이어지다'로 바꿀 경우 한결 간결해진다.

△고통스러운 통증 = '통증'이라는 말에는 '고통스러운'이라는 뜻이 들어 있다. 따라서 '고통스러운'은 빼버리는 것이 좋다.

△과거의 역사적 과오 = 이는 입말에서 주로 사용되나 역시 주의해서 써야 할 겹말이다. '역사적'이라는 말에는 '과거'라는 뜻이 들어 있기 때문에 '과거의 과오'나 '역사적 과오'로 바꾸는 것이 옳다.

△과정 속에서 = '과정'은 일이 되어가는 경로를 나태내고 있어 '속'이라는 말은 군더더기에 불과하다.

△(이런) 관점에서 본다면 = '관점'은 사물을 관찰하거나 고찰할 때, 그것을 보거나 생각하는 각도라고 할 수 있다. 곧 '견지'라는 말과 같다. 따라서 '이런 관점이라면', '이런 관점에서', '이런 점에서 본다면'이라고 바꿔 쓸 필요가 있다.

△관찰해 보다 = 보통 아이들에게 "이것을 잘 관찰해 보아라"는 말을 하는 것을 보게 된다. '관찰'에도 '보다'라는 뜻이 내포됐기 때문에 '관찰하다'로 고쳐야 한다.

△구별하여 나누다 = '구별'이라는 말에 '나누다'라는 뜻이 들어 있기 때문에 '구별하다', '나누다' 가운데 하나만 쓰면 된다.

△구전으로 전해지다 = 어느 신문에 "국내에는 그에 대한 기록은 커녕 구전조차 전해지지 않아 앞으로 그에 대한 연구가 학계의 과제로 남게 됐다."는 기사가 나온 적이 있다. '구전(口傳)'은 입으로 전해진다는 뜻을 담고 있기 때문에 '구전되다', '입으로 전해지다'라고 하면 된다.

△근…가까운 = 이 사례로 '근 1백 년에 가까운'이라는 것을 들 수 있다. 물론 '근(近)'은 '가깝다'는 뜻이기 때문에 '근'이나 '가까운' 가운데 어느 하나를 빼는 것이 좋다.

△근래에 와서 = 별 생각 없이 '근래에 와서'라고 쓰지만 '근래에', '최근에 와서'라고 쓰면 간결한 말이 된다.

△글 모음집 = '집(輯)'은 시가나 문장 따위를 모아 여러 차례에 걸쳐 엮어내는 책을 말하는데, '글 모음집'은 '글 모음'으로 하든지 '문집'이라고 간결하게 할 필요가 있다.

△기간 동안 = 언론 매체를 살펴보면 '기간 동안'이라는 겹말을 대부분 사용하고 있다. "육군 수도방위 사령부는 을지 포커스렌즈 연습의 하나로 22일 오후 11시부터 3시간 동안 행주대교 등 7개 한강 교량 일대에서 훈련을 실시한다."에서 '기간 동안'은 '기간에 걸쳐'로 해야 겹말이 안 된다. '기간'에는 이미 '동안'이라는 말이 들어 있기 때문이다.

△기간 중 = '기간 동안'과 마찬가지로 '중'은 군더더기 말이다. '중'이라는 말을 빼거나 '기간에'라고 하면 된다.

△기차가 발차할 시간 = '발차'는 기차나 자동차 따위가 떠난다는 의미가 담겨 있기 때문에 '기차가 떠날 시간'이라고 하면 간결해진다.

△끌어당기는 인력 = 떨어져 있는 두 물체가 서로 끌어당기는 힘인 '인력(引力)'에 '끌어당기는'이라는 말을 덧붙일 필요가 없다.

△나들이를 다녀오다 = 어느 신문에 "국회의원 90여 명이 해외나들이를 다녀왔다."는 기사가 나왔다. 여기서 '나들이를 다녀왔다'는 말은 '나들이'에 '다녀오다'라는 뜻이 들었기 때문에 '나들이하다'로 고치는 것이 좋다.

△낙엽이 떨어지다 = 흔히들 '낙엽이 떨어진다'는 말을 하지만 '낙

엽'은 이미 떨어진 잎을 뜻한다. 땅에 떨어진 잎이 다시 떨어질 수 없다고 볼 때 '잎이 떨어지다'나 '잎이 지다'로 고칠 필요가 있다고 본다.

△남은 여분 = '여분'이 '남은 것'이기 때문에 '남은'은 불필요한 말이다.

△남은 여생 = 많은 사람이 "남은 여생 조국을 위해 바치겠다."는 식으로 이야기하지만 '남은 여생'에는 '남은 여분'처럼 '남은'이란 말을 덧붙일 필요가 없다. '여생', '여분'에 '남다'는 뜻이 담겨 있기 때문이다.

△내재해 있다 = 이 말도 흔히 쓰고 있는 겹말이다. '내재(內在)'는 '내부(안)에 가지고 있음'을 뜻한다. 따라서 '내재하다'라고 해도 아무런 무리가 없다.

△넓은 광야 = "넓은 광야에서 말 달리는 선구자"에서 보듯 '광야'라는 말에는 '넓은 들'이라는 뜻이 담겨 있기 때문에 '넓은'이라는 수식어가 필요없다.

△넓은 광장 = '광장(廣場)'은 '넓은 곳'이라는 의미의 말이다. 따라서 '넓은'은 군더더기 말이다.

△넘어오는 과도기 = 어떤 단계에서 다른 단계로 옮아가는 시기를 말하는 '과도기'에 '넘어오는'은 불필요한 말이다.

△네 갈래로 갈라진 사거리 = 입말에서 자주 등장하는 이 말은 '사거리' 혹은 '네 갈래로 갈라진 곳'이라고 해도 아무런 문제가 없다.

△녹인 용액 = '용액'에는 '녹인'이란 뜻이 들어 있기 때문에 '녹인 용액'에서 '녹인'이란 말을 빼야 한다.

△높은 고산 지대 = '높은 고열', '높은 고온' 따위처럼 '고산'이 '높은 산'이란 뜻이라고 볼 때 '높은 고산 지대'에서 '높은'이란 수식어를 빼는 것이 좋다.

△뇌리 속에 = 흔히 기사에 등장하는 '뇌리 속에'에서 '뇌리(腦裏)'가 '뇌 속'이라는 의미이기 때문에 '뇌리에'라고 하면 된다.

△느낀 감동 = '그 음악회에서 느낀 감동을 말해 보십시오.'라는 말은 우리 주위에서도 흔히 들을 수 있다. '느낌'이나 '감동' 가운데 어느 하나만 쓰면 된다.

△늘 상비하다 = "그 약은 늘 상비해야 한다."라고 할 때 '늘'은 '상비하다'라는 말에 이미 들어 있기 때문에 쓸 필요가 없다.

△다시 재론하다 = '다시 재생하다', '다시 재발하다' 따위와 같이 '다시 재론하다'에서 '다시'는 군더더기 말이기 때문에 쓰지 않아야 한다. 그러나 신문 기사를 꼼꼼히 읽다 보면 이러한 유형의 겹말은 자주 나오는 것이 현실이다.

△대한 대비책 = 신문 기사를 보면 '대책'이나 '대비책'만을 써도 되는 곳에 '…대한 대(비)책'이란 말을 쓰는 것을 자주 보게 된다. '…에 대한 대책을 세우다'에서 '대책'이라는 말에는 이미 '…에 대한'이란 말이 들어 있다.

△더러운 누명 = 흔히들 "더러운 누명을 덮어쓰게 됐다."는 말을 쓰게 되지만 '누명'에는 창피스럽다거나 억울하다는 의미가 내포됐기 때문에 '더러운'을 빼는 것이 좋다.

△도금을 입히다 = 금속 표면에 금이나 은을 입히는 일인 '도금'에는 이미 '입히다'는 뜻이 들어 있기 때문에 '도금하다'라고 하면 된다.

△도열해 서다 = "군인들이 도열해 서 있다."는 사례에 나오는 '도열'은 '사람이 죽 늘어섬'이라는 뜻이기 때문에 '도열해 서다'는 '도열하다'나 '늘어서다'라고 하는 것이 간결해서 좋다.

△들리는 소문 = '소문'이 여러 사람의 입에 오르내리면서 전하여 오는 말이라는 점에서 '들리는 소문'은 군더더기 말이다. '소문'이라고 하면 된다.

△따로 떨어진 별개의 사건 = 이 말도 따지고 보면 '따로 떨어진'과 '별개'가 비슷한 말이기 때문에 '따로 떨어진 사건'이나 '별개의 사건', '다른 사건'으로 바꾸는 것이 좋다.

△마지막 종점 = "마지막 종점에 가게 되면 당신이 찾는 사람이 있

을 것이다.”라는 사례는 흔히 들을 수 있는 말이다. 그러나 종점이 여러 곳에 있는 것이 아니라고 볼 때 ‘마지막’을 빼거나 ‘마지막 도착점’이라고 하는 것이 적합하다.

△맡아보는 소임 = ‘맡은 바의 직책’이란 뜻의 ‘소임’에 ‘맡아보는’이란 말은 군더더기에 불과하다.

△매일마다 = ‘매일마다’는 ‘매주마다’, ‘매달마다’, ‘매년마다’와 같이 대표적인 겹말이다. ‘매(每)’가 바로 ‘마다’라는 뜻이기 때문이다. 따라서 ‘매일’, ‘매주’, ‘매달’, ‘매월’, ‘매년’이라고 해도 된다. ‘매회마다’도 마찬가지다. ‘매일’, ‘매회’가 ‘날마다’, ‘회마다’라고 볼 때 ‘매 날마다’나 ‘매회마다’는 듣기에 껄끄럽다. 이런 뜻에서 ‘매 일요일마다’나 ‘매 2년마다’도 군더더기 말이 덧붙여 있다고 보면 된다.

△매일 아침마다 = “나는 매일 아침마다 종수와 같이 학교에 간다.”에서 ‘매일’에는 ‘마다’라는 뜻이 들어 있기 때문에 ‘매일 아침’, ‘아침마다’라고 해야 한다. ‘매일’은 일본 말이기 때문에 ‘날마다’로 쓰는 것이 좋다.

△먼저 선취점을 얻었다 = 야구나 축구 등 구기 경기 중계에서 자주 들을 수 있는 이 말도 역시 ‘선취점’이라는 말에 ‘먼저’라는 뜻이 들어 있기 때문에 겹말로 볼 수 있다. 그래서 ‘먼저 한 점을 얻었다’고 하거나 ‘선취점을 얻었다’고 해야 한다.

△면학에 힘을 쏟다 = ‘면학(勉學)’이란 말에 ‘학문에 힘을 쏟다’는

뜻이 담겨 있기 때문에 ‘공부에 힘을 쏟다’거나 ‘꾸준히 공부한다’, ‘면학한다’로 하면 된다.

△모든 만물 = 세상에 있는 모든 물건을 뜻하는 ‘만물’ 앞의 ‘모든’은 군더더기 말에 불과하다. 따라서 ‘모든’은 안 쓰는 것이 좋다.

△무서운 공포 = “그 아이는 밤마다 무서운 공포에 시달린다.”는 말을 우리 주위에서 자주 들을 수 있다. 그러나 ‘공포’라는 말에 이미 ‘무섭다’는 의미가 내포됐기 때문에 ‘무서운’은 쓰지 않아야 한다.

△무수히 많은 = ‘무수(無數)’가 ‘이루 헤아릴 수 없이 많은 수효’를 나타내는 말이다. 따라서 ‘무수히 많은’이라는 말은 겹말이다. ‘무수히’, ‘무수한’, ‘무수하다’ ‘무수하게’라고 쓸 수 있다.

△미리 예고 = 한자 ‘미리 예(豫)’가 들어 있는 말, 이를테면 ‘예고’, ‘예감’, ‘예단’, ‘예방’, ‘예정’, ‘예언’, ‘예측’ 따위의 앞에는 ‘미리’라는 말을 덧붙여서는 안 된다. 이미 ‘미리’라는 말이 들어 있기 때문이다.

△밀고 나가는 추진력 = ‘추진력’에도 ‘밀고 나가는’이라는 뜻이 들어 있어 그냥 ‘추진력’이라고 하면 된다.

△박수를 치다 = “새로 오신 손님을 위해 박수를 칩시다.”라고 하는 말은 관례화할 정도를 많은 사람이 쓰고 있다. 따지고 보면 ‘박수(拍手)’라는 말에 ‘친다’는 뜻이 내포됐기 때문에 ‘박수하다’라고 하면

된다. 바른 말 교육이 제대로 안 됐다는 것을 나타내 주는 대표적 사례
다.

△밝고 명랑하다 = '명랑(明朗)'이라는 말에는 '밝고 쾌활하다'는
뜻이 담겨 있다. 따라서 '밝고 명랑하다'는 말은 겹말이다. '밝은 광명'
이라는 말도 마찬가지다.

△방치해 두다 = '방치'란 말이 '그냥 내버려두다.'는 뜻이 들어 있
기 때문에 '방치하다'나 '내버려두다' 가운데 어느 하나만 쓰면 된다.

△보는 견해 = '보는 시각', '보는 견지'와 함께 주의해서 써야 할
말이다. '나의 견해', '내가 보고 느낀 것'이라고 하면 된다.

△분명히 밝히다 = 흔히 사용하는 '분명히 밝히다'도 '분명히'에
'밝히다'는 말이 들어 있어서 '분명히 하다', '확실히 밝히다'로 쓰는
것이 좋다.

△불과 몇 명 되지 않다 = '불과(不過)'의 뜻은 '…에 지나지 않는
다'는 의미가 들어있다. 따라서 그대로 '…에 지나지 않는다'나 '…밖
에 되지 않는다'라고 쓰면 된다. '부득이 ~하지 않을 수 없다'는 문장
에서도 '부득이'를 빼야 한다.

△불로소득을 얻다 = '불로소득(不勞所得)'이 일하지 않고 얻는
것이라고 볼 때 '얻다'는 불필요한 말이다.

△불시에 급습 = '급습(急襲)'이 불시에 쳐들어가는 행위를 말한다
고 한다면 '급습'이라는 말만 써도 족하다.

△빈 공간 = "그것은 빈 공간에 두세요." 우리 주위에서 흔히 듣게
되는 말이다. 물건이 가득 찬 공간이 없다고 볼 때 그대로 '공간'이라
고 하면 된다.

△사랑하는 애인 = 말을 하다 보면 '사랑하는 애인'이라는 말을 하
게 된다. '애인'이 사랑하는 사람을 나타낼 때 쓰이게 되기 때문에 '사
랑하는'은 불필요한 말이며 '사랑하는'이란 말을 쓰고자 한다면 '사랑
하는 사람'이라고 하면 된다.

△산재하고 있다 = '산재(散在)'란 말이 흩어져 있다는 뜻이기 때
문에 '산재하다'로 쓰는 것이 적당하다.

△새 프로그램을 신설하다 = 이와 유사한 형태가 많은데, 특히 '새
프로그램을 신설하다'에서 '신설하다'에 이미 '새로운 것'의 의미가
내포됐기 때문에 '새 프로그램을 마련하다', '프로그램을 신설하다'는
말로 바꾸는 것이 좋다.

△소급하여 올라가다 = 대화 가운데 자주 등장하는 말이다. '소급'
에는 '거슬러 올라가다'는 뜻이 담겨 있기 때문에 굳이 이렇게 겹쳐서
쓸 필요가 없다. '소급하다', '거슬러 올라가다'라고 하면 족하다.

△소문으로 듣다 = '소문'은 '전하여 들리는 말'이다. 따라서 이처

럼 두 말을 겹쳐 쓸 필요가 없이 상황에 따라 '소문에는', '들리는 바에 의하면' 따위로 쓰면 된다.

△수천 여 명 = '수천 명'이라고 하면 정확한 숫자를 모를 때 쓰는 말이다. '수천 여명'이라고 할 때 '여(餘)'라는 말 역시 일정한 수를 나타내는 수사 뒤에 붙어, 그 수 이상이라는 뜻을 갖고 있다. 따라서 정확히 얼마인가를 알지 못할 때는 '수 천 명'이라고 하면 된다. '십여 명도 더 되는', '십여 평 남짓'도 같은 사례라고 할 수 있다.

△수확을 거두다 = '수확' 자체가 '거두다'라는 뜻을 함축하고 있기 때문에 '수확했다' 또는 '거두었다' 따위로 고쳐 쓸 필요가 있다.

△순찰을 돌다 = 어느 신문 기사에 "이라크 병사들이 순찰을 돌고 있었으며"라는 내용이 실린 적이 있다. '순찰'이나 '돌아다니는' 것은 같은 뜻을 내포하기 때문에 '순찰하던' 이라고 하면 한결 간결해진다.

△스스로 자멸 = "소련은 앞으로 3개월 이내에 중요한 변화가 일어나지 않으면 스스로 자멸할 수 있다고…보리스 옐친이 16일 경고했다." 신문 기사에서 자주 볼 수 있는 것들이다. 그냥 '자멸'이라고 하면 된다.

△슬픈 비극 = '비극'이 '슬픈' 것이라고 볼 때 굳이 '슬픈 비극'이라고 할 필요가 없다.

△시끄러운 소음 = '소음(騷音)'은 '시끄러운 소리'라는 뜻을 담고

있기 때문에 그냥 '소음'이라고 해도 아무런 문제가 없다.

△시범을 보이다 = 모범을 보이는 것을 '시범'이라고 할 때 '시범하다'라고 하면 된다. '수범을 보이다'도 마찬가지다.

△신년 새해 = 입말에서 자주 쓰이는 말이다. 많은 사람이 "신년 새해는 여러분의 가정에 만복이 깃들기를 기원합니다."라는 말을 하게 되지만 '새해'나 '신년'은 같은 뜻이다.

△심도 깊은 = '심도(深度)'는 깊은 정도를 가리키는 말이다. 따라서 '심도 있는'이라고 하면 의미가 바로 들어오게 된다.

△아름다운 미녀 = '미녀(美女)'란 '아름다운 여자'를 뜻하기 때문에 '아름다운'이란 수식어는 군더더기 말이다.

△아직 미정 = "찍을 후보 아직 미정(未定) 77.9%" 신문 기사에 자주 등장하는 말이다. '미(未)'에는 '아직'이라는 뜻이 들어 있기 때문에 '아직 미정'이라는 예에서 '아직'이라는 말을 쓸 필요가 없다.

△아직은 시기 상조 = "현재 활발히 진행 중인 간통죄 존폐 논의에 관한 의견을 묻는 질문에…폐지되어야 하나 아직은 시기 상조라는 의견과"라는 사례에서 보듯이 '아직은…시기상조'라는 말도 자세히 뜯어보면 겹말이다. '시기상조(時機尙早)'는 '때가 아직 이름'이란 뜻이기 때문에 위 사례의 '아직은'은 불필요한 말이다.

△안에 탄 승객 = "버스 안에 탄 승객은 모두 내려 주시기 바랍니다." 이 사례에서 '승객'에는 '안에 탄'이란 뜻이 담겨 있기 때문에 불필요한 말이다.

△앞서가던 차를 추월 = '추월'이란 말에는 '앞의 것보다 먼저 나아감'이란 뜻을 갖고 있기 때문에 '앞서가던'이란 말은 군더더기에 불과하다.

△앞으로 머지않아 = 이 말도 따지고 보면 '머지않아'라는 것으로 충분한데도 '앞으로'라는 말을 덧붙여 복잡하게 했다. '머지않아'라는 말에는 '앞으로'라는 뜻이 담겨 있다.

△앞으로 전진 = '전진(前進)'은 '앞으로 나아감'을 뜻하기 때문에 '앞으로'라는 말이 필요없다.

△어려운 난간 = '난관(難關)'은 '지나가기가 썩 힘든 관문'이라는 말이다. 따라서 '난관'에 '어려운'이란 말을 덧붙이는 것은 글을 복잡하게 할 뿐이다.

△여러 가지 종류 = 이 사례 역시 자주 쓰는 말이다. '종류'는 성이나 상태 따위가 서로 비슷한 개체를 통틀어 일컫는 것이기 때문에 '가지'와는 같은 말이다. 따라서 '여러 종류', '여러 가지'라고 하면 된다.

△여명이 밝다 = '여백이 남다'는 말도 마찬가지인데, '여명'은 밝아오는 새벽을 나타내기 때문에 '새벽이 밝다'라고 하면 된다. '글씨를

쓰고 남은 빈자리’를 뜻하는 ‘여백’에 ‘남다’는 말을 써서는 안 된다.
‘여분이 남다’도 마찬가지다.

△오래된 고목＝‘고목(古木)’은 ‘오래된 나무’이기 때문에 ‘오래
된’ 이란 수식어는 불필요하다.

△오촌 당숙 = ‘오촌 아저씨’를 당숙이라고 하기 때문에 이런 말은
피해야 한다.

△옥상 위에 = ‘옥상’이 ‘지붕 위’라는 뜻이기 때문에 ‘옥상에’, ‘지
붕 위에’라고 해야 된다.

△외출 나오다 = 군인들이 흔히 쓰는 말로, ‘외출했다’고 하면 된
다. ‘외출’에는 이미 ‘나오다’는 뜻이 담겨 있기 때문이다.

△용도로 쓰인다 = 무슨무슨 용도로 쓰인다는 말은 흔히 들을 수
있다. ‘용도’는 ‘쓰이는 길’, ‘쓰이는 곳’을 뜻하기 때문에 ‘이런 곳에
쓰인다’, ‘용도가 이러이러하다’라고 쓰면 된다.

△우선 먼저 = “당신이 우선 먼저 드세요.” 흔히들 들을 수 있는 말
이다. 그러나 ‘우선’ 이나 ‘먼저’ 가운데 어느 것을 써도 된다는 점에서
둘 다 쓰는 것은 피해야 한다.

△유산을 남겨 주다 = ‘남겨 놓은 재산’이 ‘유산(遺産)’이기 때문에
‘재산을 남겨 주다’라고 하면 된다.

△유학을 떠날 = "팀과의 계약이 금년 말로 끝나기 때문에 내년 초에 미국으로 유학을 떠날 계획이다." '유학'은 '외국에 머물러 있으면서 공부함(留學)', '고향을 떠나 타향에 가서 공부함(遊學)'을 뜻하기 때문에 '미국에 유학할 계획이다'라고 하면 된다.

△음모를 꾸미다 = '음모(陰謀)' 자체가 '일을 비밀히 꾸밈'이라는 뜻으로, '음모하다', '음흉한 일을 꾸미다'로 하는 것이 좋다.

△이행해 가다 = '이행(移行)'이 '옮겨가다'는 뜻이므로 '이행하다', '옮겨가다'로 하면 된다.

△이후부터 = 만일 "저녁 이후부터 네가 책임져라."라고 말할 때 굳이 '이후' 나 '부터' 두 가지를 모두 쓸 필요가 없다. '이후'는 일정한 때로부터 그 뒤를 나타내는 말이기 때문이다.

△인구수 = "그 나라의 인구수가 잘못된 것 같다." 이러한 말은 흔히 들을 수 있다. 그러나 '인구'는 이미 한 나라에 살아가는 사람의 총수를 뜻하기 때문에 '수(數)'는 군더더기 말이다.

△인수받다 = '인수(引受)'는 '물건이나 권리를 넘기어 받는 것'이다. 따라서 '인수받다'가 아니라 '인수하다'라고 하면 된다.

△일정하게 정하다 = '일정하게'에 정하다는 말이 들어 있기 때문에 '일정하게 하다'라고 하는 것이 좋다.

△일찍이 조실부모하고 = 일찍이 부모와 사별하는 것을 ‘조실부모(早失父母)’라고 볼 때 ‘일찍이 부모를 여의고’, ‘조실부모하고’라고 하는 것이 좋다.

△자문을 구하다 = “민자당의 H 의원은 3당 통합 당시 합류 여부를 놓고 고민 끝에 평소 다니던 점 집에 자문을 구해본 결과 ‘가는 것이 좋겠다’는 점괘에 따라”. 많은 사람이 ‘자문을 구한다’는 식으로 쓰고 있으나 ‘자문(諮問)’은 ‘의견을 구한다’는 뜻이 담겨 있기 때문에 ‘자문하다’라고 해야 한다.

△잔설이 남아 있다 = ‘잔설(殘雪)’은 ‘남아 있는 눈’이므로 ‘잔설이 있다’, ‘눈이 남아 있다.’라고 하면 된다. ‘잔재가 남다’도 ‘남은 찌끼’를 ‘잔재(殘在)’라고 하기 때문에 ‘남다’는 말을 써서는 안 된다.

△잠입해 들어오다 = 몰래 들어오는 것을 ‘잠입(潛入)’이라고 한다고 볼 때 그대로 ‘잠입하다’라고 하는 것이 좋다.

△장도의 길에 오르다 = ‘장도(壯途)’는 ‘중대한 사명을 띠거나 장한 뜻을 품고 떠나는 길’이다. 그래서 ‘장도에 오르다’, ‘장한 길에 오르다’라고 하면 된다.

△장외 밖으로 나가다 = ‘장외(場外)’가 운동장이나 회의장 밖을 뜻하기 때문에 ‘장외 밖’은 겹말이다.

△장치를 꾸미다 = ‘장치(裝置)’에는 ‘꾸미다’는 뜻이 내포됐기 때

문에 ‘장치하다’라고 하면 된다.

△재학하고 있다 = “그는 현재 그 고등학교에 재학하고 있다.” 흔히 들을 수 있는 말이다. 그러나 ‘재학’이 학교에 다니고 있다는 말이기 때문에 ‘공부하고 있다’, ‘학교에 다니고 있다’라는 따위의 쉬운 말로 쓰는 것이 좋다.

△전선 줄 = ‘전선’에 ‘줄’이라는 겹말을 쓰는 것이 습관처럼 되고 있으나 ‘전선(電線)’은 ‘전깃줄’이라는 뜻이기 때문에 ‘줄’은 쓸 필요가 없다.

△전래되어 오고 있다 = ‘전래(傳來)’가 ‘전해져 옴’이란 뜻이기 때문에 ‘전래된다’나 ‘전해 온다’고 하면 된다.

△정당화시키기 위해 = ‘-화’라는 접미사가 이미 어떤 것을 뜻하는 대로 됨을 나타내기 때문에 ‘-시키다’라는 접미사를 다시 붙일 필요가 없다. ‘정당화하기’로 써야 바른 말이다.

△젊은 소장층 = 이 말은 입말에서 즐겨 쓰고 있다. 그러나 ‘소장층’에는 ‘젊다’는 내용이 들어 있기 때문에 여기서 ‘젊은’이라는 말을 굳이 쓸 필요가 없다.

△좋은 양서 = ‘양서(良書)’는 내용이 좋은 책을 가리킨다. 따라서 ‘좋은’은 불필요한 말이다.

△주시해 보다 = '눈여겨 봄'의 뜻을 갖고 있는 '주시(注視)'에 '보다'라는 말은 군더더기에 불과하다. 역시 '직시해 보다'의 '직시(直視)'에는 '보다'는 뜻이 담겨졌기 때문에 '보다'를 빼고 '직시하다'라고 하면 된다.

△죽은 시체 = '시체(屍體)'는 이미 죽은 상태를 말하기 때문에 '죽은'이란 말을 덧붙일 필요가 없다.

△중요한 요건 = '요건(要件)'에 중요하다는 뜻이 함축됐다고 볼 때 '중요한'은 겹말에 불과하다고 할 수 있다.

△지나가는 과객 = '지나가는 손님'을 뜻하는 '과객(過客)'에 수식어 '지나가는'은 불필요한 말이다.

△지나간 과거 = "지나간 과거를 들추지 말라." 누구나 자주 쓰는 말이다. 그러나 이 말도 따지고 보면 '과거'에 '지나간'을 쓰는 것은 글을 복잡하게 할 뿐이다.

△지나치게 과식하다 = '지나치게 많이 먹다.'라고 해도 좋을 상황에서 '과식'이라는 한자말을 사용하려고 하다 보니 이처럼 겹말이 되고 말았다. '과식하다'라고 쓰면 된다.

△차치해 두고 = '차치(且置)'의 '치'가 '두다'라는 뜻을 갖고 있다. 따라서 '차치하고'나 '내버려두고'로 하는 것이 좋다.

△추천작으로 밀다 = '추천작(推薦作)'에는 이미 '밀다'는 뜻이 담겨 있다.

△추출해 내다 = '추출(抽出)'은 '빼내거나 뽑아낸다'는 뜻이기 때문에 '추출하다'나 '뽑아내다'로 하면 좋을 것이다.

△침입해 들어오다 = 침범해 들어오거나 들어간다는 뜻을 갖고 있는 '침입(侵入)'에 '들어오다'를 덧붙이는 것은 적절하지 않다. '침입하다'하면 그만이다.

△크게 대노하다 = '대노(大怒)'는 물론 크게 노하다는 뜻이다. '크게'는 불필요한 말이다.

△탈출해 나온 = '탈출'에는 '나온다'는 뜻이 들어 있기 때문에 '탈출한'으로 하면 된다.

△판이하게 다르다 = '판이하다'는 '아주 다르다'는 뜻이다. 따라서 '판이하다'로 간결하게 쓰는 것이 좋다.

△포로로 잡히다 = '포로(捕虜)'의 '포'가 '잡히다'는 뜻이므로 그대로 '포로가 되다'나 '잡히다'로 바꾸는 것이 좋다.

△폭음 소리 = "폭음 소리가 났다." 보통 들을 수 있는 말이다. 그러나 '음(音)'이 소리라는 말이기 때문에 '소리'는 덧말에 불과하다.

△푸른 창공 = 푸른 하늘을 ‘창공(蒼空)’이라고 한다. 따라서 ‘푸른 푸른 하늘’은 문제가 있다.

△피해를 입다 = ‘피(被)’라는 접두사는 동작을 나타내는 일부 명사 앞에 붙어, 동작을 받거나 입는 뜻을 나타낼 때 쓰인다. ‘피압박’, ‘피지배’ 따위가 그 예다. ‘피해’는 신체나 제물, 정신상의 손해를 입는 일 또는 그 손해를 가리킨다. ‘피해를 입다’고 할 때는 ‘입는다’는 의미가 겹치게 되기 때문에 ‘손해를 보다’로 쓰면 잘 어울린다.

△한 쪽만이 일방적으로 = “한 쪽만이 일방적으로 일을 처리했다.”라고 할 때 역시 ‘일방적으로’에 ‘한 쪽만이’라는 뜻이 들어 있어 ‘한 쪽만이’나 ‘일방적으로’ 중에서 어느 하나만 써도 뜻이 통한다.

△함께 동행하다 = “동행하다.”에는 ‘함께’라는 뜻이 내포됐기 때문에 ‘함께 가다’나 ‘동행하다’로 하는 것이 좋다.

△함유하고 있다 = ‘함유(含有)’가 ‘포함하고 있다.’라는 뜻이기 때문에 ‘있다’라는 말을 겹쳐 쓸 필요가 없다. 그대로 ‘함유하다’, ‘가지고 있다’고 하면 된다.

△해변가 = ‘해변(海邊)’의 ‘변’은 ‘가’를 의미한다. 그대로 ‘해변’이나 ‘바닷가’로 하면 된다.

△해보려는 시도 = “네가 그렇게 해보려는 시도는 좋지만”이라는 사례에서 ‘시도(試圖)’라는 말을 꼼꼼히 따져볼 필요가 있다. ‘시도’에

는 무엇을 시험 삼아 꾀하여 본다거나 꾀한 바를 시험해 본다는 뜻이 들어 있다. 그래서 '해보려는 시도'에서 '해보려는'은 덧말에 불과하다.

△해안가 = '해변가'와 마찬가지로 '안(岸)'은 '가'와 같은 말이다. 그래서 '해안'이나 '바닷가'로 쓰는 것이 적절하다.

△허다히 많다 = '허다(許多)하다'가 많다는 뜻이므로 '허다하다'나 '많다'로 써야 한다.

△허송세월을 보내다 = 이는 자주 볼 수 있는 겹말로, '허송'에 대해 자세히 뜯어볼 필요가 있다. '허송'은 '헛되이 보내다'는 뜻이므로 '허송세월을 보내다'는 '허송세월하다'나 '세월을 허송하다'로 고치는 것이 좋다.

△현안문제로 걸리다 = '현안(懸案)'은 이전부터 논의돼 왔으나 결론이 나 있지 않은 문제나 의안이라고 할 수 있다. 따라서 '현안'에 '문제'를 덧붙일 필요가 없다.

△현재 재직 중 = '재직'에는 '현재'라는 뜻이 내포돼 '현재'라는 말은 불필요하다.

△호시탐탐 노리다 = 범이 눈을 부릅뜨고 먹이를 노리는 것을 '호시탐탐'이라는 말로 표현한다. 즉 '탐탐'이 '노리다'는 뜻이므로 '호시탐탐' 뒤에 '노리다'는 말을 쓸 필요가 없다. '호시탐탐하다'가 맞는 말이다.

△혼자서 고군분투하다 = 흔히 쓰는 말이다. 그러나 '고군(孤軍)'은 고립된 군사를 일컫는다. '고'는 '홀로'의 의미다. 따라서 '고군분투하다'나 '혼자서 싸우다'라고 하는 것이 간결하다.

△-화되다 = '-화(化)'는 일부 명사 밑에 붙어, 그 명사가 뜻하는 대로 된다는 것을 뜻하는 접미사. 따라서 '-화되다'보다는 '-화하다'로 하거나 '-가 되다'로 하는 것이 좋다. 즉 '대중화되다', '의식화되다'는 '대중화하다', '의식화하다'로 바꿔야 한다.

△회고해 보다 = 일반적으로 지난일을 돌아볼 때 "지난날을 회고해 본다면" 하는 식으로 쓴다. 그러나 '회고(回顧)'가 '돌아다봄'을 뜻하기 때문에 '회고하다', '돌아보다'로 쓰는 것이 적절하다.

△회의를 품는다 = '회의(懷疑)'의 '회'가 '품는다'는 뜻이기 때문에 '회의한다'나 '의심을 품는다'는 식으로 바꾸는 것이 좋다.

지은이 **권오문**

1977년 언론인 생활을 시작해 1989년 세계일보 창간에 참여한 뒤 생활부 · 문화부 · 경제부 차장과 문화부장 · 문화전문위원 · 여론독자부장 · 편집부국장 · 기획실장·논설위원을 역임했다. 이후 스포츠월드 총괄본부장과 편집국장을 맡았다. 저서로는 〈종교는 없다〉〈말 말 말〉〈산다는게 뭐고하니〉〈디지털문화읽기〉〈신가족시대 행복만들기〉〈예수와 무함마드의 통곡〉〈바다경영, 우리의 미래가 보인다〉〈섭리사의 무거운 짐을 지고〉〈논술 심층면접 한 방에 해결한다〉〈전환기의 문화인식〉〈분노하는 신〉〈한순간을 영원처럼〉〈생각나눔, 공감 그리고 행복〉 등이 있다.

글쓰기~한방에 끝내기!

초판 1쇄 인쇄일	2009년 10월 26일
초판 1쇄 발행일	2009년 10월 30일

지은이	권오문
펴낸이	정진이
총괄	박지연
편집 · 디자인	김숙희 이솔잎
마케팅	정찬용
관리	한미애 강정수 채지선
펴낸곳	**북치는마을**

등록일 2005 13 14 제17-423호
서울시 강동구 성내동 447-11 현영빌딩 2층
Tel 442-4623 Fax 442-4625
www.kookhak.co.kr
kookhak2001@hanmail.net

ISBN	978-89-5628-522-1 *03800
가격	12,000원

* 저자와의 협의하에 인지는 생략합니다.
북치는마을는 **국학자료원, 새미**의 자회사입니다.
잘못된 책은 구입하신 곳에서 교환하여 드립니다.